中公文庫

黄　金　夜　界

橋本　治

中央公論新社

目次

黄金夜界

摩天楼

夜はなぜ暗いのだろう。

人はなぜ明かりを点すのだろう。不必要なまでに明るく、大量に。

その昔、天竺マガダ国の阿闍世王は帰依する仏陀を宮殿に招いてもてなし、帰るその夜の道に一万という数の灯明を点して仏陀の足下を照らした。豪勢に輝く光の帯を見た一人の貧しい老婆は、「我もまた仏陀のために」と、苦しい中からわずか一皿の灯明を献じた。王が点させた数多の光は、揺れながらあるいは風に吹かれ、あるいはまた油が尽き、闇を招くように一つ一つ消えて行ったが、老婆の捧げた灯明皿の火は揺らぎもせず、消えもしなかった。

このことから「長者の万灯より貧者の一灯」という言葉が生まれた。富が尽きることはあっても、敬虔なる胸の思い火が消されることはないと。

しかし、現代で「貧者の一灯」はすぐに消される。夜空の下を埋め尽くす光の海のような夜景の煌めきに感嘆の声を上げる人達は、闇の中にただ一つ点る小さな明かりの存在など気にもしない。消えるまでもない。「貧者の一灯」は点ったままその存在を抹消される。

夜の東京に広げられた夥しい光の点は、空の星さえ圧倒し消し去ってしまう。その東京の街から夜の光が静かに消えて行く年の暮れ。濃紺の夜空に忘れられていた銀の星々がかすかに姿を現す下で、ニューイヤーカウントダウンの声が響いて一年が終わる。

「大晦日って、意外と暗いよね」

高層階の窓に寄って下界を覗き見る女がそうつぶやく。

「ウチは毎年ハワイ行ってるから、こんな暗いなんて思わなかった」

「あそこ、なァに？　渋谷？」

「あれじゃない、明治神宮――」

「あ、そっか。行くんだ」

「彼のいる人はね」

「行くんだね。でも、初詣は寒いよね」

「私は去年、渋谷の交差点にいた。彼と」

「ああ――」

その時、「いいですか！　そろそろカウントダウン始めますよ！」と男の声がした。

部屋の広さは、窓に面した部分だけで三十畳ほどある。五十二階のその部屋の窓は、床から天井まで続く厚い一枚の強化ガラスで、映画館の大型スクリーンのようにゆるやかなカーブを描いて何枚も嵌め込まれ、大いなる眺望を確保している。

床のピンクのカーペットは、そのまま広いホールのような空間へと続き、奥の壁際には手を休めたシェフ達の立ち並ぶオープンキッチン、もう一方の壁にはヘッドホンを付けて両手でレコードのスクラッチングをする男のためのＤＪブースが設けられ、シャカシャカという音が流れて行く。

香ばしいニンニクやオリーブ油、サフランの匂いにゲランやシャネルの香水が入り混った部屋の中には、それぞれに着飾った三十人ほどの若い女と、十数人の男。暖房の効いた広い部屋を、若い女の肌の匂いが更に熟させるように暖める。

「カウントダウン始めますよ！」と言った男が何者かは分からないが、その司会役の声の向こうでは、シャンパンの栓が抜かれて行く音がする。

部屋のあちこちに置かれていたカウチから立ち上がった女や、直接腰を下ろしていた床のカーペットから立ち上がった女達の間を、シャンパングラスを載せた銀盆を持つ蝶タイを付けた黒いスーツの若い男が歩き回る。

銀盆を運ぶ男の顔を一瞥して「ありがとう」とグラスを受け取る女もいれば、既に酔っているのか、細身の体の男の目を覗き込んでグラスを取り、不思議な念押しをするように「ありがとう」とからみつくような声を出す女もいる。

女達にグラスが行き渡ったことを確認した司会役の男が、「それでは、今日のカウントダウンパーティを主催された、箕輪（みのわ）社長をご紹介させていただきます！」と言って、脇から現れた三十代半ばの男にマイクを手渡した。

突如音楽が轟々（ごうごう）と鳴り響き、マイクを手渡された男が、「皆さん、今日は私のカウントダウンパーティへようこそ」と言った。利用人数百三十万と言われる求人求職サイト「ジョブドア」を運営する会社の社長、箕輪亮輔（りょうすけ）だった。

「社長、二十秒です」

司会役の男が言って、銀盆に気泡を立ち上らせる金色の液体の入ったグラスを載せた黒い制服姿の男が、右手にマイクを持つ箕輪亮輔の左にすっと寄った。

息を止める十秒間があって、司会役の男の合図によった箕輪亮輔は、思いきりの大声で「テン！」と叫んだ。

部屋の中の女達と男達は、それに声を合わせてシャンパンのグラスを掲げる。

「ナイン！　エイト！　セブン！　シックス！　ファイブ！」

亮輔の横に立つ男は、グラスの載った銀盆を差し出し、「ファイブ！」と言った亮輔は左手でグラスを取り、「フォー！　スリー！　ツー！　ワン！」と続けて手にしたマイクを高々と突き出すと、「ハッピィニューイヤー！」と叫ぶ。本来なら左手のシャンパングラスを掲げるところだが、右と左を間違える程度の緊張をしていた。

「乾杯！」と言ってシャンパンを飲み干した亮輔は、横にいる遊び仲間の男に、「間違っちゃった」とでも言うような笑顔を見せた。

学生時代に仲間と共に起業した亮輔には、学生結婚をした妻がいる。妻との間には七歳になる娘もいる。会社を立ち上げる時には妻の実家から援助も受けた。妻や彼女の父親は亮輔の会社の株主になって、それなり以上の配当を得ている。妻の実家に対して、もう恩義はない。あったかもしれないが、それはもう完済している。妻に対しても。

妻は十人並みの美人だが、十人並み以上の美人ではない。若くして起業した夫を支えたのだから、賢明でしっかりしているが、成功した若い夫にとって、賢明でしっかりした妻は、時として煩わしく不要でもある。

学生時代の起業仲間とは、既に経営方針の違いで袂を分かってもいる。

その時、妻は自分が古くから知る男がいなくなることに対して不満を漏らし、それを聞く夫の亮輔は、妻に対する煩わしさをはっきりと感じた。

成功した亮輔に近寄って来る女はいくらでもいる。離婚を考えないわけでもない。しかし賢明なる妻は、離婚の不利益を知って、そのことを口にするのを許さない。

その夜のニューイヤーカウントダウンパーティは、箕輪亮輔のための仮想ハーレムの設営であり、集められた女達の姿を眺め、それをする自身の威光に酔う、季節はずれの観桜会でもあった。

亮輔とその周辺の男達の目を楽しませ、あるいは夜伽の相手にもと擬されて集められた女達は、モデル、タレント、女子アナウンサー、更には女子大生達。亮輔の妻は、既に娘を連れてハワイへ飛んでしまっている。「仕事の予定がまだある」ということになっている亮輔は、一夜明けた元日の夜の便で妻と娘の後を追うことになっていた。大晦日の夜から元日の午後にかけて、亮輔がなにをしようとも問題は一切ない。

「ハッピィニューイヤー！」の声に合わせてシャンパンを一斉に飲み干した部屋の中には、DJの流す音とは一向に調和しない、鍋のおでんがぐつぐつと煮え返るような雑然とした話し声があちらこちらから湧き上がっている。

「正月どうするって、もう正月始まってるか？」と、モデルらしいほっそりとした体つきの女二人が、ドレスのスリットから白い片脚を覗かせ、注ぎ直されたシャンパングラスを口に運んで笑い合っている。

「それ、ジミーチュウの靴ですよね」と、二十代の後半過ぎと思しい女がテレビ局の女子アナに尋ねている。グラビアモデルをやっていたのがタレントになって、しばらくはヴァラエティ番組に顔を出していたのが、今では忘れられかけている女らしい。

四十に近いがまだ若そうに見える小柄な男のお笑いタレントが、雑誌の読者モデルをやりながらテレビに顔を出している若い女達を集めて、どうでもいいギャグで笑わせている。

箕輪亮輔のためこの夜に女達を呼び集める役割を果たしたのが彼で、金と権力のある男のために若い女を掻き集めることが、彼の副業のようになってしまっている。

その横では、出来上がって来たパエリアを口に運びながら、アイドルユニットに所属する娘が「全然男いないじゃない」と、同じグループの娘に言って、「いてもオジサン」の同意を得ている。水割のグラスを持ったスーツ姿の男が、そこに近寄る。

年越しカウントダウンの目的は、年を越すことにある。「テン」がゼロに変わってクラッカーが鳴らされ、金銀テープがゴミのように散ってシャンパンが飲み干され、カウントダウンパーティの目的は終わった。

「帰ろうかな」と、美也は思った。

二十歳の美也は、大学の友人に誘われてこのパーティに来た。女を集める斡旋役の芸人の男とつながる美也の友人は、「私の友達、モデルのMIAだよ」とチャラチャラした男に自慢気に言って、男は「おおッ、是非是非、是非MIAちゃん連れて来てよ」と、彼女に迫った。

高校を卒業する年に街でモデルクラブの勧誘にあった鴫沢美也は、大学に入学すると同時にモデルクラブに所属した。三ヵ月間、プロのモデルになるためのレッスンを受け、その年の秋、「MIA」という名を付けられ若い女性向けのファッション誌でデビューした。

若くて美貌ではあったけれど、MIAはモデルとしては中途半端だった。美也のデビューした雑誌は、二十歳前後の女性を対象としたもので、「大人っぽい可愛らしさ」を基本コンセプトにしているが、読者と同じ年齢層の美也は、美しいが可愛くはない。美也の通う大学は女子大だが、そこにもあまり「可愛らしさ」をアピールしている女子はいない。いれば「男がいないとこでなんであんな恰好してるの？　バカじゃないの？」と言われてしまう。附属の幼稚園から小中高の一貫教育を受けて大学にまで来た美也には、「可愛い」を演じる機会も必要もなかった。居住まい正しく、美しければそれでよかった。

デビューした雑誌の仕事は四月もたたずにはずされ、「オーディションを受けてみないか」と事務所に言われて、ハンペンのＣＭモデルになった。「あの美女は誰？」とネットで騒がれ、テレビのヴァラエティ番組に二度出された。ＭＩＡという名前の認知度は少しばかり上がったが、美也のやりたい仕事はそういうことではなかった。「ちゃんとした大人のモデルになりたい」と思う美也だからこそ、「モデルの人やタレントも来るよ」と言われて、「行ってみよう」という気になった。

その夜のパーティに名のあるモデルはいなかった。「ああいう人とは一緒にしてもらいたくない」と思う、若くて騒々しい十代の読者モデルがいた。「ギャラ飲み」と称して、会社を経営する男達の飲み会に参加して報酬を得ることを副業のようにしているとしか思えない、タレントやモデルがいた。モデルと言っても、水着や下着姿になることを当然とするグラビアモデルだ。ただ「グラビア」とだけ言われる彼女達を、美也は「モデル」とは思わない。

「行こうよ、行こうよ」と言って美也をパーティに誘った友人は、読者モデルであろうとグラビアであろうと、「どこかで見たな」と思われる程度の女子アナであっても、「あ、知ってる！」と見るたびに小さな歓声を上げて、屈託というものがない。

「ただの女子大生」でしかない友人には偏見というものがなく、知名度というモノサシ一つで人を判断するのもかまわないとは思うが、美也は「ファッションモデルでありたい」と思っている、モデルなのだ。

ＣＭでカルメン・デロリフィチェというアメリカのスーパーモデルを見た。銀髪で、もう八十を過ぎて顔や首筋の皺は歴然としているのに、圧倒的に美しい。唇に真っ赤なルージュを引いて、皺を恐れず美しい笑顔を明るく見せる。「年を取っても美しい」ではなくて、「年を取っているからこそ美しい」と言うような、超一流の存在だ。美也は、そういう存在になりたい。

キッチン前のテーブルには、生ハムは当然として、海老のアヒージョ、ムール貝の白ワイン蒸しに水ダコのマリネ、イベリコ豚のステーキに、スペイン料理の突き出しであるピンチョスが何種類も並べられている。出張して来たのはスペイン料理のシェフだが、そのパーティ会場に美也の望むものはなにもない。

美也を誘った友人は、立って料理を取りに行った。バッグの中のスマートホンを取り出して見ると、十二時七分だった。送って来てくれた「兄」の車を降りる時、「十二時半頃迎えに来て」と言った。「はい、お姫様」と言った「兄」にLINEを入れようかなと思った時、制服姿の男が近づいて、「パエリアが上がっておりますが」と皿を出した。

男がフォークを添えて差し出した皿には、きれいに取り分けられた黄色いパエリア。一そよぎで南国の風を感じさせる官能的なサフランライスの中には、黒い殻を開いたムール貝と紅の色が鮮やかな海老、赤いパプリカ。「おいしそうだ」ということは分かるが、美也はそれほど食べたくない。

差し出した男に「もうお腹一杯」と言うと、若い制服の男は「イカ墨のパエリアももうすぐ上がりますが」と、美也の顔を見ながら言った。

悪い感じのする男ではない。「いいわ」と断ろうとしたが、それだけだとあまりにも冷淡になるような気がして、断りの言葉の後に、「遅くまで大変ね」と付け加えた。

男は「仕事ですから」と言う。「少し時間つぶしをしよう」と思った美也は、笑顔を見せて、「私の父もレストランをやってるんです」と言った。

「あ、そうですか。どちらで？」と問われて、「高輪の方」と美也は答えた。

「でも、父の店だと今日は大掃除で――あ、今日じゃなくてもう昨日ですけど、お休みで、お正月も三日間はクローズドですよ。だから、こんなところで大晦日の夜に出張料理なんて大変だなと思って」

男は、黙って閉じた唇の上に人差し指を当てると、少し間を置いて「仕事ですから」と言った。

そう言う男の目は、美也を責めるのではなく、癒すように笑っていた。

美也は、自分がうっかりしたことを言ってしまっていたことに気がついた。

従業員にとっては、自分の働く場所はどんなところであっても、客をもてなす神聖な場なのだ。美也は父親から、「他人様の店へ行って、そこの悪口を言うな。悪口を言いたくなるような店には最初から行くな」と言われていた。

それは、同業者のマナーに反する下品なことなのだ。美也は制服姿の男に向かって、立てた片手の指を振り、「聞かなかったことにして」というサインを送った。

給仕の男は笑ってうなずき、手にしたパエリアの皿を持って去って行ったが、その時、新しいゲストが扉を開けて入って来た。

黒か濃いチャコールグレーなのか判別はつかないが、濃い色のアルマーニのスーツを着た男が、入口に控えていた制服姿の男に案内されて、箕輪亮輔の方にやって来た。

亮輔は「おゥ、おゥ、おゥ」と相手を迎え、やって来た男は悪びれもせずに「遅れちまったよ」と言った。

「なにやってたんだよ」

「ちょっと計算が合わないって言うからさ」

「またまた。もうそんなに儲けなくたっていいじゃないか」

「儲けじゃないの。数字なの。合わせとかないと困るじゃないか」

「除夜の鐘が鳴るまで経理の人間残しとくのか？　そうでもなきゃ事業拡大は出来ないよな。いや、富山くんはすごい。その内に、過重労働させたって告発されるぞ」

亮輔の言葉に「ない、ない、ない」と片手を振ったのは、ネットオークションのサイトを運営する会社のオーナー、富山唯継。

箕輪亮輔よりは少し年上の三十八歳で、以前はゲームソフトを開発する会社のプログラマーだった。

唯継が大学を卒業し、ゲームソフトの会社へ就職したその段階で、幾つものゲームソフトの会社が乱立出来るような時代は、もう終わっていた。テレビゲームの隆盛と共にゲームの質は向上し、一社に独占されていたゲーム機を新たに製造する会社も出現し、ソフト会社はゲーム機製造会社の下で系列化された。ゲーム画質の向上はソフト制作の過程を複雑にし、膨大に増えた制作費と制作時間は、たやすく中小のソフト会社を排除し、中小の会社を吸収合併した大手の寡占状態を招いた。

まだ二十五にもならない富山唯継は、自分の会社の先を読んだ。ＩＴの創始期はもう終わったと思う唯継は、インターネットの中で動き始めた、個人間の取引の仲介をすることを考えた。各人が勝手にやっているネットオークションをシステム化し、簡略化して利用者が使いやすくする一方で、そのための手数料収入を得ることを考えた。

立ち上げてから三年で彼のサイトは動き始め、五年目に彼は成功者となっていた。地方公務員の息子に生まれた彼は有頂天になり、同時になにかに怯え始めた。

富山唯継がイタリア製のダークスーツなら、箕輪亮輔は鉄紺色のイギリス系国産紳士服の上下。「社長ならこれくらいのもの着なさいよ」と、妻が銀座の高級紳士服店へまで亮輔を引っ張って行って、強制的に仕立てさせたその内の一点。

派手さのない落ち着いた色の生地と、仕立てられた見本の上着を着せられたボディだけのマネキンが静かに待ち構える店の中に入った時、亮輔は「俺、これ着るの？」と言った。三十代の半ばになる夫が、外国製のハイブランドのスーツを着ている——そのこと自体がチャラチャラしていると思う妻は、「だってあなた、もう財界の人なのよ」と、冷たく言った。

「俺は、こういうのがいやでサラリーマンにならなかったんだぜ」と言う夫に、妻は「でも、社長じゃない」と返した。その二人の前に、いかにも紳士然とした高年齢の店員が近づいて来る。その揺るぎのなさは政治家や官僚よりも強い。亮輔は黙らざるをえなくなった。妻となり一児の母となってしまった女は、いつまでも学生気分を引きずったままでいる夫の幼児性が許せなくなっていた。

箕輪亮輔の背中には妻の目が光っているが、富山唯継にはまだ妻がいない。子供の時からゲームの世界に没頭して、大学を卒業する前からゲームを制作するチームの一員になっていた。それが、会社の先行きを考えて、ゲームの世界から飛び出した。そうなって意外なことに、ゲームの世界にはまっていたはずの男が、抜けてほどなくしたら、ゲームへの関心を失っていた。

自分の会社を育てるのに忙しくて、ゲームをしている暇がない。やっと会社が軌道に乗って、「最近のゲームはどうなっているのか？」と思い新着のゲームに手を出したが、「なるほど」と思う以上の感慨はなかった。唯継は、自分のはまっていたゲームの世界が狭隘で、世の中には他にいくらでも楽しいと思えることがあるのを知った。

唯継の生まれた家は、決して貧しくはなかった。しかし、裕福でもなかった。地方公務員の一家は堅実で、父親は安定からの逸脱を許さなかったので、金があるということがどういうことなのかを知らなかった。

金があれば狭隘な世界から抜け出せる。自分さえも、「今までの自分」とは違う自分になれる。ハイブランドの服を買って着れば、それだけで自分は「今までの自分」とは別人になれる。自分がどのような人物かと相手に知られれば、女に不自由をすることがない。

釣糸の先にエルメスやシャネルのバッグを付けて女の前に垂らせば、一夜の関係が飽きるまで続けられる。手が出せる若い女というものがいくらでもいる以上、結婚ということを考える気にもならない。自分は自由で、豊かで、金さえあれば困ることはなにもない。

ハイブランドの服を着れば別人になれるが、ハイブランドのどの服を選んだらよいのかは分からない。店の若いスタッフに、「そちらとお合わせになるのでしたら、こちらの方がよろしいかと」などと言われると、服を選ぶ自分のセンスが疑われているような気になる。二十代の間に「着る物などどうでもいい」と思っていたことの結果だからそれも仕方がないが、金があれば、自分専用のファッションコーディネイターを雇って、面倒な店へ服を買いに行く必要もなくなる。

自分が何者であるかをしかるべき酒の席で明かせば、女達は簡単になびいてくるが、唯継にはその度胸がない。「こちらにおわしますのは――」と、そばで唯継の素姓を明かしてくれる取り巻きが必要になる。その夜のカウントダウンパーティで人集めに動いた太鼓持ちのような芸人、内儀(ないぎ)ノリカズもその一人だった。

富山唯継と箕輪亮輔が立ったまま話をしていると、その内儀ノリカズが若い女を連れてやって来る。冬なのに赤いアロハシャツを着て、パーティなのにスニーカーでメジャーリーグの野球帽を被(かぶ)っている。着ているアロハにオカメとヒョットコの顔が散らしてあるのは、彼流の祝儀(しゅうぎ)気分であるらしい。

「社長！」と言って寄って来る内儀が連れているのは、ビーズ飾りの付いた水色のドレスの胸元を大きく開け、自慢の胸の谷間と酒に色づいた白い肌を見せる大柄な女だが、唯継の視線は違うところへ向いていていた。

唯継の視線の先にはカウチがあって、人の賑(にぎ)わいから離れたそこに、二人の女が座っている。

すぐに目に入るのはオレンジに近いヴァーミリオンのドレスを着た女で、胸元になにかの花のコサージュらしきものを付け、ジョーゼットの淡いピンクのショールを巻いたまま、なにやら黒いものが盛られた皿を手にして、口へフォークで運んでいる。

それをイカ墨のパエリアとも思わない唯継は「なんだあれは？」と思ったが、そう思うのは事のついでで、唯継の目が引きつけられたのは、その隣に座ってぼんやりとなにかを待っている様子の女だった。

色が白い。ゆるく束ねられ、こちらからは見えない白い襟足を見せつけるように持ち上げられた髪の毛の色が、ローズピンクのウォッシュアウト・シルクのドレスを美しく引き立てている。

ドレスの胸元には細い金の鎖と、そこから下がる小さな緑のエメラルド。濃い睫毛に縁取られた黒い瞳は美しく澄んで、憂いのような放心の色を見せてあらぬ方へと向いている。

「あれは誰だ？」

唯継は、そばに立つ芸人の内儀に尋ねた。着ているドレスの色のせいもあるだろうが、唯継の視線の先にいる女の肌は、そこだけ淡いピンクのライトを当てられたようで、なにかが内側からくゆりながら立ち上るように、美しく朧に輝いている。

内儀の連れて来た女は、黙って唯継の視線の先を覗き込む。

「誰です？」と内儀は繰り返すが、唯継には「あれ——」と言って顎で方向を指す以外に、言葉がない。

「どれですか？　あのピンク？　パエリア食ってる女と一緒にいる？」

唯継は「うん」と言って、その後で「あのボーッと輝いているやつだ」と付け足した。内儀の目には、誰かが特別に輝いているとは思えない。「こりゃ、富山社長、もしかして——」と思う内儀は、「ＭＩＡですよ」と言った。

「ミヤ？」と言う富山に、内儀は「モデルのＭＩＡですよ」と言って、大柄ビーズの女は、「ああ、ハンペンの子ね」と言った。

「ハンペン？」と、唯継は尋ね返した。

「ハンペンのＣＭに出たんですよ。〝似合わねぇ〟って騒がれて、テレビに出たんですよ。知りません？」と内儀が言うと、大柄な三十近いグラビアモデルの女は、「ハンペンだもんね」とまぜっ返した。

「ハンペンがなんだよ？」と富山が言うと、「美人すぎてハンペンには似合わないってことですよ」と内儀は答える。

「そうか」と言う富山の目の端に、赤いドレスを着た女の大きく開いた背に手を当てて、シャンパングラスを手にした別の女達のグループの中へ進んで行く箕輪亮輔の姿が見えた。

唯継は、「紹介しろよ」と内儀に言った。

「真由ちゃん、まだいるの？」と、美也は隣でパエリアを食べている大学の友人の真由香に言った。

「うん」と言った真由香は、そう言いながらなにも聞いていない。「食べないの？　おいしいよ」と平気で答える。

真由香のドレスの胴回りには、横にいくつもの襞が縫い寄せられて入っている。シルエットを美しく見せようというつもりなのかもしれないが、成功はしていない。腹にキルティングの腹巻をしているようにしか見えない。

全身が酔ったように紅いヴァーミリオンのドレスを着た友人を「謝恩会の女子大生みたいだな」と思いながら、「私はもういいの」と美也は言った。

「もう少ししたら迎えが来るはずだから、私コーヒーもらってすぐ帰る」

「迎えって、彼？」

「うん。そしたら私、先帰っていい？　真由ちゃんまだいるんでしょ？」

「いるけど――」

「言えばタクシー券もらえるって言ってたじゃない」

「あ、そっか。だったら私、それでもいいよ」と真由香が言ったので、美也は給仕役の制服姿の男を目で探した。

片手を軽く挙げた美也の合図に気づいた制服の男が口には出さず、「はい、なんでしょう?」と近づいて来た時、内儀ノリカズと富山唯継が連れ立って現れた。

男二人が美也の前をふさいで、美也の体は男達の影の中に入った。にもかかわらず、そのことに気づいたような様子を見せない美也は、やって来た制服姿の男の方に首を向けて、「コーヒーをいただけます?」と言った。

内儀は一歩前に出る。目の前に知った芸人がいることに気づいた真由香は、フォークを持つ手の空いた指を泳がせて、「はーい」と手だけの挨拶をする。

制服の男は「かしこまりました」と無言でうなずいて去り、真由香に掌(てのひら)だけの挨拶を返した内儀は、やっと「MIAちゃん」と美也に呼びかける。

「今気がついた」というわけでもなく、美也は黙って顔を上げ、内儀は「紹介させて」と言って体を脇に寄せた。

「彼ね、DO(ドウ)トピアの富山さん。社長だよ」と内儀に言われて、美也に向かって唯継は手を伸ばす。

差し出された以上、美也はその手を握るしかない。その手を握ったまま「よろしく」と言う富山に、「DOトピアって、ネットオークションのサイトですよね?」と言って、美也はその手を引こうとした。

富山の指は格別に冷たくもなく温かくもない、普通の男の指だった。

手を引こうとした美也の気配を察したのか、富山は美也の手を離し、いきなり自分の仕事の話を始めた。

「ネットオークションというより、今は会員同士が自由に物を売買出来る交流サイトですね。もちろん、ネットオークションもやってますけど」

美也が「そうですか」と言うと、富山は「会員数は百二十万ですね」と言った。インスタグラムのフォロワー数が何百万人という例があることを知っている美也は、やはり「そうなんですか」と答えるしかない。

美也の口から出る「すごい」という言葉を聞きたい富山は、「今年の春には二百万を超えますね」と言ったが、美也の口から出るのは、少しはずんだ「そうなんですか」という言葉だけだった。

「もっと行きますよ。勢いづいて来ると止まらないのがネットの世界だから」と富山は言ったが、美也はうなずくだけだった。

「モデル、ですよね？」と、富山は尋ねた。「はい、モデルですけど、まだ学生です」「学校はどこの大学ですか？」と尋ねられて、美也はその答を隣の真由香に譲った。「同じ？」と言われて「ええ」と答えた真由香は、空になったパエリアの皿を持ったまま、「よかったらどうぞ」と、富山のためにカウチの席を空けた。

「いいんですか？」

「ええ」と言って立っている真由香に、自分の役割を心得ている内儀は話しかけて、それとなく美也と富山のいるところから離れさせた。

美也の隣に座った富山は、拳一つ分だけ距離を空けて、「おきれいですね」と美也に言った。

「いえ、それほど」と頭を振る美也の横に制服姿の男が現れ、薫り高いエスプレッソの入ったカップを載せたソーサーを差し出した。

美也にコーヒーを渡した制服の男は、富山に「なにかお持ちしますか?」と尋ねた。富山は顔を上げて、男は「ワインでも?」と尋ねたが、富山は手を振って「いらん」という意味を示した。

男が去ると富山は、「今来たばかりなんでね」と、ちぐはぐなことを言った。

美也は、「だったらなにか召し上がった方が」と言って、去って行った男の姿を目で追おうとしたが、富山は「いやいや、いや」とこれを制した。

美也は向き直って、「本当にいいんですか?」と富山に言った。初めて美也の顔を間近の真正面から見た富山は、声が出なくなった。

「匂い立つ美しさ」という嘘のような表現が真実でもあるということを、初めて知った。

「シャネルですか?」と富山は、夢見心地で美也に尋ねた。

美也はローズピンクのドレスの胸元を指して「これ?」と言っては、首を振った。「いや、ドレスではなくて」と言う富山は、黙って息を吸い込む。

「ああ」と思う美也が「ゲランなんです」と言うと、富山は、「ゲランなんだ」と無意味に香水のブランド名を繰り返した。

「でも、私のじゃないんです。母のを借りたんです」と美也が言うと、のぼせ上がった富山は、「お母さんがいるんですか？」と間の抜けたことを聞いた。

美也は「ふふっ」と笑ってデミタスカップに口をつけ、「ゲランなんて高いですもん。私なんかじゃ買えません」と言った。

富山は、「いいですよ。いくらでも買いますよ」と言った。

「プレゼントしますすよ。あなたに合ってるもの。なんですか？　ゲランのなんですかね？」と富山は勢い込んで言う。

「え？」と美也が引きかけた時、バッグの中で美也のスマートホンが着信を知らせて鳴った。

「ごめんなさい」と、美也は富山を軽く制してカップを置くと、共布仕立てのピンクのバッグを開けた。

富山はそれをじっと見ている。取り出したスマートホンには「来たよ」という短いメールの文言があって、時間は〇時三十二分だった。

「すいません、私、帰らなくっちゃ。下に迎えが来てるんです」

「迎え？　お嬢様なの？　門限なんかあるの？」

「そうじゃないんです。私、カウントダウンパーティだと思って、十二時過ぎたら終わるだろうから、その頃迎えに来てって、言っておいたんです」

「誰に？　誰か付き合ってる人いるの？」

「そうじゃないんです。兄です」

「兄さん？」

「ええ」

「ホントに？」

「ホントです」

そう言って美也は腰を浮かせかける。富山は慌てて、スーツの内ポケットから名刺入れを取り出して、「よかったらまた連絡して」と美也に手渡した。

「はい」と言って受け取った美也は、近くにいるはずの真由香を探し、「じゃね、お先に——」と言って足早に出口へ向かった。

「帰っちゃった」と、真由香のそばにいた内儀は言った。

「シンデレラだね」と言ったが、そこに靴は残っていなかった。

許婚者（いいなずけ）

天井の高いエレベーターホールを抜けて外に出ると、年の初めの寒気が美也の着る白いカシミヤのコートの裾を軽くふわっと持ち上げた。寒気はそれほど強くない。今までいたパーティ会場のほてりが残る頰には、冷たい風が心地よい。

「来たよ」と言って来た人の車はどこにいるのかと思って、美也は辺りを見回した。エレベーターホールの光は美也の足下に影を作るが、辺りの光は淡く薄い。表の通りからタワーマンションの方へ入って来る道の両側には街灯が二基点っているが、その他に光はない。通りを行く車も、たまに一台、二台が現れるだけで閑散としている。道を歩く人の影もない。クリスマスの夜とは違って、大晦日の後の夜はしんとしている。その静けさが美也には心地よかった。

目の前には黒いビルの影がある。ファッションビルでもオフィスビルでも、人が居住しないビルは明かりが消えている。大晦日は大掃除、一月一日は休業と決まっている街ではネオンも点らない。落ち着いた静かな街の夜空には満天の星と言いたいところだが、星の光は目立たない。

見上げれば空高く、満月に至る前の月が白く輝いている。遠い空の月がそれほどに強く輝くものとは、美也は思わなかった。

その月の下を細い雲がゆっくりと流れて行く。月の光を受けた夜の雲が美しく輝いて見えることに気がついた美也が、口許から白い吐息を漂わせて空を見上げていると、ライトを点した銀色のレクサスが静かに近づいて来た。

美也の前で停まった車のサイドウィンドウが下がり、運転席にいた男が体を傾けて「お待たせしました。お嬢様」と言った。

「どこにいたの?」と、車のドアを開けながら美也が言うと、運転席の男は「そこにいたさ」と言った。

「そこってどこよ?」と美也が言うと、相手は前を向いたまま首だけを後ろに倒して、「そこさ」と天井に目を向けて言った。

邪慳な仲の喧嘩ではなく、若い仲のじゃれ合いのようなものだが、その運転席の男は、五十二階のパーティ会場で、富山に対して美也が「兄です」と言った人物だった。もちろん、「実の兄」ではないのだが。

「そこ」がどこかは分からないが、車は横合いから出て来たのだから「そこら辺」なのだろうとあきらめた美也に、運転席でハンドルを握る「兄ならぬ兄」の間貫一は、車を出してハンドルを切りながら、「どうだったの？」とパーティの様子を尋ねた。「別に、悪口を言うわけじゃないけど」と前置いた美也は、「いきなり『シャネルですか？』って聞いてくるのってさ、どう思う？」と言った。

「どう思うって？」と言った貫一は隣の美也をチラッと見て、「それシャネルなの？」と言った。

「服じゃないの。香水。別に鼻をクンクンさせたわけじゃないけど、私の横に座って、マジな顔して『シャネルですか？』って言うの、いやじゃない？　だから私、『ゲランです。母の借りたんです』って嘘ついたの。そしたら、なんて言ったと思う？」

「知らない。なに？」

「『ゲランのなんですか？』って聞くの。私が『ゲランなんて高くて買えません』て言ったから、『だったらなんですか？　いくらでも買いますよ。プレゼントしますよ』って。初対面の相手にいきなり香水贈りたいってさ、へんじゃない」

「へんだよね、誰なのそれ？」と貫一が言うと、美也は貫一の体に肩を寄せて、「IT屋の社長さんだって」と言った。

柔らかなカシミヤのコートの中から、美也の香水の匂いが漂って来る。美也の使う香水の一つだとは分かるけれども、貫一はその香水の名前が分からない。知りたいとも思わない。

「名刺もらったけど、見る？」と、美也は言ったが、貫一は「なんで？　いいよ」と、興味を示さない。美也は「だよね」と言って、パーティの話を一人で続けた。

美也は、彼女の美貌に酔ってしまった富山の胸の内など分からない。分からないまま、「自分の仕事の自慢しかしないのよ。『ウチはアクセス数がどれくらいだ』とか。百万だったかな？」と喋り続けている。

ハンドルを握る貫一はそれを「ふーん」と聞いて、貫一の体に肩を寄せた美也は、「幻滅しちゃった」と言うと、貫一の美しい横顔を黙って見ていた。

「兄ならぬ兄」の貫一は、美也より二歳年上で、その年の春に東京大学の経済学部を卒業する予定になっていた。貫一の成績は優秀だから、その予定がぐらつくおそれはない。大学を卒業すれば、美也の父親の知り合いがやっているレストランへ修業に行く。いずれ貫一は、美也の父親の経営しているレストランを任されることになっていて、修業というのはその経営見習いのため。大学が経済学部だというのも、その将来のタイムスケジュールあってのことだった。

貫一の父親は、彼が小学校の六年生だった冬に死んだ。母親はその以前、彼がこの世に生を享けるのと引き換えに、世を去っていた。

息子にその美貌を伝えた母親は大層な美人で、父親は死んだ母親を非常に愛していたということを、貫一は父親の死後に自分を引き取って育ててくれた美也の父——鳴沢隆三から聞かされたが、貫一は自分の母親を写真やホームビデオの映像でしか知らない。

幼い時に一度、「お母さんてどんな人?」と言って、父が奥から持ち出したビデオの映像を見せられたが、あまり「美しい人」とは思わなかった。

新婚旅行で行ったというハワイの映像で、海が見えるテラスのようなところに立った若い女が、「なァに?」「やだァ」と言いながら、カメラに向かって微笑んでいた。肩までの髪をカールさせた色白の人で、ぼやけてよくは分からないが、首にレイをかけ、白地に赤かピンクの花模様をプリントしたハワイ風のムウムウらしきものを着ていた。

ビデオテープを再生した父は、死んだ妻の姿を黙って見ていて、「これがお母さんなの?」と言う幼い息子に「そうだよ」と言って、「古いから画質が悪いな」と言った。テレビ画面に映し出される母親の姿は、はっきりしなかった。ハワイの強い日差しのせいもあるのだろう。家に飾られた遺影の方がまだはっきりとして美しく、生きていた時の様子を知らない人のぼやけた画像は幽霊のようにも見えたが、若い母親の声ばかりは、貫一の耳に生々しく残った。

母親を恋しいと思う心が、貫一の中になかったわけではない。毎朝起きれば、リビングルームに飾られている母親の顔写真に向かって「おはよう」と言い、帰って来れば「ただいま」と言う。そういう生活を繰り返していた貫一の中には、自分なりの母親像が出来上がっていた。

明るくてやさしくて、なにも文句を言わずにすべてを受け入れてくれる。その母親像だけで十分で、古いビデオテープから聞こえて来た声や、羞じらうような笑顔は余分だった。それは明らかに息子の貫一に向けられたものではない。「お母さんは、こんな声をしていたの？」と思い、「僕のお母さんはこんな声じゃない」と思った。

母が死んだ後、父は再婚をしなかった。いない母親を間に挟んで、父と息子は仲がよかった。二人でありながら、死んだ母親がそこにいるような「三人家族」を作っていた。父親は息子にやさしかった。しかし、母親の姿をビデオで見ていた父の姿に、貫一は微妙な違和感を覚えた。それがなんだかは分からなかったが、小学校の高学年になってふっと気がついた。

父親は死んだ自分の妻の姿を、黙って目で追っていたのだ。そこには父親と、愛する妻との関係しかなくて、貫一の居場所はなかった。

それまで貫一は、「僕とお父さんの二人でお母さんを愛しているのだ」と思っていた。しかし父親は、貫一を抜きにして、死んだ妻をただ一人で愛していたのだ。父親が死んだ後で貫一を引き取った鳴沢隆三に、「君のお父さんは、死んだお母さんを非常に愛していたんだよ」と言われて、「やはりそうだったのか」と、貫一は思った。

貫一の父と美也の父は、附属の小学校から大学まで続く一貫教育を十六年間共にした幼馴染みだった。間の家は東京の芝で輸入雑貨の代理店をやり、鳴沢の家は高輪でレストランをやっていた。歩いて行き来するような近さではないが、通学の電車は同じだし、時にはどちらかの家の車に乗せられて、二人で通学することもあった。

二人は親友だったが、それだけで貫一の父は、息子を鳴沢に託したわけではない。

鳴沢隆三は、貫一の母を愛していた。

戦前に貫一の曽祖父が横浜で貿易商を始めて成功したのが間の家で、戦後になって次男である貫一の祖父が東京に出て来て、家業である輸入品の取扱い業務を始めた。間の家の本拠は横浜で、貫一の母は、横浜に住む貫一の父の従妹の友人だった。

貫一の父は、まだ女子大の学生だった四歳年下の未来の妻に一目惚れして、「すぐにでも結婚をしたい」と言った。「バブル経済」と言われる騒々しい時期に差しかからんとする頃で、若い女達は胴を引き絞って両肩をパッドで怒らせた「ボディコン」と言われるスーツを着て、長い髪を掻き上げながらピンヒールの靴で歩き出そうとしていた。

それが最新のスタイルと思われる中で、横浜のお嬢様学校に通う貫一の母陽子は、「コンサバ」と言われる保守的な服装をしていた。

一歩先へ行かんとする女達の目から見れば「保守的」かもしれないが、違う男の目から見れば「ちょうどいい（モデラート）」のが貫一の母だった。彼女は色白で、思わず抱きしめたくなるような細くて華奢な体付きをしていた。

いきなりの求婚の言葉に戸惑った陽子は、「まだ学生ですから」と言った。遠ざけはしたが、「ノー」ではない。彼女が大学を卒業した翌年、貫一の父は改めて求婚をして、結婚を確約させた。鳴沢隆三が貫一の父から「結婚相手」として彼女を紹介されたのは、その頃のことだった。

紹介の言葉を聞いた隆三は、「お前、こんな相手どこで見つけたんだよ」と言った。貫一の父はただ「秘、密」と言って、やがて貫一の母となる女は、下を向いてくすくすと笑っていた。

陽子を見る鳴沢の思いは、貫一の父が初めて陽子を見た時の思いと同じだった。鳴沢隆三は恋に落ちた。そしてその相手は、既に他人の妻同然の女だった。力ずくでもその女を手に入れたいという思いが、隆三にはなかった。その相手は、親友の「妻」なのだ。隆三は我慢した。万一のことを思って、貫一の父も結婚が確定するまで、隆三に陽子を会わせなかった。

貫一の父は二十七歳で結婚したが、同い年の鳴沢隆三は三十三歳になるまで結婚をしなかった。親友の結婚に落ち着かないものを感じ、自由を謳歌してせわしなく女を変える独身貴族を装っていた。

鳴沢家のレストラン遠望亭は、緑多い高輪の台地の上にあって、かつては品川の海を眺め下ろすことも出来た。元は華族の別邸で、アメリカ占領軍に接収されていたものを、朝鮮戦争が休戦状態になった時、米軍から返還されたのを隆三の父が買い取り、内部を改装して宴会場のあるハウスレストランにした。

いかにも元華族の別邸にふさわしい、黒い樫材と白壁のコントラストが美しい英国ルネサンス様式の建物で、独身の隆三に誘われて静かな緑の中に佇むこのレストランへ食事に訪れた女達は、束の間、その家の女主人であることを夢見てしまう。

貫一の父よりは少しずんぐりした体型の鳴沢隆三は派手好きで、付き合う相手を何人も変えていたが、その彼が三十三歳で結婚に踏み切ったのは、前年に貫一の母陽子が世を去ったからだった。

虚弱体質だった陽子は、その以前に流産を経験していた。結婚をして六年目に再び妊娠をして、出産に体が堪えられるかどうかが危ぶまれたが、陽子は「産みたい」と言った。その結果、月満ちて貫一は生まれたが、数日後に陽子は世を去った。

親友の妻となってしまった陽子がどうにもならないことを知ってはいたが、鳴沢隆三は陽子がまだ人の母とならぬことに一縷の望みを託してはいた。しかしその陽子がついに母親となり、かなわぬ思いの念押しをするように、隆三の手の届かぬところへ行ってしまった。

隆三は、父親が遠望亭を開業した頃の年齢に近づいていた。息子と同じように隆三の父も女性関係が派手な人だったが、その父ももう七十歳を過ぎた。一人息子の隆三は、父の事業の後継者になる覚悟を決めなければならなかった。貫一の母が死んだ翌年、鳴沢隆三は身を固め、その十一年後に今度は貫一の父が病に倒れた。

病院のベッドで酸素吸入マスクを付けた貫一の父は、そばに立つ友へ息子を託した。その時、貫一も同じ病室にいた。プラスチックの酸素吸入器を通して聞こえる父の声は小さかったが、言葉は聞き取れた。父親は幼馴染みの友に、「陽子の子を頼む」と言っていた。

その瞬間、貫一は自分の父が囈言（うわごと）を言っているのかと思った。なにを言っているのかが分からない。「陽子の子って、誰？　陽子って――」と思った。どうしてそこに、自分が生まれるのと引き換えに世を去った母親の名が登場するのかが分からなかった。

友の最後とも思える頼みを聞いた隆三は、貫一の父の手を握って「分かった」と言うと、その手を握ったまま横に立つ貫一を振り返ってうなずくと、「心配するな、俺が付いているから」と言った。

「お父さんは大丈夫なんだろうか？」と怯えていた小学六年生の貫一は、父と鳴沢の小父（おじ）が話していたのは自分のことだったのかと気づいた。死んだ自分の母親の名前が「陽子」だったということにも。

なぜそこに死んだ自分の母親の名前が登場するのか、貫一には分からなかったが、貫一の父は鳴沢隆三が自分の死んだ妻に思いを寄せていたことを知っていた。だからこそ、

「この子を頼む。俺の子ではなく、陽子の息子として」という思いを伝えた。二十世紀が終わって二年目が過ぎようとする冬のことだった。

貫一の家は、既に破綻しかかっていた。

横浜で貫一の曽祖父が始めた輸入品の販売業務は、中流の上から上の階層の人を対象とした、限定のかかった商いだった。日本人全体の生活レベルがまだそれほど高くはない時代に、日本人の生活レベルを前提としていない欧米の製品は、上質だが高価だった。それを輸入すれば関税がかかる。日本人一般の生活にそれほど関わりのない贅沢品と見做されて、そこに物品税がかかり、輸入業者の手数料もカウントされた。それでもかまわない。高価な輸入品は「舶来」という名の輝けるブランドを構成して、それを買えるだけの余裕のある人達だけを対象にして成り立っていた。

限定した客層を相手にしていた貫一の一家は当然裕福で、その状態が揺らぐとは思わなかったが、それでも時代の波は訪れた。

横浜の曽祖父は、東南アジアからラワン材・ロープ用の麻、あるいはバナナ等の農産物を輸入して売り捌く貿易商だった。しかし、東京に出て来た貫一の祖父は、戦後の日本人の目にはピカピカと眩しいアメリカ製の万年筆やイギリス製のライター、スイスの時計、フランス製のバッグやスカーフ、イタリアの皮革製品を輸入して売った。

貫一の祖父が曽祖父の援助で店を開いた昭和三十年代の初めに、「ファッション」と言えばフランスの専有物で、イタリアのファッションブランドの名を知る人は少なかった。しかも、間の店にやって来るような富裕層の人間にとって、服というものは既に出来上がっているものを買うのではなく、デパートや洋裁店にまで出向いて一着ずつ仕立てるオーダーメイドが原則だった。

「既製品」と言われる服は安物で、まだその時期、海外の有名デザイナーは、売るべき既製服を発売してはいなかった。

間の店は、輸入によって外貨が流出することを警戒する倹しい日本の社会に開いた小さな貿易の窓で、後の「セレクトショップ」と言われるものに近かった。しかしそうであっても、高度経済成長と言われる発展の中で、贅沢品を扱う間の店は順調に繁栄して行った。そして、貫一の父が大学生になった一九七〇年代の終わり、祖父は家の外に愛人を作った。

貫一の祖母は、怒って家を出て行った。祖父との離婚が成立したのは、貫一の父が大学を卒業した年だった。卒業した貫一の父は、祖父の店で働いた。肩書きは「専務」だった。離婚した祖父は愛人の女を家に入れようとしたが、「それだけはやめてくれ」と貫一の父は訴えた。

祖父はその訴えを聞き入れたような顔をしていたが、実際にしたのは違うことだった。別れた妻から財産分与を要求されていた祖父は、芝の店に隣接していた三階建ての家を、敷地ごと売り払った。新しい女を家に入れなかった祖父は、前妻もろともその家を消去してしまったのだ。

芝の家は高値で売れた。祖父は、新しく買ったマンションに女と入って再婚し、同居を嫌った貫一の父は、家に以前いた家政婦を頼んで、一人暮らしを始めた。

貫一が生まれる以前、既に間の家はバラバラになりかかっていた。

両親が離婚して五年後、貫一の父は大学を卒業した妻と結婚したが、その時にも一揉めがあった。貫一の父が血の繋がる自分の母を結婚式に呼ぶのは当然だが、祖父の方も「お前の母親だ」と言って、自分の新しい妻を出席させようとした。

貫一の父は、「そんなことをしたら式場で大変なことになるから止めてほしい」と訴えた。祖父と別れた祖母は気の強い女で、祖父が迎えた新しい妻は、貫一の父よりわずかに七歳年上の元銀座のクラブホステスだった。三十四歳の義母は「息子の結婚式に出席する母親」としては、あまりに派手で若過ぎたのだ。

しかし祖父は、自分より二十五歳も年下の妻が自慢で、人前に出したくてたまらないので、「母親が式に出てなにが悪い」と譲らない。息子の愚痴を聞いた母親が元夫に電話を掛けて、「あなた、恥というものを知りなさいよ！」と、激しく詰った。

「もう女房でもないお前がなにを言う！」と祖父は反論し、祖母は「あんたの女房じゃなくても、私はあの子の母なのよ！　どこの馬の骨とも知れない女とは違うのよ！」と罵り返す。結局、この電話越しの罵り合いをそばで聞いていた若い義母が、「年寄り同士の喧嘩に巻き込まれるのはいやだ」と言って出席を辞退することで、この問題は収まった。しかし、そのせいかどうかはよく分からないが、結婚した貫一の父が新居として買ったマンションの部屋に、実の父は一度も、実の母は年に一、二度しか訪れなかった。

一人息子が結婚した翌年、還暦を迎えた祖父は、「もう店はお前に任せる」と言って若い妻と遊び暮らすことばかりになり、店を譲った翌年、脳溢血（のういっけつ）に倒れて死んだ。別れた妻は葬儀に来なかった。義母に代わって喪主となった貫一の父は、ひそかに自分の親を「勝手なことばかりして」と嘆いた。貫一の祖父が「任せる」と言った時、もう彼の店の景気は下り坂だった。

日本が豊かになるにつれ、国内製品のレベルは上がり、一時代前の舶来品崇拝の風潮はなくなっていた。店の景気はそれを反映して、祖父はやる気をなくしていたのだ。

男に妻が増えれば、財産というものはその分だけ減って行くのだということを、貫一の父は現実のこととして知った。

間の籍を離れた祖母は、芝にあった家と土地の売却代金の半分を持って行った。残りの金で買ったマンションは、夫の遺産として新しい妻のものになった。それだけで七歳しか違わない義母と縁切りが出来るのかと思って、貫一の父は格別に異を唱えなかった。

芝の地にまだあると思われていた間の家と、その店の格式、あるいは体面をそのままにして、貫一の父はかなりの財産を失っていたが、更なる時代の波はそこに容赦なく押し寄せて来た。貫一の祖父は、押し寄せる時代の波を不快に思って仕事を息子に押しつけたが、バブルの波に押し寄せられて昭和という時代が終わって後は、押し寄せる波の質も一変してしまった。

順調に貿易収支の黒字を重ね「世界一の経済大国」となってしまった日本に対して、先進国だった欧米諸国は、日本の輸出量に見合っただけの輸入の拡大を求め、それに応じて日本政府も「輸入の促進」を国民に訴えた。間の家にとっては景気回復の好機のようにも思えたが、実際は逆だった。

「輸入をしろ、輸入製品を買え」と言われても、かつてのような舶来崇拝の心を失ってしまった日本人には、なにを買えばいいのかがよく分からなかったのだ。

なにを買えばよいのか分からずにいた日本人は、国内で輸入製品を買うかわりに、旅行で海外へ出掛けた。円高の進行で割安になった海外旅行をすることが、貿易の不均衡を軽減する一助となることを、日本人は知ったのだ。

海外へ出掛けた日本人の前に、免税店というものがあった。かつてそれは、空港にあって、税のかかる酒やタバコを安く買うための施設だったが、円高で海外に出掛けた日本人は、そこに高価で無縁だったはずのハイブランド商品が並んでいるのを見た。そしてそれを、「旅の土産」気分で買った。

日本人が直接海外へ出向いてブランド商品を買ってしまえば、もう間の店のような輸入業者の出番がなくなる。それが、やって来た「時代の波」だった。

国民に輸入製品を買わせようと思う日本政府は、個人が直接に外国製品を輸入出来るように、それまであった制度を緩和し、個人による並行輸入を実現させた。一般の人間が輸入に手を出してしまえば、間のような個人相手の輸入業者は出番をなくしてしまう。

さらに、昭和が終わるとすぐに日本政府は、舶来品にかけられてそれを高価なものにしていた、物品税を廃止した。「贅沢品には税金をかける」という時代は終わって、代わりに「すべての商品ひとしなみを対象とする」という消費税が導入された。

舶来品はもう高価なものではなく、間の家を成り立たせていた特権のようなものは、力を失ってしまったのだ。

晩年、自分の仕事に対して情熱を失っていた貫一の祖父は、商売の業務を息子に任せると、自分は会社の口座から金を勝手に持ち出し、株の取引に注ぎ込んだ。

バブル経済で上がる一方の株価は祖父を有頂天にさせ、死後にその株券を相続した貫一の父も、傾いた間の家を盛り返すためにと、その投資を受け継いだ。しかし、貫一が生まれ、貫一の母が死ぬと、その株式が暴落を始めた。

「間の家が傾いたのにはなにか理由はあるだろう。しかし、世の中全体が傾いてそのままになってしまうはずはない」と思う貫一の父は、見込みのない株の世界に金を注ぎ込み続けて、大損をした。

しかし、父に愛されて暮らす貫一は、そんなことを知らない。寂しいといえば、母親がいないことが寂しいが、母親に代わって家の中を取り仕切っている古くからの家政婦は、「坊っちゃんが寂しそうな顔をなさっていると、旦那様もおつらくなりますよ」と幼い貫一に言って、リビングルームの壁に飾られている母親の遺影に声を掛けるようにすすめた。「そうすれば、お母様は坊っちゃんに答えて下さいますよ」と。

貫一は、自分の家が傾いていることを知らなかった。貫一の父は、自分と同じように貫一を、学費の高い名門私立の一貫校へと入れた。父親は、息子のために温室を作り維持しようとしたのだが、病に倒れて死んだ。貫一は心細さに泣くしかなかった。

父を失って、貫一はこわかった。

病室のベッドに横たわって窶れて行く父の姿を見るのは不安で、足下から心細さが這い上って来るような気がしたが、その父が永遠にもういないと思うことは、心細さとは別次元のことだった。

あったものがなくなって、そこにぽっかりと穴が空く。その向こうには虚無しかない。自分がそんなものに向き合わされていると思うと、恐ろしくてしようがない。暗い虚無の中へ吸い込まれそうな気がする。「どうしたらいいのか分からない」という思いで、父が横たわるベッドを離れた貫一は、一人で泣いた。死んだ父の顔を見るのがこわくて、病室の壁に向かって泣いた。壁に向かって母親の遺影を思い出し、「お母さん！」と声に出して叫びたかった。

ずっと以前に死んだ母親は貫一の胸の中で生きていて、ずっと一緒にいたはずの父親は突然に消えた。

その時病室にいたのは、貫一と鳴沢隆三、間家の家政婦と、息子の許を訪れることがほとんどなかった貫一の祖母の四人だった。

壁に向かって涙を流すだけだった貫一の嗚咽の声が大きくなった。気づいた鳴沢隆三は貫一の方に歩み寄り、後ろから肩を抱くようにして言った。

「大丈夫だよ。心配しなくていい。君の面倒は俺が見るって、お父さんと約束したんだ。なにも心配しなくていい」

そう言うと、念を押すように貫一の肩を何度も叩いた。

居合わせた人達の視線は、ベッドから部屋の隅へと移り、隆三の言葉を聞いた家政婦は、「そうですか、よかった、よかった」と言わんばかりに小さくうなずいたが、七十歳を過ぎた貫一の祖母は、「あら、そうだったの?」とも言いかねないような表情で、孫とその肩を抱く息子の旧友の背中を眺めていた。

離婚して旧姓に戻した祖母は、きちんとファンデーションで仕上げた顔にアイラインを引き、唇には真っ赤な紅を点していた。「藤の衣」が喪服を表す言葉だと知る祖母は、仕立てのよい抑えた藤色のスーツを着ていたが、光沢のある絹地のスーツの印象は、地味なものではなかった。

黒の光沢が美しいグッチのバッグを提げた祖母は、壁際に歩み寄ると、「鳴沢さん、ちょっと」と息子の旧友を呼び寄せた。

鳴沢隆三は、再び「大丈夫だからね」と言って貫一の肩を叩くと、亡き友の母に向かって歩み出した。

祖母と鳴沢隆三は、壁に向かって佇む貫一に背を向けて、小声で話し出した。

「私、今初めて聞いたんですけど、あなたが貫一を引き取るの？」

「そのつもりです。私に『頼む』と間が言いましたから」

もちろん隆三は、死んだ貫一の父が「陽子の子を頼む」と言ったことなど口にはしなかった。

貫一の祖母は、まるで値踏みをするような顔で隆三を注視し、それを彼女の異議申し立てかと思った隆三は、「いけませんかね？」と尋ね返した。

祖母は、「いい」とも「いけない」とも言わない。一拍置いて「忘れていただきたくないのは、あの子に相続権があるのと同じように、私にも息子の財産の相続権があるということですの」と言った。

祖母は、残された孫のことより、死んだ前夫から受け継いだ息子の財産の方が気になっていた。

隆三は、別の壁際へ貫一の祖母をうながすようにして、「もちろんです」と言った。その後は、更に小声になって聞こえない。貫一は、鳴沢の小父の肩越しに見える祖母の顔を見ていた。

祖母と父は仲が悪かったわけではない。しかし祖母は、めったに貫一の住まうマンションを訪れない。なにかの折に突然姿を現す。白髪頭で真っ赤な口紅をつけ、背筋ばかりは真っ直ぐ伸ばしている不思議なおばさんというのが、貫一にとっての祖母像だった。

その祖母が、息子の遺体が横たわる病室で、遠回しに遺産の請求をしていた。

「お調べになれば分かるんですが、間に財産というものはほとんどないんですよ。彼のマンションだってローンは終わっていませんし、店の方も抵当に入ってます」

祖母は、「まァ」と言って、「本当ですの？」と言ったが、まだ納得には遠かった。

「間は、そういうことを正直に打ち明けて、僕に『貫一を頼む』って言ったんです。財産の方はそちらでお調べになれば分かるはずですが、お母さんは貫一くんをお引き取りになりますか？」

鳴沢隆三の言葉に、貫一の祖母は答えなかった。ただ「また改めてお話ししましょう」と言って、結論を濁した。

「じゃ、貫一くんを私が引き取るということでよろしいですね？」と隆三が言うと、祖母は「あなたが面倒を見て下さるのね？」と、それればかり念押しをした。

方を見た。

「はい、私はそうします。貫一くんが『それでいい』と言ってくれればですが」と隆三が言うと、「だって、それしかないじゃないの」と祖母は言って、一人で立っている貫一の方を見た。

貫一は、自分の方を振り返った祖母の顔を見た。しかしそれは、「祖母の顔」というよりも、「目鼻立ちのはっきりしたよそのおばさん」のそれだった。

貫一の祖母は、「私はあの子を引き取らない、孫の面倒は見ない」などとは一言も言わず、孫を他人の手許（てもと）に押しやった。

貫一のそばに鳴沢の小父がやって来る。何事もなかったような顔をして、祖母もその後について来る。

「貫一くん、どうする？」と、鳴沢の小父は言った。

「今日、家に帰っても、一人じゃ寂しいだろう？　小父さんの家に来るかい？　お父さんに頼まれたんだ、いつでも家に来ていいぞ。お葬式やなにかのことは、小父さんがやってやるから、心配しなくていいぞ」

隆三の横で、貫一の祖母は「そうよ」とでも言うように、黙ってうなずいた。

「今日は、お父さんといます」と、貫一は言った。「お父さんといたいから」と。

小学六年生の貫一は、「いいです。一人で平気です」と言いたかった。どうしたらいいのかは分からないが、「一人でなんでもやれる！　寂しくなんかない！」と言いたかった。

知らない他人ではないが、鳴沢隆三に分かったような顔をして近づいてもらいたくはなかった。しかし、そう思うことが、父を亡くした心細さから来る強がりだということも、やはり貫一は知っていた。

それで貫一は、鳴沢の家の一員となった。

泉岳寺(せんがくじ)の近くにあるレストランの遠望亭には、父に連れられて何度か行ったことはあるが、そこから少し離れたところにある鳴沢の家へ行くのは初めてだった。

敷地の端にガレージがあり、ゆるやかな坂道になった道路から二段ほど上がった前庭は、緑の植え込みのおかげで暗くなっている。遠望亭はイギリスルネサンス様式を模した造りだが、高級住宅地に建てられた住居の方は、格別に凝ったところのない、昭和三十年代風の木造モルタル塗りの比較的大きな二階家だった。

隆三の運転する車から下りた貫一は、石段の先にある門扉の横の「鳴沢」と書かれた表札を見て、「今日から僕は、鳴沢になるんだ」と思った。

間の家に生まれた貫一は、ある一つのことを除いて、なにも不満がなかった。貫一の思うそのたった一つの不満とは、自分の名前に関することだった。

思い余った貫一は、父親に「なんで貫一なんて名前付けたの？」と尋ねた。学校の友達は、貫一のことを「寛平(かんぺい)」と呼ぶ。同じ「間」姓で寛平という名のコメディアンがいたからだ。小学校に入った貫一は、すぐに同級生から「寛平、寛平」と呼ばれた。彼を「寛平」と呼ぶ同級生は、呼びながら頭の上で片手を曲げ、残る片手を胸の上に回して、猿の真似をした。それが「間寛平」を象徴する芸だった。

貫一を呼ぶ時、「寛平」と言って猿の真似をする。いつも猿の真似をするのは飽きたのか、それはやらなくなったが、貫一の呼び名は「寛平」と定まった。

担任の教師が「間貫一くん」と呼ぶと、貫一のクラスメイトは、「寛平！」と唱和の声を上げる。廊下を歩いていても、クラスや学年の違う生徒が、面白半分に「寛平」と言う。「いじめ」とまではいかないが、小学生の子供にとって「間貫一」というのは、いじり甲斐のある名前だった。

死んだ父は意外そうな顔で、「『物事を一貫させろ』という意味でつけた名前だから気にするな」と言ったが、しかし貫一は自分の名、「間」の姓がいやだった。

しかし、父を亡くした貫一は「鳴沢貫一」にはならなかった。貫一を引き取った鳴沢隆三は、亡友に約束した通り、貫一を育てる、面倒を見るということだけはするつもりだったが、貫一を養子に取るなどということは考えなかった。

そんなことを言い出して、妻の賛成を得られるとは思わなかった。「なぜよ？」と妻に問われて、貫一を養子にする理由を口に出来なかった。

「男の子がほしかったんだ」と言って、娘一人を産んだ妻が喜ぶとも思えない。貫一は、亡き友間の子であるよりも、隆三が思いをかけたその妻陽子の子なのだ。結婚して妻に対しては気弱になった隆三は、「心の不貞」をおくびにも出したくなかった。

貫一を引き取った隆三は、引き取るだけで「その先のこと」などは考えなかった。貫一を将来、遠望亭の支配人にするとか、一人娘の美也と結婚をさせるなどとは、毛頭考えなかった。隆三が考えたのは、ただ「死んだ彼女の子を育てる」ということだけだった。

死んだ母親の血を承け継いだのか、小学六年生の貫一は目許の涼しい美少年だった。聞き分けがよく、勉強もよく出来た。「いくら親友か知らないけど、他人の子を引き取ってどうするのよ?」と言っていた鳴沢の妻美子も、やって来た貫一を見て、「この子なら――」と思った。娘の美也も、二歳年上の貫一を見てはにかむ様子は見せたが、すぐに「お兄ちゃん」と言ってなついた。

それはよいことだが、一方では心配の種ともなった。母の美子は、「寝る時には部屋の鍵を掛けて寝なさい」と、初潮を迎えた娘に言った。「どうして?」と言いたそうな娘に、「もう大人なんだから」と言った。まさか、貫一の部屋に外から鍵を掛けるわけにはいかない。娘に自衛の手段を身につけさせるしかなかった。

しかし、貫一が高校に進んだ春のある夜中、貫一の部屋のドアが静かに開けられ、中学二年生になっていた美也が、そこからそっと入って来た。そのまま美也は貫一の寝ているベッドに入ると、貫一の胸に顔を寄せて、「いさせて――」と囁いた。

富山唯継

初めて鳴沢の家へやって来た貫一を見た時、小学四年生の美也は、「ハンサム――」と思った。その以前に母親から「貫一くんはお父さんを亡くしたばかりで寂しいんだから、やさしくして上げなさいよ」と言われていた美也は、父親の後について玄関へ入って来た貫一に、「こんにちは」と自分から声をかけた。

タイル貼りの玄関の三和土(たたき)に立った貫一は、口を閉じたまま、頭を下げるような下げないような中途半端な会釈を返し、「お上がりなさい」と美也の母に言われるまま、靴を脱いだ。

子供用の紺のＰコートにフランス国旗のような臙脂(えんじ)と白と紺の三色(トリコロール)のマフラーを巻き、着替えと身の回りの品の入った白いアディダスのスポーツバッグを提げた貫一は、緊張をしていた。

他人の家――あまり馴染みのないよその家族が暮らす家の中へ入って、その先どうすればよいのかは分からない。「お上がりなさい」と言われて、小学六年生の貫一の口は開きかけたが、そこから「はい」という声は生まれなかった。

応接間に通され、改めて鳴沢隆三から妻と娘と若い家政婦を紹介され、美也の方は「こんにちは」を繰り返したが、貫一の口からは、やはり言葉が出ずにいた。

その貫一を、美也は「いやな人」とは思わなかった。黙ったまま視線を落とし、なにか言おうとして言わない貫一の愛想のなさを、ひそかに「素敵」と思った。美也と貫一の間には、微妙な隔たりがある。その距離を置いて、伏目がちの貫一の長い睫毛の影をそっと見て、それに気づいた貫一と目が合ってしまうと、ドキドキする。

初め美也は、貫一のことを「あのォ」と呼んだ。子供ながら端正な佇まいを崩さずにいる貫一に馴れ馴れしく呼びかけるのは、なんとなく憚られたが、それが「貫一さん」になり、一年もしたら「お兄ちゃん」と呼ぶように変わっていた。

父の隆三は美也に、「兄妹のように仲よくやってくれ」と言った。美也は「はい」と言ったが、考えてみれば「兄妹のように」ということがよく分からない。「兄と妹」ではない。「兄と妹のようなもの」ではあるが、それ以前に兄弟を持ったことのない美也には、「兄と妹」というものがどういう関係なのかがよく分からない。母の美子は、その初めに「やさしくして上げなさいよ」と言った。「仲よくするのよ」とも、しかしそう言った母親は、「寝る前に部屋の鍵は掛けなさいよ」とも言った。

言われるままドアに鍵を掛け続ける内、美也は「どうして私は鍵を掛けなければいけないのだろう？　お兄ちゃんを拒まなければいけない理由はあるのだろうか？　お兄ちゃんのどこがいけないのだろうか？」と思うようになった。

同じ家で暮らす二人は、互いの部屋で当然のように他愛のない話をする。それに対して母の美子は、「あまり貫一さんを部屋に入れるんじゃないの」と低く言う。母の言うことが分からないでもないが、それと同時に美也は、「どうして？」とも思う。

中学生になった美也は、ある夜、自分の寝室に鍵を掛けずにいた。ベッドの中で息をひそめ、「なにか起こるの？」と思っていたが、なにも起こらなかった。

その夜以来、美也は寝室に鍵を掛けるのをやめた。なにもしない「お兄ちゃん」をこちらから拒絶するのは、いかにも失礼なことだと思ったのだが、それと同時に、貫一がドアを開けてそっと入って来ることを、美也はいつの間にか待望するようにもなっていた。

しかし、貫一は来ない。中学から高校へ進もうという貫一に、欲望がなかったわけではない。壁一つ隔てただけの先に、二歳年下の少女がいる。それを思うと体が熱くなる。しかし自分は、鳴沢の家に身を寄せるだけの少年なのだ。ここで問題を起こせば、居場所がなくなってしまう。軽率なことは出来ない。

鳴沢の家へ来た貫一の友人達は、そこにいる美也の美貌に「すげェ」の声を漏らす。「どうなってんだよ？」「どこまで行ったんだよ？」と穿鑿をする。それを聞くだけで貫一は、十分に誇らしくなれた。

その貫一が高校生になった。端正であどけなさの残る少年の顔に青年の色彩が宿り、それが南国のスパイスのように美也の心を刺激した。

夜遅く、中学二年生になった美也は、明かりの消えた貫一の部屋に入った。手探りで貫一の眠るベッドに入り込み、貫一の胸に顔を寄せて、「いさせて――」と囁いた。貫一の胸からは、美也には表現のしようがない「好ましい匂い」がした。

貫一は驚いた。眠っていた時の記憶を辿れば、「いさせて――」という声がしたのだ。自分の横に誰かがいる。他人の熱い体温と若い艶やかな髪の匂いがして、そこにいるのが誰なのかは、ぼんやりと分かった。

「いさせて――」と言ったきり、美也はなにも言わない。ただ胸の動悸のまま、大きく息をしているのだけは分かった。

貫一は腕を回し、自分の胸に顔を寄せている美也の肩を抱いた。美也はそのまま上体を伸ばし、貫一の胸に美也の若い乳房が押しつけられた。

若い乳房の感触を知って、貫一が「あっ」と思った時、美也の唇がやって来た。美也の唇は、半開きになっていた貫一の上唇を挟んで、吸った。貫一もまた、その美也の唇を吸った。

やがて美也の唇は離れ、貫一の耳許に美也は顔を埋めて動かなくなった。若い美也の胸の膨らみを感じながら、貫一は美也の肩を強く抱いた。それを「いや」と思うのか、それとも「もっと強く」と言いたがっているのかは不明のまま、美也は貫一の首筋に顔を押しつけた。

熱かった美也の吐息がゆっくりと収まって行くのを、貫一は緊張の中で感じていた。美也は、貫一との間にある「距離」、あるいは「隔たり」というようなものを消したかった。貫一との間に「隔てがある」、あるいは「距離を置かなければならない」と考えさせられることが、つらかった。

縮めたいのは、恋の衝動があるからではなく、不自然な状態に留め置かれるつらさからだった。「兄妹のように仲よく」ということが分からない美也は、「兄妹がしないようなこと」をすることによって、ぎこちない「兄妹」の隔たりを埋めようとした。

貫一と美也が実際の肉体関係を持ったのは、それから二週間ほどたってのことだった。毎夜のようにやって来る美也をベッドに迎え入れていく内、貫一の手は美也の体に沿って伸びて行った。

美也はいやがらなかった。ブレーキがなくなった列車がなだらかな坂をゆっくりと自然に下って行くように、二人の体は一つになった。

貫一は、夜の中をそっとやって来る美也が愛おしくてならなかった。世の人の言う「愛している」ということが、どういうことなのかを理解したと思った。学校にいても、自分の部屋に一人でいても、自ずと美也のことを思い出してしまう。鳴沢家の人達に覚られてはならないと思いはしたが、恋を知ったばかりの十五歳の少年に、それは無理なことだった。

五月の連休が終わる頃には、美也の母親が貫一の変化に気がついた。「ねェ、最近貫一さんの様子、おかしくない？」と、鳴沢美子は通いの家政婦に尋ねた。まだ二十代の家政婦は、深く考えもせず、「そうですね、まだお若いから、いろいろとあるんじゃないんですか」と、笑いながら言った。

「いろいろって、なに？」

「だって、高校生ですもの、誰かを好きになるってことは、あるんじゃないですか？」

「あんたはそう思うの？」

「はい」

「相手は誰？」

「そこまでは分かりませんけど」

美也の母親は、まさかその相手が自分の娘だとは思わなかった。

若い家政婦は、「貫一さんは恋をしているのではないか」と言う。それが本当かどうかは分からないが、「貫一の様子が少しおかしい」ということを、若い家政婦は否定しなかった。

自分の感じたことが間違ってはいないと思った美也の母は、改めて「あの子が恋なんかするのかしら？」と、貫一を思った。

この家にやって来た時は、まだ子供だった。中学生になっても、まだ子供と思っていた。貫一の成長にあまり目が向けられなかったのは、自分の子供ではないからかもしれないが、その貫一はもう変わっていた。

「美也ちゃん、ちょっと――」

そう言って鳴沢美子は、娘のいる部屋に入った。

「なァに？」と振り向いた娘に、「あなた、貫一さんに誰か好きな人がいるって、知ってる？」と、母は尋ねた。

娘の表情は変わらない。「え？」でも、「なんのこと？」でもなく、表情を変えずに「知らない」と言った。変わらない娘の表情に、母親は不審なものを感じた。その次の瞬間、直感に道を開かれた母親は、娘に向かって「あんたでしょ！」と叫んだ。

娘は表情を変えない。「イエス」でもない「ノー」でもない。表情を変えずに黙っている。そのことが、母親にとっては十分すぎる「イエス」の答（こたえ）だった。

「あなた、貫一さんのことをどう思ってるの？」という母親の問いに、娘は慌てもせず、ただ「好きよ」と言った。

娘の顔色は変わらない。中学二年生の娘は子供の仮面を脱ぎ捨て、いきなり憎らしいほどの大人になっていた。

「好きって、あなた――。あなた達、どこまで行ってるの？」

母親の問いには答えず、表情を変えない美也は、なにかを考えるように、黒い瞳を天井に向けて動かした。

美也を思う貫一は、「愛している」という深みにはまっていたが、美也はそうではなかった。貫一との間にあった閊えのようなものが取れたことで、美也は自由を感じていた。愛していないわけではないが、貫一はただ「好きよ」と言ってしまえる存在で、「愛している、愛さずにはいられない」というような、暗い執着心が心の底にはなかった。

「で、どうするのよ？」と母親に言われて、美也は初めてその首を傾げて見せた。「どうするのよ？」と言われても答はない。まだ中学生の自分に、その答の用意がないのは、不思議でもなんでもないと思えた。

「それでどうするのか？」ということに対する答がないのは、母親も同じだった。

「お父様に言います。いいわね？」と、口調だけはきっぱりと言った。美也はただ、「あ、そうなんだ」と思った。父親がどうするのか、美也には分からなかった。

鳴沢隆三が向かったのは、娘ではなく貫一の方だった。

ノックの音に答えて貫一が「はい」と言うと、開いたドアの先に鳴沢隆三が立っていた。隆三が貫一の部屋に来ることはほとんどない。やって来た隆三は「いいかな？」と言って、机に向かっていた貫一の後ろに立った。

貫一は「なんだろう？」と思った。隆三はいきなり、「君は美也のことをどう思ってるの？」と切り出した。

貫一の机の上にあった鉛筆がコロコロと転がって、床に落ちた。落ちた鉛筆を気にしながら、貫一は意を決したように椅子から立った。高校生になった貫一の身長は、小柄な隆三よりもずっと高い。立ち上がった目の前の貫一を見て、隆三は子供だった貫一の成長にやっと気がついた。

いささか気圧(けお)された感のある隆三は、貫一に「座りなさい」と言った。貫一は「はい」と腰を下ろしたが、隆三と貫一の間には不思議な間が空いてしまった。

隆三は、勢いに任せて話を切り出そうとした。現れた隆三に、貫一は自分の気持を素直に伝えようとした。それが、ほんの少しのもたつきでギクシャクしてしまった。

緊張に息を呑(の)んだ貫一は、口を震わせるようにして、「なんでも言って下さい」と隆三を待つ。隆三は改めて、言いにくいことを口にしなければならないためらいを、グッと抑え込んで言った。

「君は、美也のことをどう思ってるんだ？」

言われて貫一は、間髪を入れずに「好きです」と言った。やがて十六歳になる少年の直情は、それ以外の答を知らなかった。

隆三はいささか驚いた。美也との関係を問われて、貫一はうろたえるはずだと思っていたのに、貫一は動じなかった。「うろたえたところを上から押さえつけてやれば、自分の面子(メンツ)は立つ」と思っていた隆三は、瞬間次の言葉を失った。

「で、き、君は美也を、どうするつもりなんだ！」

うろたえてしまった隆三に向かって貫一は、「結婚をしたいです」と言った。なんの衒(てら)いもない少年の言葉が、隆三を打ち負かした。

動顛(どうてん)した隆三は、うっかり貫一に「結婚してどうするんだ！」と言ってしまった。

貫一からの答はない。「どうしたらいいんだろう？」という戸惑いを顔に浮かべてしまった貫一を見て、隆三は自分の誤りに気がついた。「どうするか」を考えるのは、高校生になったばかりの貫一ではなく、彼の身許引き受け人であり、美也の父親である自分なのだ。まだ高校生と中学生の二人が、「どうしても結婚をしたい」と言って家を出て行くというような話ではないのだ。

隆三は言った。

「美也は、美也は君のことをどう思ってるんだ？」

「僕のことを、好きでいてくれるとは思ってます」

「美也は、その、君と結婚するということを、どう思っているんだ？」

貫一はきっぱりと答えた。

「それは、分かりません」

貫一が、ピュアで真っ直ぐな少年であることは分かった。隆三達がいる俗世間とは無縁な人間であることも。しかし、隆三はどうしたらよいのかが分からない。

「どうしたらよいのか？　なにが分からないのか？」と考えて、隆三はこの件に関して娘がどう考えているのかを、まだ知らないままであることに気づいた。

妻の美子は、「美也と貫一の間に関係がある」と伝えて来た。「詰問をして、美也は否定をしなかった」と。妻はそれだけを伝えて、後は夫に委ねた。委ねられた隆三は貫一の部屋へ来はしたが、この一件をどのようにまとめればよいのかという考えはなかった。

なにが分かったのかは言わぬまま、「分かった」と言って、隆三は部屋を出て行った。貫一は慌てて椅子から立ち上がったが、音を立てたドアはその前で閉められた。判断保留のまま置き去りにされたようで、貫一はなにかの罰を与えられたようにも思った。

部屋を出た隆三は、隣の部屋のドアを叩いて言った――「美也、応接間に来なさい」そして応接間で娘を待った。ドアを開けて「なァに？」と入って来た娘に、「お前、貫一をどう思ってるんだ？」と言った。

美也は「またか――」と思った。そのことは母親に聞かれた。「好きよ」と答えた。

「ただ好きなんだから、それでいいじゃない」と思っていた。

「貫一は、お前と結婚したいそうだ」と、父親は意外なことを言った。

「え？」と言う美也の後ろでドアが開いて、母親が入って来た。

美也の頬がポッと紅らんだ。

貫一を好きだということは分かっている。貫一も同じように思っているだろうとは、思う。しかし、行為は見えても心は見えない。貫一に、「ねェ、私のこと好き？」と聞いたことはない。改まったことを聞くのは恥ずかしい。もし、「いや――」という答が返ったらと思うと、聞くのがこわい。聞かないままでいて、貫一が自分を受け入れてくれるならそれでいいと思っていた。

「好き」と思うのは自分の独り相撲かもしれないが、その先を考えたくはない。そう思っていたが、貫一は「結婚したい」ということを明言したらしい。

それを聞いた瞬間、美也の心の中から不安というものがすべて消え去った。目の前に「幸福」という道が真っ直ぐに延びている。美也の中に、「お兄ちゃんと結婚したい」という具体的な考えがあるわけではない。しかし、貫一が言ったという「結婚したい」の一言は、美也の中にあった「幸福感を妨げるすべてのもの」を吹き飛ばした。

「お前はどうなんだ？」と父親が言った。

美也は黙って、コクンと頷(うなず)いた。

後ろを回って父親の横に座った母親は、「いいの？」と娘に尋ね、娘は小さく「うん」と言ってから、まるで判を押すようにもう一度頷いた。

父と母は顔を見合わせた。それは、「これでうまく収まった」という平和な合意を表すものではなかった。「一気にとんでもないところへ行ってしまったぞ」という、驚きの表れだった。

父も母も、息を吐くのを忘れていた。顔を見合わせた二人は、そこで息を吐いて目の前で起こったことに体を慣れさせようとした。それで、どうすればいいのか――？

美也は「行ってもいい？」と言ったが、もちろん、行かせるわけにはいかない。

立ちかけた美也に、両親は珍しく声を揃えて、「待ちなさい」と言った。美也は、浮かせかけた腰を椅子に沈めたが、両親の口からは後に続く言葉がなかった。

事態を認識することは出来たが、それでどうするのかという考えは、父にも母にもない。

「あなた、なにか言ってよ」とでも言うように、母の美子は夫の顔を見た。

仕方なしに隆三は、熱いものを呑み込む思いで、「お前、妊娠はしてないな？」と娘に言った。

美也は即座に「してないわよ」と言うと、「もういいでしょ」と立ち上がって部屋を出て行った。

ドアが閉まるのを確かめて、妻の美子は夫を小声で叱責した。

「よくも、そんな無神経なことをいきなり言えるわね」

「だって、だ、大事なことじゃないか」

「そうだけど」と妻は収まったが、夫の動悸は静まらない。

「好きだ」「結婚したい」というのならまだ分かる。しかし、実の娘が自分の家の中で性行為に及んでいたという事実を突きつけられて、父の心がそうたやすく落ち着くわけはない。その夫の心を現実に引き戻すため、「それでどうするの？」と妻は言って、応接間の二人は善後策を講じ始めた。

「今更、二人を引き離すことは出来ないだろう」という結論は簡単に出た。そうである以上、二人の将来に於ける結婚は認めるしかないだろうと。鳴沢夫妻は、「それでどうするのか？」を考えなかった。その前に、「それでどうなるのか」を考えればよいのだということに気がついた。

幸い貫一は勉強が出来る。真面目でおとなしく勉強をしている。高校の担任も「今のままなら、東大は大丈夫でしょう」と、隆三に言った。「今のままでいてほしい」と隆三は思う。間の息子を引き取ったはいいが、将来どうするという考えはなかった。しかし、貫一が美也と結婚したいと言うのなら簡単だ。美也と結婚させればいい。そうして、自分の事業の後継者にすればいい。話はいたって簡単で、美也と貫一の関係を認めれば、いたって優秀な「息子」を、隆三は手に入れることが出来るのだ。

隆三は「そうか！」と膝を打ったが、話を聞かされた妻の美子はそうでもなかった。話の筋は通っているように見えるが、どこかに釈然としない部分がある――それがどこなのかは分からないが。

「面倒を見てやってくれ」と隆三に言われてから、妻の美子は貫一を嫌ったことがない。世話のかからない、いい子だと思っていた。美也との関係が明らかになっても、そのことは変わらない。しかし、そう思う美子の胸の中には、ひんやりしたものが残る。夫は「間の息子だ」と言うが、たとえ親友の遺児であるにしろ、どうして夫がその子を引き受けなければならないのか？　貫一には血の繋がった実の祖母がいるにもかかわらず――。

もちろん隆三の妻は、貫一の父が「陽子の子を頼む」と隆三に言ったことを知らない。夫の隆三がその「陽子」に想いを懸けていたことも。隆三の妻がひんやりとしたものを感じるのも当然だろう。夫は、自分の愛人が産んだ子供を、黙って美子に引き受けさせるのと同じようなことをしたのだから。

貫一を美也の配偶者として迎える。自分の息子として受け入れる。その貫一に自分達の家財を譲る――話の上では「なるほど」と思えるようなことだが、なにか受け入れがたいものを美子が感じてしまうのも、仕方がない。であっても、貫一と美也の間に起こってしまったことは、そのような成り行きを求めている。

一度立って行った美也と、それから貫一が応接間へ呼ばれた。緊張した貫一は、今にも震え出しそうな両手の指を膝の上に揃えて、黙ってそれを見つめている。さすがの美也も、貫一と並んで両親の前に座らされて、頰をうっすらと上気させている。両親が善後策を講じている間に、二人が抱き合ってお互いの関係を確かめていたことは明白だった。

「お前達のことは分かった」と、隆三は切り出した。「お前達が結婚をしたいと言うのなら、結婚をさせてやろう」と言葉が続けられた時、若い二人の体から熱い息が洩れた。美也は、首筋を伸ばして天井を見た。貫一は、目の前の隆三を縋るように見た。

安堵の放心状態を見せる二人に、「但し、今じゃないぞ」と、隆三は続けた。

「貫一が大学を卒業した後だ。貫一、お前は東大へ行くんだな？　東大へ行って卒業をして、俺の仕事を継げ。外の店へ修業に行け。そうして、レストランの経営を学べ。美也の夫になるのなら、それだけのことが必要だ。いいな？」

貫一は「はい」と言った。「鳴沢隆三の示す道を行けば幸福を得られる」と思っての「はい」ではなかった。「その道を行けば自分のしたことが贖われる」と思う、修行僧の言うような「はい」だった。

「美也も分かったな？」と隆三は言った。

中学二年生の美也は、「うん」と黙って頷いた。

「うん、じゃないでしょ。はい、でしょ。大事なことなのよ、分かってるの？」と、母親が口を出した。

美也は素直に、「はい、分かってます」と言った。「それでだ――」と言って、隆三は少し口ごもった。

「結婚というのは、将来の話だ。いいか、お前達はまだ未成年だ。分かってるな？　許されたからと言って、家の中であまりへんなことはするな。いいか？」

言われて、「家の外ならいいの？」というような雑ぜっ返しはなかった。美也は素直に「はい」と言った。貫一は顔を紅らめるようにして、黙って頷いた。

貫一は、「抑えよう」と思った。美也は、「でも嬉しい」と思った。そうして、二人の時間は過ぎて行った。

高校を卒業する年、美也はモデルクラブのスカウトを受けた。美也の高校は在学中のアルバイトを禁止していたので、美也はモデルとしてのレッスンだけを受け、卒業して大学に進むと同時にデビューをした。それですぐに注目されたわけでもないが、美也は焦らなかった。将来の幸福を約束されている人間が、なぜ焦るだろう。それは貫一も同様だった。勉強に打ち込み、目指す東大に合格し、卒業の時を目前にしていた。そこへ、一人の男がやって来る。

カウントダウンパーティの十日後、美也に想いを懸けた富山唯継が、客としてレストラン遠望亭へやって来た。

夜の坂道を上って行くと、暗い植え込みの先に「遠望亭」の文字が浮かび上がって見えた。

街灯のように立てられた柱の先から、イギリスのパブや古い旅宿の看板を模した白塗りの木製看板が下がり、黒く「遠望亭」の文字が彫り出され、照明が当たっている。ゴシック風を気取った漢字の下には、アルファベットで「en beauté」と彫られていて、それを見た富山唯継は「エンボーテの洒落か」と思ったが、同じ洒落でもそれは、「立派に、見事に」を意味するフランス語の「アン　ボーテ」の洒落だった。

「そこだ」と言って、看板の下、植え込みの間の道を左折させると、イギリスルネサンス様式の建物と、七、八台は停められるまァまァの広さの駐車場が現れた。車を停めさせた唯継は、照明だけが侘しく照らすガランとした駐車場を見渡して、「高輪でこれだけの土地を、ただ駐車場にしとくのは勿体ないな」と呟いた。

「コストパフォーマンスを考えない殿様商売か？」と思いながら建物の方へ向かうと、顔をしかめさせるようなものと出合った。地方の喫茶店の前によく置いてある、コーヒー会社の名の入ったプラスチック製の行灯看板で、「遠望亭」の文字を麗々しく浮き上がらせている。「高く掲げられた木彫の看板と、この安っぽい看板のギャップはなんだ？」と、唯継は思った。

ガラス板の嵌まった重厚な樫の扉を開けると、薄暗い玄関ホールになる。薄暗い上に、無駄に広い。横を見ると、長い間開けられた形跡のないガラス窓の向こうに、色褪せたカーテンが掛けられているのが見える。「なんだ？」と思って、窓の前に突き出た棚板の様子から、「クロークか？」と考えた。そこへ入っただけで、時代錯誤的な古臭さを感じる。

玄関ホールの先には、またガラスの嵌まった立派なドアがあって、そこから明かりは差し込んで来る。

そのドアを開けると、黒ズボンに同色のヴェスト、白シャツに黒の蝶タイを付けた若い男が「いらっしゃいませ」と出迎え、「予約した富山だが」と言った唯継は、人気のない部屋のテーブル席へ案内された。

広くて天井の高い部屋には、四基のシャンデリアが吊るされて輝いている。客は、唯継しかいない。天井を見上げた唯継は、「結婚式場にならば使えるな――このゾッとする壁紙を剝がしたら」と思った。

レストラン遠望亭の中は、あきれるほどチグハグだった。天井も梁も柱も重厚なのに、壁はオレンジと黄色の花模様が躍る、ビニール製の壁紙で埋め尽くされ、白いテーブルクロスであれば落ち着くはずのテーブルには、赤白チェックのビニールコーティングのクロスが掛けられている。テーブル席が三十ほどある広い部屋の、やはり赤白チェックのカーテンが絞られた窓際の席に座らされた唯継は、「予約の必要はなかったな」と思う前に、「なんだこれは？」と目を見張った。

バブルの時期には、隠れ家的な格調高いハウスレストランとして確かな人気を集めていた遠望亭だが、昭和が終わり二十世紀が過去の時代となってしまった頃には、明らかに時代の波に洗われ、衰退の色を濃くしていた。

昭和が終わってしばらくすると、高輪に近い品川駅周辺の再開発が言われ始めた。東京駅始発の東海道新幹線を品川駅に停める。都庁を新宿に移転させて成功に終わった山の手方面の再開発を湾岸地域へと及ばせて、品川周辺をオフィス街として生まれ直させる計画だった。

新聞でこのニュースを知った鳴沢隆三は、「よし！」と大きく頷いた。「バブルがはじけた」と言われて以来、遠望亭の客数は減っている。不景気がやって来て、いささか料金設定の高い遠望亭は敬遠されている。気のせいか、店の周辺もしんとして活気がない。一時はその静けさが価値を持っていたのが、取り残されたような寂れた色を見せ始めた。「品川地域の再開発が始まれば、ここにも活気が戻って来る」と、隆三は考えた。「オフィスビルが立ち並び、大型商業施設が出来、マンションが何棟も建設されるようになれば――」と。

しかしそれは、遠望亭を支えていたかつての基盤を失うことだった。新しくやって来た住人達は、昭和三十年代的な魅力を持つ遠望亭の存在に気づかなかったのだ。

都会地の再開発には大きな資金力が必要となる。大きく投下された資本は、それに見合うだけの利益を根こそぎ持って行く。再開発地区にオフィスビルや商業施設が出来れば、そこには日当たりと見晴らしのよいレストラン街が設けられ、旧住民や新住民を集める。古くからある緑に囲まれて日当たりのよくない遠望亭の存在など目に入らない。極め付けは、品川の駅前に出来たプリンスホテルの新館だった。

そこには、体育館のように高い天井と大宴会場の広さを持った、食べ放題のビュッフェがある。ランチの時もディナーの時も、ほんの少し割高の料金を払えば、広い会場内に並べられた「山海の珍味」と言うべき幾種類もの料理をいくらでも食べられる。おまけにその新館には水族館もある。子供連れの家族を狙ったショーやイベントも頻繁に開催される。かつては敷居の高かった高級ホテルが、豪華さをそのままにして敷居を下げ、ファミリー向けのエンターテインメント施設に変わって、品川駅の先、高輪方面へ向かうかもしれない客の足を塞き止めてしまった。

貫一の父が世を去った時、貫一の祖母に向かって鴫沢隆三は、「お調べになれば分かるんですが、間に財産というものはほとんどないんですよ。彼のマンションだってローンは終わっていませんし、店の方も抵当に入ってます」と言ったが、それを言う隆三の足下も既に危うくなりかかっていた。

店の景気は傾いて行く。高級志向の客がいないわけではないが、彼等の望む「高級」は、遠望亭のそれとは違う、一面にLED電球の輝きを纏わせたような、豪華できらびやかで、金のかかった大規模なものだった。

隆三は、時代の流れを「敷居の高くない、カジュアルなファミリー向けへ進んでいる」と読んだ。ファミリー向けに店を改装した。その結果が、富山唯継に「なんだこれは？」

と言わせてしまった内装の不調和だった。

白い漆喰壁の上を黄とオレンジの花模様で覆い、重厚な樫のテーブルに赤白チェックのテーブルクロスを広げて、しかし出される料理は、昔ながらの「重い西洋料理」だった。

黒いヴェストを着た給仕が、水の入ったコップと、褐色の表紙に金で「ＭＥＮＵ」と書かれたメニューブックとドリンクリストを持って来た。革かと思えたメニューの表紙はビニールで、開けるとすぐの一ページ目には「御軽食」と書かれていた。「スパゲッティミートソース」「ナポリタン」「サンドイッチ」と続く文字列が、侘しいを通り越して悲しい。「誰がこんなところへミートソースを食いに来るんだ」と思う唯継は、店のあり方に問題を感じているとも思えない若い給仕に、ビールと「これなら大丈夫だろう」と思えるビーフシチューを頼んだ。

部屋の暖房は効いている。「かしこまりました」と言って去って行く給仕の後ろ姿を見ながら、「ボーイに上着を着せれば、この広い部屋の無駄な暖房費も節約出来るのに」と思い、「この店の格式高さを平気で駄目にしている経営者は、どんな男なんだ？」と思った。

カウントダウンパーティで美也に一目惚れをして、十二時を回るとさっさと帰ってしまったシンデレラのような「ＭＩＡ」という女の素姓を知りたかった。

パーティの後、「ＭＩＡ」でネット検索をして、彼女の属するモデル事務所のホームページに行き当たり、「鳴沢美也」という本名と、某お嬢様大学に在学中の二十歳であるという情報を得た。しかし、そこから先が進まない。「鳴沢美也」で検索しても、ヒットするものがなにもない。彼女は、ツイッターもフェイスブックもやっていない。インスタグラムに、ハワイの空の写真や、そこで買ったサンダル、お気に入りの雑貨の写真を数点上げているだけだ。彼女自身の写真さえもない。「この時代にモデルをやって、この発信情報の少なさはどういうことだ?」と富山唯継は思った。

ＩＴ企業の社長にそれは信じがたいことで、「鳴沢美也」は、高い塔に住む謎の姫君のようになってしまった。

部下を呼び、「彼女をウチのＣＭに使いたいと事務所に言って、どんな女か聞け」と命じて、高輪にハウスレストランを経営する男の娘だという情報を得た。そして、運転手に命じて、車を高輪に向かわせた。

運ばれて来た料理がテーブルに置かれると、富山唯継は手にしたビールのグラス、というよりは貧相なコップを置いて、上着の内懐(うちぶところ)から取り出した名刺入れの中から一枚を抜き、「私はこういうものだが、こちらのオーナーか、支配人はおいでかな? 出来れば、オーナーの鳴沢さんにお会いしたいのだが」と言った。

若い給仕は、いきなり手渡された名刺の文字に焦点が合わないようで、改めて唯継の顔を見返すと、「しばらくお待ち下さい」と言い置いて去って行った。

運ばれて来たビーフシチューの皿に顔を近づけると、それらしい匂いはする。しかし、顔を離して見ると、ソースの中に煮込まれた肉ときれいに皮剝きされた野菜が体裁よく並べられているだけで、人を誘い込むような情熱が皿からは感じられない。唯継は、学生時代に大学近くの洋食屋で食べた、焦げ色を見せる耐熱食器の中でグツグツと煮え、たまらない湯気を立ち上らせているような、熱いビーフシチューが好きなのだ。

しかし、ここのシチューはそうではない。冷淡なほどに熱がない。せめてソースの味見をしようと思ったが、テーブルの上にはあってしかるべきスプーンがない。軽く舌打ちをして、去って行った若い給仕を呼ぼうとすると、代わりに薄くなりかかった白髪頭の男がやって来た。

「支配人の高山でございますが、なにか？」

と言う男の指先には、最前渡した名刺が二本の指に挟まれてある。

「鳴沢さんにお会いしたいんだが」と唯継が言うと、「今日は参っておりませんが、なにか不都合でも？」と、慇懃無礼が身についた支配人は答えた。

「いや、不都合はない。ただ、個人的な用があって、鳴沢さんにお目にかかりたいんだ」と言うと、支配人は「さようですか」と言って間を置いた。その後で焦らすように、「月の十五日には、こちらへ参るようになっておりますが」と言った。

「ずいぶんいい商売だな」と思う唯継は、「じゃ、その日に来ればいいんだ。分かった」

と言ったが、「はい」と答えた支配人の顔に、歓迎の色はなかった。

新興企業の社長である富山唯継は、どこへ行っても冷淡な扱いを受けたことがない。同行者が「こちらは――」と言い、唯継が名刺を出せば、「これは、これは」と丁重に迎え入れられる。「それなのに、ここはなんだ！」と、唯継は思った。

「あらかじめ名乗って予約を入れた、その上で名刺まで渡した。それなのに、こいつらは俺のことを知らないのか？」と思って、時代に取り残された店の人間達を憐れんだ。「だから平気でスプーンを忘れるんだ」と思う唯継は、無表情で立っている支配人に向かって、「スプーンがないんだ。持って来させてよ」と言った。

言われた支配人は、テーブルの上を一応見回してから、「お入用で？」と言った。

「いるよ。いるじゃないか。持って来てよ」と唯継が言うと支配人は、「私輩の店では、ソースをパンにつけて召し上がるお客様が多くお見えですので、うっかりしておりました。お入用でしたらお持ちいたします」と言って、丁重に頭を下げて去って行った。暗に彼は、「そういう常識はご存じないのですね？」と、いやみを言ったのだ。

唯継は腹が立った。「客の方向性に合わせるのがビジネスの鉄則だろう！　気取って時代遅れなことをしてるから、このザマなんだ！」と、客のいない広い店内を見回して呪ったが、そう思うだけで、口には出さなかった。

唯継は、鳴沢美也への結婚を申し込むために、遠望亭を訪れたのだ。その話を切り出す前に、向こうを怒らせるわけにはいかない。「この程度の店なら、金でねじ伏せられる」と思って、若い給仕の持って来た銀メッキのスプーンを手に取った。手に取るや、そのスプーンで金の縁取りのある白い皿を、叩き割ってやりたくなった。

唯継は、黙ってシチューのソースを口に運んだ。確かに「シチューの味」はしたが、それがうまいかまずいかは分からなかった。しかし、そうであっても唯継は、途中でスプーンを投げ出すことはなかった。店に悪印象を残さないよう、出されたものはすべて平らげた。

「俺は必ず鳴沢を落とす！」

そう誓って、富山唯継は店を出た。

熱海の黄昏

三日後、唯継の会社の顧問弁護士が、遠望亭の経営状態と鳴沢家の内部事情を教えて来た。それによると、遠望亭の経営は何年も前から低迷状態で、その借入れ金も数千万円になっているという。社長の鳴沢隆三は、呑気なのか投げ遣りなのか、それとも経営の才能がないのかは知らないが、八年前に内装を変えて以来、ほとんど有効な手を打っていないという。

「月の十五日には参りますと言われる程度の社長だしな」と思う唯継は、「バブルのボンボン育ちなのか？」と弁護士に言って、若い弁護士は「私の口からはっきりとは言えませんが、そういうことかもしれません」と答えた。

昭和が終わりに近づくバブル景気の頃、唯継はまだ中学生だった。真面目で堅実な父親は、変わって行く時代の流れに対応する力を持たず、母親から「いい加減にしなさい！」と言われてもゲーム機を手放せなかった唯継は、自分とは無縁に存在する華やいだ世界に羨望を抱き、やがては苛立ちに近い疎外感を育てるようになっていた。

「バブルの時代にチャラチャラしてた奴は敵だ！」と思うのが、新しい時代の産業で勝者となった富山唯継だった。

「今の鳴沢は二代目なんだろう？」と唯継は言った。「そうですね」と弁護士は答えて、鳴沢家の家族構成に話を移した。

「今の隆三氏には兄弟がいません。家族としては夫人と一人娘の美也さんがいるだけですが、もう一人、高輪にあるお住まいの方には、今年大学を卒業する間貫一という人物が同居しています。話によれば彼は、隆三氏の友人の遺児で、父の死後、隆三氏が養育に当たっているということです」

「美也が『兄です』と言ったのは、こいつか？」と思う唯継は、「そいつと美也の間には、なんか関係があるのか？」と言った。

「詳しいことは分かりませんが、『兄妹だと思ってた』と言う人もあるようですから、あまりそういう関係ではないのかと。ついでに、貫一氏は東大の経済学部卒業予定で、周囲の人は将来貫一氏が隆三氏の後継者になるのではと、思っているようです」

その話を聞いた唯継は、「東大出がどうとか出来る店かよ」と思い、薄く笑った。

一月十五日の夜、富山唯継は個室を予約した上で、遠望亭へ向かった。

案内された個室はきれいに片付いていて、「埃だらけだったらどうするか？」と思う唯継の危惧を裏切った。

部屋の漆喰壁は白いままで、薄く埃は積もっているが褐色の柱とのコントラストは落ち着いて美しい。「鳴沢さんにお目にかかりたい。以前に来た富山だと伝えてくれ」と案内の給仕に言って、彼が出て行った後「どうしてこの雰囲気を残そうとしなかったんだ?」と、部屋を見回して思った。

どこにもファミリー向けの演出はない。窓には白いレースのカーテンが掛けられ、その両端を絞られたゴブラン織りのカーテンが飾っている。「いかにもそれらしい」と思ってよく見ると、その重そうなカーテンは、日に灼(や)けて色褪せた上にたっぷりと埃を吸い込んだような哀れな年代物で、唯継の口からは「なぜカーテンを変えないんだ!」という、叱責の声が洩れそうになった。

テーブルの上にはなにもない。「花を飾るという発想がないのか?」と思うところにノックの音がして、銀盆に載せたコップの水とメニューを持った給仕がやって来て、「鳴沢は只今(ただいま)参ります」と唯継の横に立った。するとすぐにまたノックの音がして、グレーの三つ揃いのスーツを着た鳴沢隆三が現れた。

隆三は、「これが今流行(はやり)のIT屋の社長か」と思って唯継を見た。やって来た隆三を見た唯継は、「ゆるキャラみたいなオヤジだな」と思った。五十代の半ばになった隆三は、丸顔で小太り以上の肥満体で、薄くなりかけた髪を横に撫(な)でつけている。クラシカルに三つ揃いで固めた隆三の姿が、唯継には「等身大のぬいぐるみ」のように思えた。

テーブルのそばに立った隆三は、「鳴沢でございます」と言って内隠しから名刺を取り出して唯継に渡し、唯継は座ったまま、「富山です。今日はお願いがあって参りました。よかったらお掛けになりませんか？」と言った。隆三は片手で椅子の背を引き、「なんでしょう？」と言ってから、「ビールを」と給仕に言いつけた。

給仕が出て行くと、隆三は椅子に浅く腰を下ろして唯継の言葉を待った。

「突然ですが、率直に申し上げます。お嬢さんをいただきたい」——唯継はそう言った。

「IT屋が会いたいというのは、なんなんだ？」と思っていた隆三は、「営業ならともかく、いきなり社長が来るのなら、損になる話ではあるまい」と踏んではいたが、思わぬ方向からやって来た突然の話に、いささか面喰った。

その隆三の見せた隙に、唯継は切り込んで行く。

「先日、大晦日のパーティでお嬢さんにお会いして、私は一目惚れしました。どうしてもお嬢さんと結婚したい。その思いで参りました。私は三十八です。今年三十九になります。まだ若いと思っております。ご承知と思いますが、私はウェブ上でDOトピアというフリーマーケットのサイトを運営しています。会員数は百二十万人ですが、月毎に十万人は増加しています。資産は三十億円あります。お嬢さんのためならどんなことも出来ます。決して不自由はさせません。もしよろしければ、こちらのお店の援助をすることも可能です、いくらでも、鳴沢さんをお助けすることが出来ます」

その時、個室のドアがノックされて、鳴沢隆三は手で唯継の話を制した。「はい」と言う隆三の声に応えてやって来た給仕は、銀盆の上にビール瓶とグラス、それからチーズとサラミソーセージの載った小皿二つを運んで、丁寧にテーブルの上にセットした。ビール瓶の栓を抜き、「どちらから？」と隆三に目で尋ね、隆三が掌で示す唯継から先にビールを注いで、部屋を去った。

隆三はグラスを手にして「どうぞ」と言い、唯継はグラスを手にしたが口へは運ばず、中断されていた話を続けた。

「ご理解いただけると思いますが、私は女に不自由をしておりません」

隆三は「ほう」と言いながら、「ずいぶん図々しい奴だな」と思った。

唯継の話は続く。

「ですが、妻にしたいと思った女性は、お嬢さん以前に一人もおりません。なにとぞ」

グラスを手にしたまま、唯継は未来の舅の顔をじっと見た。隆三は「ふむ」と言うと、手にしたグラスを口に運んで喉をわずかに湿らせ、「どう答えたらよいか」と思い、焦らすことにした。

唯継の着るイタリア製と思しいスーツの濃い色を確かめるように見て、「結構なお話とは思いますが」と、相手の気持を一つたぐり寄せた。

「思いますが、なんだ?」と思う唯継は身を乗り出し、はっきりと売り手の側に立った隆三は、「ま、お一つ」と、その唯継にビールを勧めた。

唯継は手にしたグラスのビールを性急に流し込む。それを見た隆三は、「娘がどう思いますか」とおもむろに切り出す。

「事が事ですからな。私の一存で、今どうこうは言えませんよ」

「いや、私は必ず美也さんを幸せにします」と唯継が言うと、隆三は、「これは娘の問題ですからな、金でどうこうはなりませんよ」と言った。

「この狸が——」と思う唯継は、「美也さんには誰か、今付き合ってらっしゃるような方はおいでなんですか?」と、探るように尋ねた。

これに対して隆三は、「これほど晴れ晴れとした表情でものを言うのは生まれて初めてだ」と人に思わせるくらいの顔で、「おりません」と断言した。

「貫一のことなどどうともなる」と思う隆三は、黙ってテーブルの上のビール瓶を手にして、唯継にビールを勧めた。「このグラスを空けないと先へは進めないぞ」というゲームが始まったようで、唯継は注がれたビールをすぐに呷った。

それを見た隆三は、「さァ、いくら値を付ける?」とでも言いたそうな顔で、「娘は気まぐれなもんで、なにを考えてるか分かりませんよ」と、嬉しそうに言った。

娘の気まぐれは確かだろう。しかし、資産三十億の相手を「いや」と言うかどうかは分からない。「お父さんは困ってるんだ、お前、結婚してお父さんを助けてくれないか」と言って、「いや」と言うかどうかは分からない。「ともかく、娘に話してみませんとな」と、鳴沢隆三は言った。

ところが、その娘の答は意外なものだった。「美也、ちょっと――」と言われて応接間へ呼ばれた娘は、「お前、富山唯継という人を知っているか？　ナントカドアというサイトをやっている。パーティでお前に会ったと言っていたぞ」と言われて小首を傾げ、父親の記憶違いを訂正することもなく、「ああ――」と一人頷いた。

美也は、その夜の帰りに貫一へ「初対面の相手にいきなり香水贈りたいってさ、へんじゃない」と言ったことを思い出した。もちろん父は、娘がそんなことを言っていたなどとは知らない。

「その人がな、お前と結婚をしたいんだそうな」と父に言われて、娘は「え？」と言った。思い通りの反応だと思う父は「こないだ店へ来てな」と続けたが、それを娘は、どこか放心したような表情で、「そうなの？」と受け入れた。

突然の話だから抵抗するのかと思ったが、「そうなの？」と言った娘はなにかを考えるような顔をして、「分かった」と言った。

なにを「分かった」なのかが分からない父親は、少し驚いた。「気まぐれな娘」とは思うけれど、気まぐれの方向がいささか違う。

父親の横に座っていた母親は、「あなたねェ、まだ若いんだから、別にそんなに急ぐ必要はないのよ。大学を卒業してからでもいいんだから」と言ったが、軽く「うん」と頷いた娘は、「考えとく」と言って席を立とうとした。

「考えとくって、あなた――」と母親は呼びかけたが、娘は「考えさせて」と言って部屋を出て行った。「三十億円の資産」や「お父さんを助けてくれ」という言葉の出番はなかった。

美也の両親は、黙って顔を見合わせた。廊下に出た美也は、「結婚か――」と一人つぶやいた。

その前日、美也はファストファッションの会社のCMオーディションを受けていた。「若い女の子の軽快さを出す」ということだったが、美也は落とされた。更には、その三日前にも。美也は、自分にはなにかが欠けているのかもしれないと思っていた。

オーディションで、アートディレクターの男は、「顔が笑ってないね」と言った。「特に、目ね」と。「若いタレントと違って私はモデルなのだから、そうわざとらしくはしゃぐことは出来ない」と思っても、「目が笑ってない」と言われるのは致命的だ。それはつまり、「目に表情がない、輝きがない」ということだ。美也は、「ここにマネージャーがいなくてよかった。いたらどう言われるだろう？　私は、モデルとしてやって行けるのか？」と不安になった。

確かに、CMでは一度話題になった。しかし、その後が続かない。アラフォーの事務所の女マネージャーは、「壁かな？」と言った。

「壁？」

「うん。若いにしては大人っぽいし、大人でいるには、まだなにかが足りないの。焦んないで、しばらく待つしかないね」

自分は壁にぶつかっているらしい。モデルになって、まだ二年なのに。考えることはいろいろある。「自分は、モデルとして未熟なのだろうか？　それとも、人として未熟なのか？　焦るなとは言うけれど、自分は変われるのだろうか？　どうすれば、見えない目の前の壁を乗り越えられるのだろうか？」――そう思う時、結婚の話がやって来た。

「結婚か――」と思った美也は、「結婚をすれば変われるのだろうか？」と思った。「変われるのだろうか？」という思いは、「変われるんじゃないか」という希望へとゆっくり傾いて行った。

貫一と美也の結婚を鳴沢隆三が認めた時から、もう七年近くがたっている。貫一を嫌いになったわけではない。しかし美也には、今更貫一と結婚したいというその気がない。同棲(せい)期間の長いカップルが、その先で結婚しようという意思を薄れさせ、なくしてしまうように、美也の中には「貫一さんと結婚したい」という気がない。「お兄ちゃん」は「お兄ちゃん」で、もうそれ以上のものではないのだ。「結婚したら私はどう変わるのだろうか?」と、美也はいつの間にか、貫一以外の男との結婚を考えるようになっていた——その男との結婚を。

貫一はなにも知らなかった。貫一の知らないところで、事態は静かに進んで行った。富山唯継が遠望亭で鳴沢隆三に会い、美也への結婚を申し込んだ日から一月と一日がたった二月の十六日、「今日は少し遅くなりますから」と言って家を出た貫一が、それほど遅くならず八時過ぎに戻った。

「ただ今」と、小さく口に出して玄関を上がると、廊下の先の食堂の方から話し声が聞こえた。「小母さんがなにか喋ってる」と思うと、「貫一はどうするのよ?」という声が飛び込んで来た。「なんだろう?」と思う貫一は、磨りガラスの入った食堂の戸口に寄った。

「だってあなたは、『店を継がせる』って、貫一に言ったでしょ。どうするのよ? 美也は結婚しちゃうのよ。赤の他人のあの子に店を継がせるの? 私はいやよ」

貫一は、母代わりの鳴沢美子が自分の名を呼び捨てにするのを初めて聞いた。

「それを言うんだったら、私は初めからいやよ。どうして私が、あの子の親代わりにならなくちゃいけないの? 関係ないじゃない。『ウチの店はもうだめだから』って言ってさ、どこかに就職させればいいじゃない。東大出なんだからさ、いくらでも就職口ってあるでしょ。いつまでも『小父さん、小母さん』てさ、私もういやよ。大人なんだからさ、もう出てってもらえば？」

ガラス戸越しでも、美子の声はよく通った。声が少し甲高くなっているのは苛立ちがあるからかもしれないが、彼女がなにに、なぜ怒っているのかは、貫一に想像出来ない。しかし、これまで母親のように接していたはずの鳴沢美子が、貫一をこの家から追い出そうとしているのは確かなのだ。貫一は、身動きが出来なくなった。

「誰？ 誰かそこにいるの？」

中から美子の声が聞こえた。貫一は「貫一です。今戻りました」と、小声で答えた。中の空気が凍りついたのは、そのまま廊下を抜け、外の廊下からでさえも分かった。

貫一は、そのまま廊下を抜け、二階の自分の部屋へ入った。家の中はしんとして、足音が聞こえないかと貫一は耳を澄ましたが、なにも聞こえない。寒い部屋の中で、貫一は体の震えが止まらなかった。

体の芯が凍りついたような思いのする貫一は、震えながら立ち上がって、そっと部屋のドアを開けた。辺りを窺って廊下に出ると、「美也ちゃん」と囁きながら隣の部屋のドアを叩いた。

何度呼んでも答がない。「いないのか」と思って貫一は、部屋へ戻って美也の携帯に電話を掛けた。反応がない。留守電サービスの声だけが聞こえる。撮影中の美也が電話に出ないのはいつものことで不思議はないが、「まだ仕事なのか?」と思う貫一は、美也にLINEでメッセージを送った。ただ「TELして」と。

「美也ちゃんなにしてるんだ?」と思う貫一がスマートホンの画面を見つめていると、ドアがノックされた。「貫一くん、いるかな?」と、隆三の声がした。

「いるに決まってるじゃないか!」と思う貫一は、その思いを押し殺して「はい」と言った。

ドアを開けると、「いいかな?」と言って隆三が入って来た。どうしたらいいのか分からない貫一が部屋の中央に突っ立っていると、入って来た隆三は「ちょっと、話しておかないといけないことがあってね」と言って、きちんとメイキングされている貫一のベッドに腰を下ろした。

「ギィ」というかすかなスプリングの軋み(きし)が、やって来た異分子の体の重さを伝える。腰を下ろした隆三は、立ったままの貫一に「座りなさい」と言った。

貫一がスマートホンの置かれた机の前の椅子に腰を下ろすと、隆三は「ホントは止められてるんだが」と言って、ズボンのポケットから煙草(たばこ)の箱を取り出し、一本を抜き出してトントンと箱の上で叩いた。

「ここに灰皿ありませんよ」と貫一が言うと、隆三は「おお、そうか」と言って出した煙草をしまい、「実はな——」と言った。

貫一の中には「早く言ってくれ」という思いと、「言わないでくれ」という思いが交差してあった。

「その、実はだ」と隆三は言って、貫一を見た。動きが止まったように、隆三の顔には表情がない。ただ、口だけが機械的に動いて、「美也に縁談が来ている」と言った。

貫一は愕然とした。

ふっと、最前に聞いた美子の言葉が甦った。「美也は結婚しちゃうのよ」と言っていた。「なんのことだ?」と思って聞き流したのは、美子の言葉が「貫一を追い出したい」という方向で続いたからだ。そのことと「美也の結婚」が関係のあることとは思わなかったが、そういうことだったのか。

隆三の言葉は続く。

「相手は、君も知ってると思うが、DOトピアという大きなサイトを運営している人だ。IT業界の人間といい加減な人間のように思うかもしれないが、ちゃんとした人だよ」

一月の間に隆三の認識は変わったらしい。しかし、その「ちゃんとした人」が遠望亭に資金援助をして経営の立て直しに力を貸すということだけは、隆三も口にしなかった。

「美也ちゃんは、美也ちゃんはそれを承知しているんですか?」と言って、貫一はふと思った。「美也がいないのは、『モデルの仕事で撮影中』というようなことではないのか?」

と。

「小父さん、美也ちゃんはどこにいるんですか?」

隆三は明らかにうろたえた。

「美也は、え、あの、熱海にいる」

「熱海になにしに行ったんですか?」

「友達からな、あの、梅祭りの頃だから、遊びに来ないかと言われて、行ったよ」

「友達って、誰ですか? 僕の、知ってる人ですか!」

隆三はさすがに、その「友達」の名は言えなかった。

「あれだよ、美子の知り合いが熱海に別荘を持ってて、来いと言ったんだよ」

貫一は、「じゃ、どうして小母さんは家にいて、行かないんですか?」とは言わなかった。それよりも、どうして美也の携帯の電源が切られていたのかが分かったことで、パニックになった。

立ち上がった貫一は、壁に掛かっていたダッフルコートを手に取ると、部屋を出て行こうとした。

「どこに行くんだ?」

「熱海に行きます! 美也ちゃんに会って、話を聞きます!」

「こんな時間にどうするんだ! 行ったたって向こうは夜中だぞ!」と、隆三は言った。

先を制された貫一の足は、床のカーペットに縫いつけられたように止まり、膝頭が前にのめりかけた。

「落ち着きなさい！　今じたばたしたってどうなるんだ！」と隆三に言われ、貫一の足は一歩下がった。座っていた椅子を求めるようにして下がると、椅子に引き寄せられるように座り込んだ。

誰かに止めてもらいたかった。「すべては嘘なのだから落ち着きなさい」と言ってもらいたかった。腰を下ろして息を整えた貫一は、目の前のカーペットに話しかけるようにして、「美也ちゃんと会って、話がしたいんです」と言った。

涙が溢れそうになる。

「分かった。分かったから、明日にしなさい」と隆三が言うと、貫一は顔を上げて、「美也ちゃんはどこにいるんですか？」と言った。

「熱海だよ」と隆三が言うと、「熱海のどこです？」と、貫一は尋ねた。

「熱海の――、熱海のどこだったかな」と言葉に詰まった隆三は、「ちょっと待ってくれ」と言い置いて部屋を出て行った。

一人になった貫一の頭の中には、なんの考えも浮かばない。空洞になった頭の中を見上げるように、貫一は「前にもこんなことがあったな」と思った。

虚無には色がつかない。なにがあったのかを思い出せないまま、貫一はぼんやりと座っていた。

　ドアを開けて隆三が顔を覗かせた。

「熱海のどこにいるかって言うんだよ」と妻に言った隆三が、「適当なことを言っとけばいいでしょ」と言われ、「だから、お前の知り合いの別荘に行ったと言っといた」「どうしてそういうこと言うのよ」「だってお前、豊田さんは熱海に別荘持ってるだろうが」「関係ないでしょ。適当なホテルの名前を言っときゃいいじゃない」というやり取りがあった末に、ドアを開けた隆三は知る熱海のホテル名を挙げて、「――にいるそうだ」と言った。

　そして、「今日は休んで明日にしなさい。お休み」と言ってドアを閉めた。

　貫一はぼんやりと聞いていた。「そうか」と思ってホテルの名前だけは聞いたが、すべてはどうでもよくなりかかっていた。

　自分の上にはなにかがのしかかった。なにか、重いものだった。暖房を入れずにいた寒い部屋の中で重いものにのしかかられ、寒さを感じた貫一はベッドカバーをめくり、服を着たままベッドに入った。「寒い」と思いながら羽布団を肩まで引き上げ、うずくまるようにして眠ってしまった。

　疲れていたのか、あるいは突如として現れた重い現実に向き合いたくないという思いもあってか、起きたのは昼の十一時近くになっていた。

カーテンの隙間からは鈍い冬の陽が洩れていた。貫一は何事もなかったような顔でベッドから出ると、前夜に脱ぎ捨てたままのラクダ色のダッフルコートの袖に手を通し、何代目かになるアディダスのスポーツバッグを手にした。

ドアのノブに手を掛けようとして、思いついて机の上を見た。父親の写真と母親の写真の入った二つの額が立てられていた。貫一は、戸口から戻って二つの額をバッグに入れ、部屋を出ようとしてふと思った。

「このコートも、このバッグも、僕のものではない。僕のものは、家から持って来た父さんと母さんの写真だけで、みんな鳴沢の小父さんに買ってもらったものだ。僕には、なんにもない。このスマートホンの料金も、小父さんが出している。僕にはなんにもないんだ」と、震える心細さを感じながら部屋を出た。誰にも言わず、誰にも気づかれぬように、玄関を出た。

なぜだろう、十年前の冬の日の、石段を上がった先にあるステンドグラスの嵌まった玄関ドアの前に立っている、昔の自分になったような気がした。

高輪の坂を下って、品川の駅まで歩いた。歩いて、品川の駅まで行って新幹線に乗る。財布の中には隆三からもらった二月分の小遣いが、二万円近くある。

熱海に行ってどうするのかという考えはない。「行って、美也ちゃんに会いたい。会って話を聞きたい」という思いだけで、新幹線のこだまに乗った。

さすがに、東京と比べて熱海はわずかばかりに暖かったが、坂道を上って来るその風が駅を出たばかりの貫一に、肌寒さを教えた。

午過ぎの駅前には中高年の女達が犇めいている。その中でスマートホンを出した貫一は、隆三に昨夜教えられたホテルの名前を検索して電話を掛けた。

「そちらに、鳴沢美也という人が宿泊してると思うんですが」と言うと、「しばらくお待ち下さい」と言ったホテルのフロントの人間は、すぐに「そういう方はおいでになりません」と答えた。

「え？」と答えて、「美也ちゃんは友達と来ているはずだ、それは誰だ？」と自問したが、それが誰かは分からなかった。「そうですか」と言って電話を切って、ＬＩＮＥの画面を出した。

昨日送った「ＴＥＬして」の文字の横に「既読」のマークが付いていた。ＬＩＮＥはつながっている。しかし、答はない。「既読スルー」ではあっても、ＬＩＮＥの先に美也がいることだけは確かだと思って、貫一はわずかながらに安心したが、美也の携帯に電話をしても、やはりつながらない。

その時、ダウンやらコートやらを着込んで丸くなっている女達の集団から、「どこ行っちゃったのよ。いないわよ」という唐突な声が上がった。

「ここに来るって言ってたのに、間違ったんじゃないの、あの人」

旅行グループのメンバーが、いなくなった仲間を探している。「本当にここでいいの?」「ここよ。ここに来るって言ったんだから」と言う声で、貫一は「本当に美也ちゃんは熱海にいるのだろうか?」と思った。

隆三の昨夜の話は、どこかあやふやだった。「熱海のホテルにいる」と言われて、いなかった。

やっと貫一は、「美也ちゃんが熱海にいるのは本当なのか?」と思った。「美也ちゃんはどこにいるんだ?」と思って、位置情報の検索をした。美也と貫一は、お互いのGPS情報を交換している。

検索結果はすぐに出た。美也は確かに熱海にいた。「これは、熱海のどこだ?」と、貫一はスマートホン上の地図を凝視(ぎょうし)した。

美也は、駅の近くにいる。しかしそれは、今貫一のいる熱海駅の近くではない。「来宮(きのみや)ってどこだ?」と思う貫一は、出て来たばかりの熱海駅構内へ駆け込んだ。

貫一は熱海のことに詳しくない。以前に一度、高台にあるホテルへ鳴沢一家と共に泊った。遠くに青い海が見えて、丘の中腹を埋める濃い緑の中に、蜜柑(みかん)の黄色い実がいくつも見えていた。その景色を見て「これが熱海か」と思った。それ以外のことはほとんど知らない。

「来宮、来宮はどこだ?」と、切符売場の上に掲げられた路線図を目で追って、来宮駅を発見した。

「なんだ、隣じゃないか」と思ってＳｕｉｃａを使って改札を通ろうとして、壁のポスターに気がついた。大きなポスター一面に白い花をつけた満開の梅の木の写真が拡大されていて、「熱海梅まつり」の文字が赤く大書きされている。そこに、「熱海梅園　来宮駅下車」の文字もあった。駅の構内のあちこちに梅の作り枝が飾られて、至る所「梅まつり」の文字が躍っていた。

「これか！」と、やっと探すべき対象を見つけ出した貫一は思った。

熱海駅を出た電車は、すぐにトンネルへ入った。暗いトンネルを抜けると、暗い薄曇りの冬の空の下に、濡れたような濃い緑が現れて、その先に大鳥居が見えた。貫一は、それが来宮神社だとは知らない。電車を降りてふと見ると、進む電車のその先には、暗いトンネルがまた口を開けている。

トンネルを抜けたその先に、更にトンネルがある。濃い常磐木の緑の中に暗い口を開けているトンネルを見るのは、あまり気持のよいものではない。

来宮駅のホームには、グループになった中高年の女達が何人もいた。若い女達もいたが、美也の姿はなかった。駅を出てぞろぞろ歩く女達の後について行って、貫一は広く開かれた梅園の入口に着いた。

入口には観光バスが何台も停まっている。入口付近では、その先にあるのが動物園のようにも思えたが、入口から足を踏み入れて、貫一はそこが予想したのとはまったく違う場所だと知った。

梅園というから、平らな場所に梅の木が何本も植えられているところかと思ったが、目の前に広がっているのは「山」だった。

「彼女はどこだ？」と思って顔を上げると、道なりに進む人の列の先に、視界を遮る高い丘の斜面がある。冬の緑の中に、白や淡紅色の可憐な花をつけた梅の木が点在している。

熱海の梅園は、丘陵地の谷間に広がる、自然のままの梅林だった。

進む道の両側にボーッと白く霞むような花をつけた梅の木が何本も、整然とではなく、自然の気を感じさせるようランダムに植えられている。

花ばかりの梅の木に緑はない。しかしその代わり、桜とは違って隙間なく枝一杯に花を咲き広げることのない梅の木は、芳香を漂わせる花の枝の向こうに、苔をつけた岩の色や、冬でも衰えない笹や常緑樹の緑を覗かせ、冴え冴えと流れる小川の水音をどこかから聞かせている。

目の前に、目が痛くなるような真っ赤なコートを着た若い女が、同行の友人達と騒がしく喋っている。目をそらすと、行手の先に白い滝が見えた。道はゆるやかな登り坂で、霞むような梅の花の雲の中に道行く人の背中が見える。その時、貫一は「あッ」と思った。道の先に、見覚えのある白いカシミヤのコートを着た背中があった。

登り坂の先、谷へ向かって下りて来る右手の斜面に作られた階段を、一人で上って行く。ふわっと肩にかかる髪の後ろ姿は、美也に間違いはない。貫一は、前をふさぐ人間達に「ちょっとすいません」と声を掛けて、人混みの中に分け入った。

自然の勾配を生かした道は、うっかり進めば足を取られてつまずきそうになる。それでも貫一は早足になった。「すいません」と言いながら、人を掻き分けて走り始めた。

「美也ちゃん！」と叫びながら、斜面の石段を駆け登った。一人と思えた美也は、一人ではない。隣のコートを着た中年男に、なにか話しかけている。

階段を登りきった先には、駐車場が開けていた。息を切らせた貫一が駐車場に姿を現した時、黒塗りの高級車がゆっくりと動き出していた。

「おーい！　待ってくれェ！　美也ーッ！」

貫一は大声を出し、両手を高く挙げて振りながら、駐車場を出て行こうとする車を追った。車の中では運転手が、目の前の車内ミラーを見上げて、「社長、誰かが追い駆けて来ますよ」と言った。

言われて富山唯継は後ろを振り返った。高い背凭れ（せもた）の向こうに、見たことのない若い男が、手を振って走っていた。なにかを叫んでいる。面倒なので唯継は、「いいよ」と運転手に言ったが、隣で見るつもりもなく振り返った美也は、「あ、ちょっと停めて」と言った。

車は駐車場を出て、右手の狭い下り坂へ向かおうとするところだった。

運転手はブレーキを踏みかけた。唯継は美也に、「知ってるの？」と言った。

「ええ、ちょっと。すいません、停めてくれます？」

「どうするの？」

「ちょっと。先に行ってて下さい。私ここで降りて、後から行きますから、先に——」と言って、美也は自分でドアを開けるために降りようとしたが、美也は「いいです」と言って、自分から降りた。

車を停めた運転手は、ドアを開けようとした。

そこへ、ダッフルコートの裾をはためかせた貫一が辿り着いて、大きく息を吐いた。車のサイドウィンドウが開いて、唯継は外を覗き込む。

一瞬、唯継と貫一の視線が合い、美也は後ろ手に車のドアを叩き、「先に行って下さい」と言った。

「これが、例の『東大出』か？」と思う唯継は、美也の言う通り車を出すよう運転手に命じ、黒い車は静かに去った。

「誰？」と、貫一は言った。

「今の人？」

「もちろん」

「富山さん」

「間違いかもしれないけど、彼は君の結婚相手なの?」と貫一は言った。

美也は、貫一の問いに答えなかった。

「小父さんがさ、君に縁談が来てるって言うんだ」

美也は「そう――」と言って、車が去った方向へと歩き出した。

「DOトピアの社長だって言うんだけどさ、あの人、そうじゃないの?」

「富山さん?」

「そうだよ。デートするのにさ、運転手付きのベンツって、どういうんだろ? すごいよな」

貫一が皮肉を言うと、「デートじゃないよ」と美也は答えた。

「じゃ、なんなんだよ?」と貫一が言うと、

「お兄ちゃんはなんにも知らないのよ」と言った美也は、一人で坂道を下り始めた。

「なんなんだろうな」と言って、貫一はその後を追った。

「なァ、『お兄ちゃん』てなんなんだよ? 僕は君の兄貴でもなんでもないじゃないか。バカにしてるの?」

「だって、『お兄ちゃん』はお兄ちゃんでしょ」

「違う! 僕は君と結婚するんだ。ずっと昔に言っただろ。君もイエスと言った。小父さ

んも小母さんも、イエスだって言った。そうだろ！　僕達は兄妹なんかじゃない！」

道をふさぐようにする二人の後ろから、白い自家用車がやって来る。それを避けるつもりで道の端に寄った美也は、「大きな声出さないでよ！」と貫一を制して、そのまま「大声を出す人は嫌い！　近くに来ないで！」とでも言うように、坂道を早足で下って行った。

「待てよ！」と貫一は言うが、美也の足は止まらない。貫一が走り出すと、その足音に気づいた美也も走ろうとして、急坂に足を取られそうになる。よろめきかけた美也の腰を走り寄った貫一が支え、それを拒絶するように、美也の左手が動いた。

指になにかが光っている。貫一はその手を取った。

「これはなんだよ！」

美也の指には、二カラット以上あるダイヤの指環が嵌められている。「ハリー・ウィンストン」と美也は答え、「ブランドのことなんかじゃない！」と貫一は怒った。

残念ながら、美也の指に嵌められたダイヤモンドは、きれいだった。

以前から美也は、「ダイヤモンドならハリー・ウィンストンが一番好き。シンプルで透明感があってきれいだもの。私には似合うわ」と言っていたが、その言葉の通り、美也の指で輝くダイヤモンドは美しく、美也に似合っていた。

夜明けの光が澄んだ朝の空を染め上げるような淡い水色とオレンジのネイルに呼応して、美也の指先のハリー・ウィンストンは、美しく透き通ってなおかつ華麗な輝きを見せていた。

美也のその白い指を握り、愛しいものと思って指を絡ませたことは、何度でもある。しかし、その同じ指が今、貫一を拒絶するような光を放っている。鳴沢の家で買ってもらったダッフルコートと服を着て靴を履き、アディダスのスポーツバッグを持って立っている自分。その自分とは違うところに美也が行ってしまったのは明らかだった。

貫一の手からスポーツバッグが落ちた。美也の左手首をつかんでいた手を放して、その場で立ったまま、貫一は美也の体を抱き締めた。

坂の途中に二人は立っている。幸い、車が駐車場から下りて来ることはなかった。冬の黄昏が近づいていた。

美也は、貫一の肩に顔を押し当てるようにして「ごめんね」と言った。その言葉を確かに聞いて、しかし貫一はそれが自分の耳を通り過ぎて行くとしか思えなかった。

顔を上げた美也は、視線を落としたまま、「大人になりたかったの」と言った。

その言葉はしっかりと貫一の耳に届いて、しかし貫一には意味が分からなかった。

美也はもう一度、今度は貫一の目を覗き込むようにして、「分からないかもしれないけど、大人になりたかったの。ごめんね」と言って、貫一から離れた。

「ごめんね」と言われたからではないが、美也の動きを認めるように、貫一の手が美也から離れた。

離れた美也は、そのまま後ずさるようにして坂道を下り、やがてきっぱりと去って行った。細い坂道が左の方へ曲がろうとする先に、黒塗りのベンツが停まっていた。坂道を下りて来る車がクラクションを鳴らした。道の真ん中にスポーツバッグが落ちていて、人が一人立っている。

貫一はクラクションの音を聞いた。振り返った先に、大きなゴーグルのような車のウィンドウがあった。その手前の道には、意外なことに自分のバッグが落ちていた。

もう一度クラクションが鳴らされた。違うところへ行ってしまった自分が急に引き戻されたような気がして、貫一は道に落ちたバッグを手にした。道の端に寄った。白いセダンが通り過ぎて、その後にはなにもなかった。道の先に停まっていたように思えた黒いベンツも、姿を消していた。

すべては幻であったかのように、なにもなかった。ただ、寒い冬の坂道だけがあった。

貫一は、一人で歩き出した。

どうしたらいいのかが分からなかった。「分からないかもしれないけど」という、美也の言葉だけが耳に残った。目の奥には、強くて冷たいダイヤモンドの美しい煌めきだけが残っていた。

貫一の前には、解けない謎だけが残されている。「大人になりたいって、なんだろう?」と思って、貫一には分からなかった。

道はなだらかな下り坂が続いている。貫一は、道のあるままに下って行った。道に逆らうことなどは出来なかった。

「美也ちゃんはなぜ、大人になりたいなんて言ったんだろう？」

その問いが、歩きながら何度も何度も浮かび上がって来た。「大人になりたいから、彼女は僕から離れたんだ」と思えばこそ、その答がほしくなる。そして、そのことだけを考え続けて行けば、現実に迫った恐ろしい問題とは向き合わずにすむ。

もう鳴沢の家には帰れない。昨日まで続いて来た道の先が、貫一にはない。「どうすれば——」と考えても、その答はない。

気がつくと、暗くなりかかった道の片側に、濃い緑の影があった。街灯の光を受けた銅像らしきものがそこに立っている。なんだか分からないが、マントのようなものを着た男が、着物姿の日本髪の女を蹴飛ばしている。「怒ってすむなら簡単だよな」と思って、その瞬間、貫一の胸になんとも言いようのない感情が湧き上がって来た。

貫一は、うつむいて走った。それをしないと、胸からなにかが溢れ出しそうだった。走って、誰もいないところへ行きたかった。暗い方へ走って、なにかに足を取られそうになった。砂だった。立ち止まると、突然波の音が聞こえて来た。海だった。

貫一はそのまま、砂の上に膝を突いた。ザーッと寄せて来る波の音が、貫一に「なにかを言え」と言っているようだった。

しかし、言葉にはならない。なにかが貫一の喉を塞いでいる。膝を突いた貫一は、そのまま既に暗い浜辺を見つめていた。

「ザーッ」という波の音が聞こえる。寄せる波に誘われるように、貫一の胸の奥からつらいものがこみあげて来た。貫一は、体を折り曲げるようにして、つらい絶叫を吐き出した。波の音が、その声を消してくれるようだった。

なにかを吐き出して悶えの取れた貫一は、叫び声を上げるようにして泣いた。体を折り曲げて声を吐き出すと、ポンプのように両の眼から涙が溢れ出した。海辺に座り込んだ貫一は、声を上げて泣き続けた。

溢れ出た涙が貫一の体を少し軽くしたのか、涙で頬を濡らした貫一は、上げるつもりもなく顔を上げた。夜が訪れて、暗い海面には白い波頭ばかりが見えた。聞こえて来る波の音よりも、その先の暗い海に見え隠れする白い波頭を、貫一は見ていた。

暗い沖から寄せて来て消える、白い波頭。いくつもいくつも、飽きることなく打ち寄せて来る波頭。暗い砂浜に吸い込まれるように消えてしまう波頭。冬の熱海の海岸に動くものは、それしかなかった。

貫一は、膝頭の、コートの裾の砂を払って立ち上がった。見上げると、やがては春になる二月の宵の空に、月が出ていた。まだ満月には足りない上弦の月が。

空には春の朧夜のような薄い雲がかかり、昇ったばかりの大きな半円の月は、霞むように輝いて、暗い海と、そして貫一の暗い心の中を照らしていた。

貫一は、その月の光に吸い込まれそうな気になって、思わず口を開いた。その月に話しかけるようにして、貫一は「僕は忘れないよ」と呟いた。しかし、その月の中に美也の顔はなかった。

貫一の耳に女の声が聞こえた。月の光が貫一の記憶を呼び覚ましたようだった。

「だったら、私は初めからいやよ。どうして私が、あの子の親代わりにならなくちゃいけないの？」

美也の母親の声だった。それはつい昨日の夜のことなのに、まるで一月も前のことのように思えた。

「そうか、僕には初めから、幸福な記憶なんか、ないんだ」

貫一は思った。

「僕は、勘違いをしてたんだ。僕は、なんにも知らないで、ただ生きてたんだ。幸福かもしれないと勘違いをして」

貫一はうなだれた。そして黙って、暗い海の向こうでボーッと朧に輝く月を見た。

「寛平！」と呼ぶ、小学校時代の同級生の声が聞こえて来た。

「僕は、初めから誰にも好かれてなかったのかもしれないな」と、貫一は思った。

伸ばせば届くところにあると思っていた美也の指先は、もうどこにもなかった、耳許で囁かれた「お兄ちゃん」という声は、幻だったんだろうか？　あったはずの幸福な記憶が、思い出すだけでつらくなる裏切りに変わることは、あるんだろうか？

「あるんだな」と、輝く月を見上げて貫一は思った。

「お父さん、どうして死んだんですか？　僕は、一人ぼっちですよ」と、恨むつもりもなく、月に向かって話しかけた。

「お父さん、僕は生きます。僕は、忘れないよ！　僕は、僕の受けたこの胸の傷を、絶対に忘れないんだ！　お父さん、僕は生きますよ！」

そう言うと貫一は、再び砂浜に膝を突いた。肩を落として息を吐いた。どうやって生きて行けばよいのかが分からなかった。

貫一は、砂浜に置いたままのバッグの口を開いた。中に、父と母の写真の入った額縁があった。暗い中で顔は見えない。それでよかった。死んだ父と母に、今の自分のつらい顔を見られたくない。ただ、そこに両親がいてくれることを確かめたかった。

立った貫一は、コートのポケットからスマートホンを出した。叫ぶ言葉も見つからぬまま海へ投げ、貫一はもう一度吠(ほ)えた。

別離

気がつくと貫一は、熱海駅のホームにいた。自分の足で駅へと続く上り坂を上がって来たのだから、「知らぬ内に駅にいた」ということにはならないはずだが、貫一には「どの道をどう通った」という記憶がない。ただ、自分の足が重くなり、苦しくなって行く息遣いの中で「どこだか分からない行くべき先」へ向かっているのだという思いだけがあった。暗い道を抜けて駅前の明るい光を見た時は、ほっとした。その後でどうなったのかを覚えてはいない。気がつくと、在来線のホームのベンチに座っていた。

人の中で、人の進む方向へ進みたくはなかった。人の少ない在来線ホームへ続く階段を上り、空いているベンチに「座ろう」という気もなく座った。

夜は更けて行く。ベンチに座った貫一は、暗い夜空に向かって雨のように投げかけられるホームの照明を黙って見ていた。そのベンチの後ろで、東京方面へ向かう各駅停車の電車が何本も出て行った。

貫一には、てきぱきと動かなければならない理由などなかった。「これ以上どこかへ進みたくない」と思って、二月の寒風の中に座っていた。その耳に「間もなく、東京行き最終列車が参ります」というアナウンスが聞こえた。

時計を見ると十時をわずかに過ぎていた。貫一は立って、駅のホームの時刻表を見上げた。やって来る電車の後にも、まだ何本か電車はあるが、よく見るとそれは「東京止り」ではなく、「品川止り」だった。

「品川には帰りたくない」――そう思う貫一は、折り返し東京へ向かう列車を立って迎えた。その時間に、下りる人は少ない。まるで誘蛾灯のような光を放つ車内に乗り込む人の数は、もっと少なかった。

光に向かって進むわずかな人々。がらんとした車内で、それでも座るべき席を探してうろつく人々。貫一は、「侘しい光景というものは現実にあるのだな」と思った。

それはいつでも他人事だった。まさか自分が、そんな侘しい光景の中にいるようになるとは思わなかった。向かい合って四人掛けの座席に一人。腰を下ろして外を見ると、暗い窓の向こうに自分がもう一人いた。

「東京！　東京！」

真夜中近くのホームに、アナウンスの声がこだまする。照明ばかりが目立つホームはガランとして、人の姿はあきれるほど少ない。閑散としたホームを見渡した貫一は、「ここはどこだ？　ここは東京なのか？」と思った。

東京駅を使う時は、新幹線ばかりだった。その時貫一は、在来の東海道本線の発着ホームに初めて立っていた。

やがて列車は、ホームから消えて行く。夜の中に寂しく照らされるホームばかりがあるようで、とてもそこが東京駅の一角だとは思えなかった。

貫一が熱海駅でその列車に乗り込もうとした時、同じ熱海の高台にある高級旅館の離れの一室では、富山唯継に唇を求められた美也が、匂うほどに柔らかい絹の掛け布団の上で、顔を背け横たわっていた。白い障子の外では、照明が落とされて暗い庭の松が、海辺から吹き上げて来る風に揺すられて、軽い葉擦れの音を立てていた。

風呂上がりの温もりと甘い肌の匂いを浴衣の襟元から漂わせる美也の体を、添い臥すように上から抱いた唯継は、誘うように強く髪の匂いを漂わせる美也の薄紅色の耳許へ、「どうしたの？」と囁いた。

掛け布団の表地を見つめるだけの美也は、黙っている。「ねェ、どうしたの？」と重ねて言われて、美也は「ちょっと――」とだけ言った。

「あの、東大出のこと気にしてるの？」と言われて、顔を伏せた美也は、「まだ卒業してない」とだけ言った。

「どっちにしろ、君とは関係ないいんだろ？」と言われて、美也は頷いた――嘘なのに。

「じゃ、気にすることなんかないじゃないか」と言って、唯継の手は美也の襟元に入ろうとした。

美也は黙ってその襟元を閉じた。

「どうしたんだよ？」

「なんか──」とだけ言った美也は、「疲れたみたい」と続けた。

襟元を押さえて体を起こした美也は、「明かりを消して。寝たいの」と言った。暗い庭と同じように、部屋の中も夜になった。

変貌

それから二ヵ月がたった四月、美也と唯継は結婚をして、美也の名は鳴沢美也から富山美也へと変わった。しかし、変わったのは戸籍上の名前だけで、モデル名のＭＩＡは変わらなかったし、モデルであることも辞めなかった。

そもそも美也が「結婚」ということを選択したのは、モデルとして壁にぶつかっていた自分を変えようと思ってのことだから、結婚をしたからといって、夫の専有物になろうなどという気はかけらもなかった。

結婚前に美也は、「私、当分子供を作りたくはないんです」と唯継に言って、夫となるべき男は、「うん、いいよ」とためらいもなく言った。結婚する美也はまだ二十歳で、モデルであると同時に、大学に籍を置く現役の女子大生だった。

唯継にとって、自分の妻が「美しいモデル」であるのは喜ばしく誇らしいことではあるが、その妻が「子育てをする女子大生」であることは、不要で余分なことだった。

唯継にとって美也は、夢の世界から舞い下りて来た美しい妖精のような存在だったから、「美しい」以外の属性は必要なかった。出来ることなら、結婚を機に大学を辞めてもらいたかった。大学の友人や、もしかしたら他大学の男子学生と触れ合うようなことをしてほしくない。妖精は、自分の宝箱の中にひっそりと収まっていてほしいと思った。

しかし美也には、大学を辞めようという気はなかった。それでも大学には、一年間の休学届けを出した。「結婚をして、新しい生活に馴れるための時間が必要なんです」と、監督教官には言った。「お嬢様大学」と言われる美也の大学で、結婚は望ましいことだった。結婚をして、それでも向学心を捨てないというのは、もっと望ましいことだった。美也から「休学します」という報告を受けた男の担当教官は、眩しそうな顔をして、「そうか、頑張ってくれよな」と言った。美也の結婚は既にメディアに流され、大学関係者にとっては周知の事実だったので、「そうか」と言うしかなかった。それは、一流ファッションモデルと成功したIT社長の、絵に描いたような目映ゆい結婚だったのだから。

美也は、事務所の人間から自身の結婚を伝えるスポーツ新聞の記事を見せられた。小さな記事で、見出しには「DOトピア社長、有名美人モデルと結婚」とあった。

見せられた美也は、「私って、美人モデルなの？」と言ってしまった。「見出しは少し盛るわよねェ」と、女のマネージャーは笑いながら答えて、「そういう言い方ってあります？」と、美也は少しばかり唇を尖らせた。

「だってしょうがないでしょ。スポーツ新聞だよ」と、マネージャーは言った。「どうして？」と、美也はまた不服に思った。

美也がひっかかったのは、「美人モデル」というところではない。「有名美人モデル」とだけあって、そこに自分の名前がないことだった。

「有名」なら、そこに「ＭＩＡ」という名前があっていいはずなのに、ない。それで「有名モデル」と書かれてしまうのは、自分がさして有名ではないということだ。記事の中には「ハンペンのＣＭで有名になったＭＩＡ」と書かれている。「いつまで私はハンペンなの？　ちっとも有名じゃないじゃない！」と、美也は思った。

釈然としない美也の様子を見て、「あのね」とマネージャーは言った。

「あんたは不満かもしれないけどさ、スポーツ紙読んでるオジさんは、ファッションに興味なんかないんだよ。こんな記事だけど、話題になるのはいいことなのよ。なんでもとっかかりにして大きくならないと」

言われることは分かる。それでも美也は黙っていた。美也が感じていたのは、不満ではなく不安で、自分のいるファッションの世界が小さく狭く、その向こうに自分とは無縁の広い世界があることを、スポーツ新聞の記事から感じ取ったのだ。

ハンペンのＣＭが話題になってテレビに出演した時、美也は違和感を感じた。スタジオにいる芸人達はそれぞれに完結していて、そこに投げ出された美也は明らかに浮いていた。

「ヴァラエティショーの世界で、私は異邦人なのだ」と思った。

大学でも似たようなものだった。モデルをやっている美也に対して、あからさまに反感の目を向ける学生はいくらでもいた。

美也は、人の妬みがこわかった。女だけの大学には、嫉妬と羨望と競争心が渦巻いている。モデルになっただけで反感を買うのに、IT社長と結婚したらどうなるのかは分からない。結婚のニュースが流れたのは、ちょうど大学の新学期が始まったばかりのことなので、「大学でなにを言われるか分からない」と思った美也は早々に休学届けを出した。

「私、大学休学したんです」と美也に言われたマネージャーは、「あ、そう」と受け入れはしたが、そのすぐ後で「どうして?」と聞き直した。

「別に、大学を辞める気はないんですけど、なんか、忙しくなりそうで」と、美也は言葉を濁す。

「それで?」とマネージャーは問い詰め、美也は「なんか、いやなことを言われそうで」と答えた。

四十がらみの女マネージャーは、あきれたように笑いながら「あんた、高校生じゃないんだからさ」と言って、目の前の美也の顔を見た。この月の内に既婚者となる女が、二年前までは高校生だったことを思い出した。今の高校生が大人びているのなら、今の大人には高校生が平気で隠れている。

「あんた、なんか言われたの？」

「そういうわけじゃないんですけど――」

「あのね、ちょっとくらいの差はね、妬みを生むの。なんなのあれは？　って思われて。でもね、その差が大きく広がったら、もう妬みじゃないの。羨望なの。そうなったら人は、憧れるのよ。分かる？　大きすぎる相手と戦ったって損するだけなんだから。それが女の世界なんだから」

言われてみれば確かにそうだ。

「あんたはもうね、妬まれる存在じゃないの。れっきとしたセレブだし、立派な旦那だっているのよ。いつまでも人の言うこと気にしてたってしょうがないじゃないの。それがあんたの『壁』なのよ」

美也には、マネージャーの言わんとするところがよく分かった。「そうだ」とも思えた。しかし、実情はともかくとして、裕福な東京の家庭に生まれ育った美也には、「セレブ」という言葉が漂わせる謎のような雰囲気が、あまりよく理解出来なかった。

美也と唯継の結婚披露宴は、かつて遠望亭を揺らがせた品川のプリンスホテルの大宴会場を借り切って開かれた。大きく裾を引く白いウェディングドレスで広い会場を進む美也の姿は息を呑むほど美しく、普段は口やかましい女マネージャーも、思わず「きれいよ！」と声を掛けてしまった。

会場のどこかから聞こえたその声が、美也の耳に届いた。それが美也には、本当に嬉しかった。自分の一世一代のステージのウォーキングを、絶対に忘れまいと思った。

新婚旅行は、モルディブのソネバリゾートへ行った。三日間、輝く太陽の下で青い海を見て、美也は水に浮かぶ建物の大屋根の中から出なかった。モデルとして、肌を日に灼いたらおしまいだと思っていた。

最後の日、「日本料理が食べたい」と口にして関西国際空港から京都へ回り、嵐山の吉兆(きっちょう)で夕食を摂(と)った。京都は新緑の頃で、南の海の輝く光に馴れた目に、沈み行く夕暮れの光を浴びる嵐山の緑は、言葉を忘れるほど美しかった。

当座の住まいは、独身時代に唯継が住んでいたタワーマンションの広い部屋だが、美也は高層マンションが好きになれない。都内で手頃な一戸建て住宅を見つけるのは、それほど容易なことではない。物件が見つかっても、望むように改築改装するにはまた時間がかかる。しばらくの間、美也はマンションの生活に我慢をするしかなかった。

帰国して一週間がたった頃、ＭＩＡのポートフォリオに入れる新しい宣材写真の撮影があった。考えてみれば、それは美也にとって二ヵ月ぶりのスタジオ撮影だったのだが、美也の心は軽やかだった。スタジオに向かう車の中で、待ち遠しさに浮き浮きした。

カメラマンは馴染みの男で、メイクを終えた美也の顔を見るなり、「今日はいい仕上がりだな」と、微妙に冷やかすようなことを言った。「そうですか？」と答える美也の声は軽やかで、点された光の中で、美也は初めて「嬉しい」と思った。

「いいよ、いいよ」の声を、ファインダーを覗くカメラマンは連発した。モニターの中の撮られた写真を見て、マネージャーが驚いた。そこには、今までに見たことのない、美也の美しい表情があった。

「色っぽいねェ」と、五十近いカメラマンが言った。その横でマネージャーも頷いた。

「薄皮が剝けたような」という表現がある。その時の美也は明らかにその言葉の通りで、顔から微光が差すようだった。

「変わったわねェ、あんた」と、モニターを見ていたマネージャーが、美也の方を振り返って言った。美也の顔は上気したように輝いていた。「本当に変わったんだ」と、その美也の顔を見たマネージャーは思った。

「遠山(とおやま)さん、よかったら、これ着てみません?」と、横にいたスタイリストがマネージャーに言った。

「よそので借りて来てたんですけど、いいんじゃないかと思って。ミユウミユウです」

そう言って、五月の薔薇(ばら)のような淡いピンクのサマースーツを出した。ハイブランドのくせに女学生っぽさを感じさせるのが特徴の、イタリアのブランドだった。

ミユウミユウは当然知っている。知っていて、美也には苦手な服だった。美也が着ると、そのままなんの特色もない女子大生になってしまう。それを今、スタイリストは「いいいんじゃないかと思って」と言う。

美也の中には挑戦心のようなものがムラムラと湧いた。「今なら着られる。自分のものとして着こなせて、この服の持っている価値を表現出来る」と思った。

「いいですか?」と、カメラマンとマネージャーの了解を取って、美也はスタイリストと共に控え室へ入った。黙って後から、メイクアップアーチストも続いた。

十分ほどたって、同じドアから別人の美也が現れた。それは完全に「美しい若妻」だった。

服に着られてはいない。「着こなす」を超えて、初めから自分の服を着ているような自然さがあった。自然で、穏やかで、そしてありえないような気品が、美也の体から溢れていた。

メイクは少しだけ変えられていたが、あくまでも自然だった。まだ二十歳なのに、これだけの「若妻感」を出せるモデルはほとんどいない。「美也ちゃん、最高よ」と言って、女マネージャーの遠山は美也に向かって手を叩いた。

美也は、生まれ変わったのだ。

貫一は、美也の結婚を知ってはいた。文字を並べた新聞紙が、風に煽(あお)られて目の前を通り過ぎたように思えて、そこに「結婚」の文字があったように思えた。思えたが、すぐにどこかへ消えた。

「忘れよう」とは思わなかった。目に飛び込んで来るような文字が見えた瞬間、強い力で

その記憶が叩き出された。「忘れた」とさえ言えない。哀れなことに、その文字の並びを

排除しても、「自分はなにかを強い思いで拒絶した」という記憶ばかりは、傷という形で

心に残る。

なにも感じないようにして生きて行くことは、それを始めてしまえばもうむずかしくな

い。体の中から「感情」というものが、まだ若い病葉が静かに舞い落ちるように、そっ

と少しずつ消えて行く。

五月の夕暮れ時、人で混み合うグルメサイトで評判になった新橋の焼鳥屋の店内に、二

人の若いサラリーマンがいた。一人は、店の男に注文をして、もう一人は黙って品書を見

ている。

「後からもう一人来るんだけど、とりあえず中生二つ」

「後、鳥わさね」

「お前、生の鶏平気なの?」

「ああ」

「と、どうしようかな?　ちょっと見せろよ。この、盛り合わせもらおうか。一人分六本

ね。これ三人前でいいか?」

「いいんじゃない」

「じゃ、この六本の焼鳥の盛り合わせを三人前ね。後はまた頼むから」

「どうしましょう？　すぐに焼き始めますか、それとも、お揃いになってから？」

「どうする？」

「いいけどよ、風早はレバーだめだぜ」

「そうなの？」

「ネギもな」

「じゃ、どうすんだよ」

「ちょうど、あいつが来たから聞いてみな」

「おぅ、風早、こっちこっち」

「お前、ネギとレバーだめなんだろ？」

「だめだけど、いいよ。食えよ」

「じゃ、それは三人前で、生も三つね」

そこにいた三人は、間貫一と同じ大学のゼミにいた、かつての学友達だった。初めにいたのが蒲田と佐分利、後から来た男が風早。いつの間にか貫一は三人の前から姿を消したが、三人は順当に大学を卒業し、既に決まっていた就職先で正社員になっていた。蒲田はネット証券会社、佐分利は通信会社、風早はネットの生命保険会社で。

新人研修を了えた三人は、「久しぶりに会おうぜ」ということになって顔を揃えた。

「お疲れ！」と言ってジョッキを鳴らし、香ばしい焼鳥の煙を肴にしてビールを飲む。まだ馴染みの浅い職場の上司、あるいは同僚の悪口をそれぞれが言って手を叩いて笑い、「バカかよ！」の合の手を入れる。焼き上がった焼鳥が運ばれて来たのを汐に、どういうわけかアニメの話になり、思いついたように風早が、「そうだ、俺、こないだ間を見たぜ」と言った。

学生時代からなにかと仕切りたがるくせのある蒲田が「いつ？」と言うと、風早は、「あれだよ、お前からLINEが先週来てさ、その二、三日前だよ。『集まろうぜ』って言うから、『間も来んのかな？』とか、なんとなくそう思った」と答えた。

「来てねェよっていうか、間なんかとうの昔に応答なしだぜ」と蒲田が言うと、「風早はレバーだめだぜ」と言った佐分利が、低い声で「どこで？」と言った。

「あれだよ、あの、あそこ、赤羽の辺だよ」

「赤羽？」

「なんでお前そんなとこ行ったの？　お前の会社、新宿だろ？」

「いや、まァちょっとあってさ」

「じゃ、その『ちょっと』の件は後で聞こう。そこで間はなにしてたんだよ？」

「ゴミ出し」

「ゴミ出し？」

「じゃねェな、ゴミのポリバケツ洗ってたな」

「いつ？」

「昼間だよ」

「お前、昼間っからそんなとこでなにやってんだよ？」と蒲田が言うと、余分なことを言わない佐分利が、もう一度「どこで？」と聞いた。

「道だよ。居酒屋があってさ、その横からバケツ持って出て来て、洗ってたよ」

「間が？」と、蒲田が言った。

「ホントかよ？」と続ける蒲田に、風早は、「ホントだよ。俺が『間――』って声掛けたら、あいつ、こっち見てすぐ逃げたもん。顔見たら、モロ間だったしな」と言った。「なにやってんだよ、あいつ今？」と蒲田が言って、佐分利も「うん」とうなずいた。

「あいつ、卒業したの？」と、人の不幸に俄然興味を示し出した蒲田に、「してないだろ」と、佐分利は答えた。

「前にな、荒尾のところへ電話があったらしい、間のいた家からな」

「荒尾はどうしてるの？」と、風早が余分な口を挟む。

「あいつはもう九州。銀行なんか入るから、さっさと飛ばされるんだよ」

「で、その電話はどうなったんだよ」と、蒲田が尋ねる。

「間のこと知らないかってさ。家からいなくなって、帰って来ないって」

「二月。結局あいつ、卒業式にも来なかっただろ？　あいつの携帯に電話しても出ないって」

「いつのことだよ？」

「じゃ、消息不明ってのは、ホントだったの？」と、貫一の姿を見かけた風早。

「消息不明という事実が真実かどうかを証明するのはむずかしいな」

「悪魔の証明だな」

「じゃ、あいつは中退？」

「一応、単位取ってるから、卒業は出来るんじゃないか？　正月前にはそう言ってたぜ。ただ、卒業証書は取りに来てないらしいけどな」

「それも、荒尾証言？」

「ああ」

「いなくなった理由は、なんなの？」

「あれだろ？」と蒲田が言って、「今にして思えば、それだな」と佐分利も合わせた。

「あれって、なんだよ？」と言う風早に、「知らねェの？」と蒲田は言った。

「なに？」

「失恋よ」

「失恋て？」

「お前、間がこないだ結婚したＭＩＡと付き合ってたの、知らないの?」

「同棲してたんだぜ」と、佐分利が言った。

「同棲っていうより、同じ家に住んでたんだけどな」

佐分利がそれでも抑えたトーンで言うと、「じゃ、同棲じゃん」と風早が言う。

「あいつはね、両親亡くしてさ、彼女ん家（ち）に引き取られたのよ」

佐分利の説明に、「じゃ、あいつはＭＩＡと親戚なの?」と言った。

「そこまでは知らない。でも、あいつと高校が同じだった奴が『得意そうだった』って言ってた」

「高校の時から?」

「うん。家行ったらＭＩＡがいたって。まだモデルになる前だけどさ、すっげェ可愛かったって」

「すげェよな、そんな女が家にいるなんて」

「それで、あいつはガツガツしてなかったのか?」

「ガツガツしてんのは、お前だけだよ。荒川の女はどうしたんだ? 荒川じゃなくて、赤羽か?」

「だから、それはなんでもないんだって」

「振られたのか?」

「いいじゃねェかよ」と風早が話を振り切ろうとすると、佐分利はビールのジョッキを持ち上げ、「すみません、お代わりを下さい」と言った。

「あ、俺も」と蒲田が続き、慌てて残りのビールを口に流し込んだ風早も、「俺も」とジョッキを差し出す。

注文を聞いた店員が去ると、三人の中では一番落ち着いた性格の佐分利が、「間は、就職してないいんだろう」と、独り言のように言った。

「そうなの？」と、風早が尋ねる。

「あいつは、親父（おやじ）さんの会社を継ぐことになってたんじゃないのか？」

「親父って、あいつの両親は死んでるんだろ？」

「だから、ＭＩＡの親父の会社」

「なにやってるの？」

「なんか、レストランやってるらしいって聞いたけどな。高輪とかどっかで」

鳴らない口笛を吹いて、蒲田が言った。

「それでか？　あいつ『一遍会社訪問してみたい』とか、寝言みたいなことを言ってたってな」

「そういうことだったのかって、ＭＩＡがＤＯトピアの社長と結婚するっていうのを、ネットニュースで見た時に思ったのよ」と、佐分利は言った。

「だってな、ただの失恋だけで失踪しちゃう奴って、いないだろ？　いるかもしれないけどな。でもな、間はＭＩＡの家の後継ぎになるはずだったんだろう？　あいつの家、なんだっけ？」

「間の家？」

「いや、間のいたＭＩＡの家」

風早がすかさず答えた。

「お前、そういうことは詳しいな」

「ＭＩＡは、鳴沢。鳴沢美也」

「まァさ」

「知識だけはな」と、蒲田が風早をまぜ返す。

「つまりな、そういう関係だってことはよ、間とＭＩＡは婚約してたってことだろう？」

「まァ、そういうことだよな」

「贅沢な野郎だ」

「間としてはさ、そういう相手がよその男と結婚なんかしたら、もう彼女の家にいられないだろ？」

「どうして？」

「お前、それだけの図太い神経ある？　女がいるから女の家とつながってられるけどさ、その女がもういないんだぜ」

「そうか」

「それであいつは行方不明？」

「だって、ジョイントがなくなったら、もうバラバラじゃないか」

「あいつ、どうしてんの？」

「だから、ゴミバケツ洗ってたよ」

「風早、お前その場所どこか分かる？　赤羽の居酒屋」

「駅からちょっと歩いたけど、行けば分かると思うよ」

「じゃ、行こうぜ」と佐分利が言った。

「なんで？」と、蒲田がその言葉尻をつかまえた。

「行ってどうすんだよ？『転落した間くんの様子を見に来ました』って言うのか？　可哀想だろ。落ちた人はそのままにしといてやるのがいいの。もう、俺達とは住む世界が違うんだから。そうだろ？」


言われて二人は「うん」と黙った。

その日、熱海から東京へ戻った貫一は、夜の道を歩いていた。真夜中近くの丸の内のビル街に、人の姿は少ない。それでも、「人に会いたくない、人に見られたくない」と思う貫一は、氷のように澄んだ冷たい光を投げ掛ける街灯の下、より冴え冴えとして人の姿の少ない方を目指して、皇居のお堀端を進んでいた。

自分でも、なぜ歩いているのかは分からない。歩けるから歩く——歩くしかない。心にのしかかった衝撃は、まだ心ばかりが受け止めて、貫一の若い体に及んではいない。疲れて、へとへとになって、歩けなくなったら、その時にどうすればよいのかは分かるだろう——その時が来るまで、歩くしかないと思っていた。

お堀端の道は、神田の駿河台下へと続いていた。二月の夜の風は冷たい。寝静まったようにただ建ち並んでいるだけのビルの街は、廃墟（はいきょ）のようにも見える。しかしそれでも、目の前に心覚えのある地名が現れると、心が寛（くつろ）いで胸の中が暖かくなる。貫一の足は、知った地名を辿って、お茶の水から本郷通りへと入っていた。

道路の向こうに古い塀、その向こうに黒い樹々。通い慣れて、今もまだそこの学生である、大学がある。夜の道に、ファストフード店の明かりが洩れている。夜中なのに、人の気配がある。貫一は、そこで誰か知る顔に出会って、「よォ、こんなところでなにしてんの？」と言われたいと思った。

友達ならいるだろう。そこは通学路だ。「よォ、間」とよく声を掛けられた。しかし、今は夜中で、知る顔もない。「僕は人に会いたいんだ！　人にやさしくされたいんだ！」と思って、全身に震えが走った。

夜の本郷通りに立ちすくんで、そのまま貫一は走り出した。湯島の坂を下って御徒町(おかちまち)、そして秋葉原のネット喫茶に着いた。

料金を払ってボックスシートに腰を下ろすと、椅子のクッション伝いに疲労が現れるような気がした。それでも、気持だけはまだ昂(たかぶ)っていた。「まだ疲れていない、まだ疲れていない」と呪文のように繰り返し背凭れに身をゆだねると、身を責める疲労の代わりに、空虚を教える空腹が襲って来た。と同時に、「眠い」と思った。

貫一は、誰かに背中を押されるような衝撃を感じて目を覚ました。気がつけば自分は、椅子の背に凭れて眠っている。「ここはどこだ？　僕はなぜこんなところにいるんだ？」と、あまり記憶にない目の前の光景を見て思った。

黒い一枚板のテーブルがある。そこに自分のスポーツバッグが置いてあって、横にデスクトップのパソコンがある。自分は、広げられたダッフルコートの中に埋もれるようにして眠っていた。

自分がネットカフェにいることだけは分かった。そこにやって来たことも。しかし、それがどこのネットカフェであるのかは、よく分からなかった。なにか「いやなこと」があって、すべてを忘れるためにここまで来た。そのことだけは分かったが、「いやなこと」の正体は、考えたくなかった。

照明の点る店内は薄暗く、昼なのか夜なのかは分からなかったが、そのことが貫一には心地よかった。まるで、「なにも考えるな」と言ってくれているようで。

思いついたように貫一は息を吐いた。それだけで、生きているような気がした。しかし悲しいことに、その生きている体は、空虚で頼りなかった。

意識は戻ったが、そんな自分がなにをすればよいのかが分からない。「どうしようか？」と思ってまた椅子に背中を預け、そのままでいた。

生きている体に空腹が、なすべきことがなんなのかを教えてくれる。「なにかないかな？」と思って、貫一は椅子から立った。長い間寝たきりだった病人のように足がふらついて、しっかりと立てなかった。

「どうしたんだ？　僕はどうにかなったのか？　そんなことはないはずなのに」——そう思って足先に力を入れ、自分のいるブースから出た。

薄暗い通路の先に明かりが見えた。並んでいる自動販売機の明かりだった。カップラーメンの自動販売機に、缶コーヒーや飲み物の自動販売機があり、カプセルホテルにあるような「歯磨きセット」の自動販売機もあった。一通りのものが揃っていて、並べられた機械達は、黙って「自分で好きにしろよな」と言っているようだった。

熱湯の入ったカップラーメンの器を、こぼさないように注意して運びながら、貫一は自分がずいぶんと不思議なところにいるように感じた。

もちろん、ネット喫茶、ネットカフェがどういうものかは知っている。が、そこに入ったことはない。入る必要がなかった。

気がついて不思議なのは、音がない。人は「ない」ということを指摘されなければ、そこに「ないもの」が存在することに気がつかない。通路の脇に黒いブースのドアが並んで、その中には人もいるはずなのに、シーンとして人の気配や物音が感じられない。狭い通路の黒い床はひんやりとして、孤独というものはどれだけ集まっても、熱というものを作り出すことが出来ないのではないかと思われた。

自分のブースに入った貫一は、運んで来たカップラーメンを、自分でもあきれるほどガツガツと貪り食った。食べ物に対する飢餓感が止まらない。スープを飲み干して、「ああ、食った」とも思えず、自分の抱えていた飢餓感の大きさに気づいて呆然とした。飢餓の後には、虚脱感がやって来ることも、初めて知った。

腹が一杯になったわけではない。体の中に入ったスープの熱が、「なにかを考えなければいけない」と、妙に急き立てる。

「自分はなにをしなければいけないのか？」と考えて、貫一は初めて自分があまりにも多くのものを失っていることに気づいた。

スマートホンは海に投げ捨てた。目の前にネット喫茶のパソコンはあるが、自分のノートパソコンは鳴沢の家に置いて来た。「自分にはなにがあるんだろう？」と考えて、頭がボーッとして思考は定まらない。

「自分はなにをなくしたんだ?」と考え始めると視界が曖昧になり、そのままテーブルに突っ伏して眠ってしまった。

どれくらい寝ていたのかは分からない。腕時計を見ると、四時に近かった。「まさか、夜中の四時ではなくて、午後の四時だろう」と、大学の入学祝いにもらった腕時計の文字盤を見て思い、「時計はあるんだ」と改めて気づいた。「いいです」と言ったのに、美也の父親がくれたのだ。

周りに腕時計をしている学生はいなかった。携帯電話があれば時計はいらない。それでも貫一は腕時計をした。それは、自分を認めて養ってくれていた鳴沢隆三の愛情の印だった。シンプルな国産時計の青い文字盤の中には、まだその時の痕跡が見える。

しかし今、携帯はなくした。時間を知るために、とりあえず腕時計はいる。「こんなもの、捨ててやる!」という激情は去ってしまった。かつての時間を無意味なものとするために――「愛情」というものを乾ききった化石のようなものへと変えてしまうために、貫一は自分の左腕にはまった時計をはずす気はなかった。代わりに、それをただ見ていた。

腕時計はある。他はない。「ない」ということが実感として迫らないのは、貫一が鳴沢の家を捨ててしまったからだ。その家の一室に、貫一の持ち物はすべて置かれていた。そのすべてを捨ててしまうことは、昨日の昼前、スポーツバッグ一つで家を出た時に分かっていたはずだが、勢いに駆られてしたことの結果がどういうものかは、後になってみなければ分からない。

　椅子から立って貫一は、腰に手を当てた。

「着替えがない！」

　その前の夜は、風呂にも入らず着のみ着のままで寝た。起きるとそのまま、熱海へと向かった。旅行のつもりもなかったから、着替えなどは詰めなかった。そのはずだが、「もしや——」と思って貫一はバッグを開けた。メモ代わりのノートブックが一冊と、両親の写真の入った額縁が二つ出て来た。なんの役にも立たない。空疎な過去を示すもの以外は、そこになにもなかった。

　貫一は慌てて、「財布は？」と思った。着替えを買うためには金がいる。「あるのか？」と、貫一は立ったままズボンの尻ポケットを探った。前夜にここの使用料金を払い、カップラーメンも買ったのだから財布はあるはずだが、今の貫一には「あるはずのもの」が本当にあるのかどうかが、分からないような気がしていた。

　手の触れる先に財布はあった。中には一万数千円の金——それしかなかった。「これがなくなったらどうしよう」と思う貫一の前に、選択肢は一つしかなかった。

アルバイト先なら、スマートホンのアプリを使えばすぐに見つけられる。そのシステムを作って財をなした、IT長者と言われる人もいる。しかし、貫一はそのスマートホンを捨てていた。だが代わりに、デスクトップのパソコンが目の前にある。手を伸ばしてそれを起動させればよいだけなのに、なぜか貫一の手は動かなかった。

貫一の精神状態は普通ではない。なかなか脳が動こうとはしない。動き出して、一歩先に思考を進めても、すぐに止まる。立ち止まって、一歩進んだことを忘れて、一歩か半歩を後ろに下がる。下がってまた同じことを繰り返す。そういうことをしなければ、事態がはっきりと把握出来ないようになっていた。

電源を入れて、パソコンを起動させればいいことだけは分かる。しかし、「それだけでいいのか？　なにか間違いがあったらどうしよう？　大丈夫なのか？」という不安感が、貫一の動きを止める。

「なにが不安なんだろう？」と考える。考えてようやくに思いつくのは、「自分はホームレスになりかかっている」ということだった。

自分には、帰る家がない。住所がない。ということは、このまま道端に腰を下ろして横になってしまえば、ホームレスになる。「住所のない人間を、企業は雇用しないだろう」と思う以前に、実感をもって迫って来た「ホームレス」という言葉が、貫一を怯えさせる。「自分は社会と簡単につながることが出来る」と思っていたのに、そうではない。自分は暗くて深い断崖の前に立たされているような気がした。

「なにか――」と思って服の上から体をさわり、財布の中に学生証があることに気がついた。「自分は埋没しない。自分がなにものであるのかを証明してくれるものがある」と思って貫一は、「東大の学生証にはなにか特別な力があるはず」と考えた。

有効期限の三月末まで、まだ一月以上ある。「嘘をつこう、この学生証があれば嘘がつける！」と思った貫一は、目の前のパソコンの電源を入れ、起動するまでのわずかな時間に、画面を見ながら自分の「現在」を偽るための話を考え始めた。

自分は、高輪の鳴沢の家に住んでいる。住所はそのままだが、入口には「間」の表札がかかっている。しかし、父親は事業に失敗して、その家を手放さなければならない――

「いや、もう手放したと言った方がいいのかな？」と思う。

「家がないから、ネットカフェで寝泊りしてるんだな」と、貫一は思う。

「両親はどうする？ 死んだのかな？ 逃げたのかな？」と思う内、貫一の頭の中では鳴沢隆三と妻の美子が、慌てて夜逃げの仕度をしていた。

「どっちでもいい。突然いなくなったんだ。無責任な親だからな。生きてるのか死んでるのか、僕には分からない。はっきりしているのは、僕がホームレスでマネーレスで、働かなくちゃいけないことだけだ」

貫一が思い浮かべる「偽りの現在」とは、鳴沢家の没落物語だった。

自分のではない他人の不幸を妄想すれば、その間だけ、救いがなく不安定な自分の不幸を忘れることが出来る。

「僕が面接に行ったら、『どうして東大卒業間近のあなたが、こんなところでバイトしようなんて思うんですか？』と聞かれるだろう。そうしたら、『父が事業に失敗して』と言えばいい。『どういう事業ですか』と聞かれたら、『はやらないレストランです』とか言ってやろうかな。あ、それよりも、『闇金に父が手を出したんです』の方が似合ってるかな？」

そう思う内、貫一の端正な顔に、暗く歪んだ笑いが浮かんでいた。

東京大学の学生は、多かれ少なかれ、自分の所属する大学に妙な自負心を持っている。同じ大学の学生同士なら目立ちはしないが、外部の人間に接触すると、「一般の人間は東大の学生に対して、特殊な思い込みを持っているはずだ」と思ってしまう。相手がその思い込みを持とうと持つまいと、自分の中で妙な自意識が首をもたげてしまう。

外部との関係に関してはかなり鈍感なところもある貫一に、それまでその傾向はなかったが、知らぬ間に「東大」をブランド化する意識が働いていた。それがすなわち「落ちる」ということでもあった。

学生証一枚だけが自分の身許を証明するものとなった貫一にとって、「自分は東大の学生である」ということが唯一の拠り処となり、そのことによって妙な自意識が生まれてしまった。それで、誰に言われるわけでもないモノローグの中で「どうして東大卒業間近のあなたが、こんなところで」と言ってしまった。「外部の人間は、そんな考え方をするのではないか」と思って。

である以上貫一は、東大生に不似合いな、「こんなところ」と言われるようなところを、仕事先に選ばなければならなくなった。「ならなくなった」というよりも、なにも分からぬまま「下層へ下りる」ということを選択してしまっていた。

起動したパソコンの画面に、求人情報サイトを呼び出した。そして、すぐに行きづまった。「働くといって、自分はどんな仕事をすればよいのだろう?」と考えて、分からないのだ。

二日前までは、遠望亭の経営に加わる予定だった。レストラン経営の雑誌を眺めて読みはしても、就職活動というものをしたことがなかった。だから、どんなところでどんな仕事をしたいのかが分からなかった。貫一は世間知らずで、「社会」という名のテーマパークにいる、のんきな来場客の一人に過ぎなかった。そして当然、そんな自覚さえもなかった。

やっと動き出した貫一の理性は、まだ地に足を届かせてはいない。熱にうかされたような貫一は、「自分が『こんなところ』と見下せるのはどんなところだろう？」と考えて、「ブラック企業」という言葉を思い出した。思い出したが、その実態は知らない。「どうせろくなところではないだろう」と思って、そのブラック企業を探し始めた。

「ブラック企業」で検索すると、いきなり有名な飲食店グループの名が出て来た。全国にチェーン展開をしていて、その系列の居酒屋には友人達と何度か行ったことがある。「安いからいいよな」と言われる店が、ブラックだった。表に出てはいけないはずの内情を抱えた店が、堂々と表通りに店を構えている。そういうものが「現実」なのだと、間貫一はやっと気がついた。

結局、貫一はその有名飲食チェーンに応募をしなかった。どこにでもあって、自分や友人達が行ったことがあるのなら、誰かに見つかる可能性がある。過去の自分を知る人間達と出会いたくはない。顔を見られたくはないと思う貫一は、「居酒屋チェーンなら、どこも皆ブラックなのだろう」と勝手に思い決めて、あまり聞いたことのない居酒屋チェーンで働こうと思った。その本社は埼玉県で、店の場所も、東京の北から埼玉県にかけての貫一にとっては「知る人のない未知の場所」だった。

それで、「さて」と思って気がついた。求人に応募しようとして、電話がない。既に公衆電話というものは過去の遺物となっていて、貫一自身、公衆電話から電話を掛けた経験がない。現代では、家があろうとなかろうと、たいした問題ではない。だから、ネット喫茶に寝泊りして、そこから勤務先に出掛ける人間も、当たり前にいる。重要なのは電話を携帯することで、貫一はそれを海に捨てたのだ。

携帯電話がなければ、ネット喫茶にいたとしても、社会と連絡が取れない。「落ち着け、携帯をどうするかなんだ」と、貫一は自分に言い聞かせた。

改めてスマートホンを買う金は、自分にはない――「そのはずだ」と思って、自分が銀行のキャッシュカードを持っていることに気がついた。

「あるじゃないか、あるぞ！」――そうは思ったが、いくらあるかは分からない。しかし、小遣いの残りを貯めて、何万円かは口座に残っているはずだ。それに気がついて、「落ち着けよ」と自分に言い聞かせた。「冷静になればつらい現実が押し寄せて来る」――そう思う防衛本能が、貫一から冷静さを遠ざけていた。

「なんであれ、今僕はここにいる」と思って、貫一はネット喫茶の黒いブースの壁を見た。「ここにいることは動かない。ここにいるのが現実なんだ。僕は、ここから人生を始めなければならない。僕がなくしたのは、家でもない、金でもない、電話でもない。僕は、人生をなくしたんだ」

そう思って貫一は、生きる覚悟を決めた。

貫一はネット喫茶を出てコンビニを探した。キャッシュディスペンサーで、自分の預金残高を調べた。大学の休暇中にバイトをして、余った金を銀行の口座に入れておいたはずだ。

残高は、三万円に妙な端数が付いていた。「3」の数字の後に0が続いて、どこか不毛の空間に凍った0が冷たい風に晒されているようにも見えた。

「僕みたいな人間に、金なんかいらなかったんだな」と、その残高の数字を見て思い、必要があるたびに鳴沢美子に言って金をもらっていた頃のことを思い出した。「あの小母さんがなァ」と、彼女の「私はいやよ」と言った声を思い出した。「親切な小母さん」と思うばかりだった女の中に、なにが隠されていたのだろう。

悲しくもくやしくもない。ただ「そうなんだな」と遠くを思い、端数を残した三万円をディスペンサーから引き出す操作をして、「どうして僕は、預金なんかしてたんだろうな?」と考えた。別に答を求める気はなかったが、ディスペンサーは「残高不足」を表示していた。低金利時代に哀れな利息は付いていて、しかしディスペンサーの手数料はそれよりも高い。「なんということなんだ」と思い、あまりのバカバカしさに言葉を失い、二万九千円に引き出し金額を訂正した。

「三万円ある」と思っていたのと比べて、たった千円が欠けただけなのに、紙幣の数は多くなったのに、いやな予感がする。

「バイトの面接に必要な履歴書はあるだろうか？」と思って、店内を探した。あったので買った。わずか二百円程度のものを買うのに、また千円札が一枚消えた。ネット喫茶でも、出る時に延長料金を二千円近く要求された。金は増えるものではない。ぼんやりしていれば、ただ減って行く。

コンビニを出て安い携帯電話を探すために歩いていると、通りからうまそうなカレーの匂いが漂って来た。カップラーメンしか食べていない貫一は、それが食べたかった。猛烈に腹が減っていた。「携帯を――」と思いながら、その誘惑に勝てなかった。「また金がなくなる」と思って、それでも貫一はそのカレーライスが食べたかった。

「とりあえずは金だ」

カレーショップを出て、貫一は思った。

今日の寝場所を確保するだけの金はある。多分、明日の分も。明後日も大丈夫かもしれない。しかし、その先の保証はない。自分は家出をした高校生ではないのだ。金がなくなったら家へ帰ればいい、というわけではない。

仮に、ブラック企業で働いたとして、給料が出るのは月末だ。その日が来るまで、一銭の金も入らない。入って早々に「金を貸してくれ」と言って、貸してくれるところはないだろう。給料が出るまで、どうすればよいのだろう。「ブラック企業なら、『どうしてこんなところで働こうと思うんですか？』と言われるな」と横柄な構え方をしていたが、現在の自分はブラック企業で働くことさえ出来ないのだ。どうすればいい？　どうとも出来なければ、路上で寝起きをするホームレスだ。「安い携帯電話を探す」どころではない。スポーツバッグを提げて夜の路上に一人突っ立っていても仕方がない。いつまでも頭の中を混濁させていてもしょうがない。なにをどうすればいいのか、きちんと段取りを立てて考えなければならない。「ホームレスになる」ではない。自分はもうホームレスなのだ。

貫一は、再びネット喫茶へ戻ることにした。自分一人ではどうにもならない。考えるためのツールが必要だ。今度は、余分な料金を取られないように、滞在を一時間程度に制限して、「自分はなんてのろまな気取り屋なんだ」と呪いながら、店に入った。

パソコンの前に座った途端、「携帯日雇い」という言葉が浮かんだ。どこかに登録をして、前日に電話をすれば仕事がもらえて、その日の内に金ももらえる。何年か前に話題になって、取り締まりにあったようにも思う。「もうそのシステムは存在しなくなったのか？」と思いながら、貫一はパソコンの電源を入れた。そして、それはなくなっていなかった。

店の中を見回すと、ピンクの公衆電話があった。ホームページにあった電話番号を押して、出て来た相手に会員登録を申し込んだ。そして、明日の求人予定も。

貫一はほっとした。人と、あるいは人の立ち上げたシステムとコンタクトを取ることが出来て、それで自分がどれほど安心したかを知った。心細さに陥った時、人は「自分が心細くなっている」ということにさえも気づかないままでいる。

電話口に向かって、「会員登録をしたい」と言った。名前と年齢を聞かれ、「男性ですね？」と念を押された。「住所は――」と、自分がホームレス状態になっていることを告げようとしたら、「それはいいです」と言われた。高輪の家で仮想の一家が転落した話や、「どうしてこんなところで働こうと思ったんですか？」という話はなかった。携帯の電話番号を聞かれて「ない」と答えたら、あっさり「そうですか」と言われた。

「二十二歳の男性」である間貫一は、そのまま人材派遣会社から与えられた七桁の登録番号に変わった。自分はもう何者でもない。ただ七桁の数字の並びに変わって、そのことによってなにかと繋がり、生きて行ける。寂しいかもしれない。きっと、寂しいのだろう。しかしそこには、「お前は何者だ？」と他人から詮索されない自由がある。寂しいのかもしれないが、「やっと自由になれた」と、貫一は思った。

次の日は、朝の八時から引っ越しの手伝いがある。時給は七百円で四時間。交通費は自前で、指定された運送会社へ行く。交通費はいくらかかるのだろう？　Ｓｕｉｃａは料金不足で、チャージをしなければ使えないが、「ともかく二千八百円は入る」と思って、少しばかりほっとした。

ホテルに泊まり、六時に起きた。外に出ると雨だった。冷たい雨の中、コンビニまで走ってビニール傘を買った。ついでに、サンドイッチとコーヒーの朝食を買って、駅へ向かった。冷たい雨の中で「着替えがいるな」と思った。仕事の邪魔になるバッグも、ロッカーに預けなければならない。降る雨と同じく、金は少しずつ消えて行く。

傘を差したまま、引っ越しの作業は出来ない。寒さを凌ぐダッフルコートを着ていても。指定されたところにあったのは、ガランとしたガレージの中に大型トラックが一台あるだけの心悲しい事業所だった。そこへ行くまでの道筋に人影はなく、道の際には下りたシャッターの列が続いている。朝の八時という時間帯のせいもあるのだろうが、そこが「寂れたシャッター通り」というのは間違いがないようだった。元はそれなりの構えの運送業者が大手に押され、細々と引っ越しの業務を続けているように見えた。

開けっ放しのシャッターを潜って、酸化した古い機械オイルの臭いのするガレージに入り、奥にいた中年の男に派遣会社の名前を言って挨拶をし、ガレージの隅にビニール傘を置き、助手席に乗り込む。中には既に若い男がいて、そこに中年男が乗り込んで運転席に座る。若い男は、不機嫌そうな顔を向けて、コートを着たまま乗り込んで来た貫一に、

「お前、その恰好で仕事すんのかよ？」と、攻撃的な口調で言った。「あっ」と口にして、貫一は慌ててコートを脱いだ。雨の滴が飛んだのだろう、隣の男は「手前ェ！」と言って貫一を睨んだ。

貫一のコートの下からは、チェックのシャツの襟とライトブルーのクルーネックのセーターが現れた。運転席の二人の男は、白とカーキ色のつなぎをそれぞれ着ている。隣の男は目をそらし、運転席の男は「高輪に住む生活に不自由のない大学生」でしかない貫一の服装を見て、「お前、それで仕事するのかよ?」と言いたそうな顔をしたが、なにも言わなかった。

トラックは動き出した。貫一は膝の上に抱えたコートの水滴の冷たさを感じながら、「今日はどんな引っ越しですか?」と尋ねた。答はただ「会社の引っ越しだよ」だった。

降る雨は運転席の窓を冷たく濡らした。

「ここだ」と言われた所に人気はなかった。シャッターの下りた小さなビルの一階のドアを開けると、階段があった。「上がれ」と言われた階段の先には、ガランとして人のいないオフィスがあった。倒産した会社の備品を運び出すのが、仕事だった。

三十坪足らずのビルのワンフロアに、灰色の事務机が八脚ほど並べられている。座り手のない椅子も。壁際には灰色のロッカーが並んで、その反対側にはテーブルとソファの応接セット。流しと給湯器もある。昨日までここで人が働いて、その人だけがいなくなったような無人のオフィスに入って、「これ、みんな出せ」と言われる。

東京のどこかで「なにか」が死んで、その後片付けを誰にも知られぬ内に行う。

行先を「どこ」とも教えられぬまま車に乗せられて来たから、そこがどこなのかは分からない。東京のどこかではあるはずだが、窓越しに通り過ぎる地名表示を見ても、理解に結びつくものはない。東京に生まれ育った貫一は、「僕の知らない東京がある」と、ぼんやり思う。

「おい、ぼんやりしてんじゃねェよ。そっち持て！」と、事務机の端に手を掛けた若い男が言う。

二人がかりで机を持ち上げ、階段を下りてそこに停まっているトラックの荷台に運び込む。後ろの荷台のドアは開いて、荷物を運び上げるためのリフトも降りている。相棒の男はさっさと荷台に上がり、道で濡れたままの貫一に「その机をリフトに載せろ」と指示を出す。

貫一が一人で持ち上げた机をリフトに載せ、荷台に上げられて行くのを見ていると、ビルの入口からリーダー格の運転手が顔を覗かせ、「なにやってんだ！　さっさと来い！」と声を掛ける。

貫一が水を撥（は）ね上げてビルに戻ると、階段の上に机が出され、運転手が立っていた。貫一が先になって、二人がかりで机を階段から下ろす。男は「階段が濡れてるから気をつけろ」と言うが、コンクリートの階段に濡れた足跡をつけているのは、貫一の靴だった。その作業を何度繰り返しただろう。

貫一のセーターは雨の滴を受けていくつもの水滴を宿し、払うたびに冷たい雨は編み目の中に忍び込んで来る。何度目かの水滴を払って、貫一は美也の言った言葉を思い出した。「分からないかもしれないけど、大人になりたかったの。ごめんね」と言った彼女の言葉が、その時やっと分かった。

「大人になりたいって、なんだろう？」と、貫一はそのことを不思議に思っていた。それを言う、美也の心が分からないと思っていた。しかし、分からないのは、それを言う「美也の心」ではなかった。それを言われた「自分のこと」が、貫一には分からなかったのだ。

なぜ「大人になりたい」と言う美也は、貫一から離れて行ったのだろう？　考えたくないから考えなかったが、美也が離れたのは、富山の持っている金のためではない。金かどうかは分からないが、富山には美也を「大人」にするためのなにかがあった。しかし貫一にはそれがない。ないからこそ、「大人になりたい」と思った美也は、貫一から離れて行った。「自分には、美也に離れられる理由なんかない」と思う貫一には、そのことが分からなかった。

雨水を吸い込んで、それでもまだ水滴を宿らせようとする重いセーターの表面を払いながら、貫一は思った。「僕は、全然大人じゃないな。情けないくらいに、なんにも分かってない子供だな」と。

「こんな僕じゃ、誰かを大人にするなんてことは、出来っこないな」と思って、降って来る雨の空を見上げた。顔が雨に濡れて、そこにまた「おい、なにやってんだ！」の声が飛んで来た。

荷物の運び出しは十二時少し前に終わった。仕事の契約は四時間だが、仕事はまだ終わっていない。貫一達を乗せたトラックは再び出発して、前に広い駐車スペースのあるリサイクルショップに着いた。シャッターが上げられた中に多くの品が雑多に並べられ、空間だけはやたらに広い。倉庫だったものを改装した店舗のようだった。

車から下りた貫一は、戸口の際に立って着ているセーターを脱いだ。寒風が直に当たって痛いように寒かったが、濡れて重いセーターを着ている惨めさから逃れたかった。脱いだセーターを絞ると、水滴がポタポタと垂れた。絞ればまだ絞れるかと思ったが、あらかたの水分を失ったセーターは頼りがなかった。セーターはともかく、下のシャツも濡れている。「どうしよう？」と思った時、「ほれ」という声がして、どこからか乾いたタオルが飛んで来た。タオルを手にして振り向くと、知らない男が立っていた。三十過ぎくらいの男で、「使いな」と言った。リサイクルショップの人間らしい。「ありがとうございます」と言って髪を拭いていると、「兄ちゃん、イケメンだな。なんでこんなところで働いてる？」と言った。「こんなところで」という言葉は、そんな風にも使うらしい。

貫一は、自分のことをイケメンと思ったことがない。思ったところで、そのイケメンの使い道が分からない。「いろいろあるんですよ」とだけ男に言って、濡れたコットンシャツの上をタオルで拭いた。

黙って見ていた男は、「貸せよ」と言って手を出した。なにを言っているのかが分からない。男は顎を突き出して、「持っててやるよ」と言った。貫一が手にしているセーターを、「持ってやる」ということらしい。「奥にストーブがあるから乾かしてやるよ」と言って、「兄ちゃんも来いよ」と、貫一のシャツの背に手を当てた。

貫一が「すみません」と言って男に従おうとすると、奥に行っていた運転手が白い大きな伝票のような紙を手にしてやって来た。「まだ終わってねェぞ」と貫一に言う。

貫一は、前とは違う意味の「すみません」を男に言って、湿ったままのセーターを取りシャツの上に着た。濡れたシャツ一枚よりは風除けになるが、それでも湿って冷たいことに変わりはない。

運転手の後からリサイクルショップの店員らしい男二人が出て来て、「よし、さっさとやっつけようぜ」と言ってトラックに向かって行った。貫一の後ろにいた男も、黙って貫一の背を押して、トラックの方に向かわせた。

雨はまだ降っていたが、店の入口ギリギリのところに停められたトラックからの荷下ろし作業では、それほど濡れることはない。濡れた階段をのろのろと上り下りしていた作業が、人の数が倍になって、一時間もかからずに終わった。

「終わったのなら、店のストーブに当たりたい」と思って、貫一はそのままトラックの後ろに立っていた。その後ろに、タオルを貸してくれた男も立っていた。貫一はふと、「この人はなんだろう?」と思った。

なにかの手続きが終わったのだろう、運転手の男が戻って来て、「行くぞ」と言った。言われて貫一がトラックに乗り込もうとすると、貫一の後ろにいた男は付いて来て、「また来いよな」と腰を叩いた。

男の顔には笑みがあった。「え?」とは思いながらも、貫一はただ挨拶を返すつもりで頭を下げた。ドアが閉められ、車のエンジンがかけられても、まだ男は立って貫一の方を見ていた。

シートの端には、貫一のダッフルコートが脱いだままの状態で丸められていた。運転席に暖房は入っているが、まだ寒い。仕事が終わった以上、もうコートを着てもいいかなと思う貫一は、隣に座っている若い男を見た。コートに残った水滴をかけられた時、男は「手前ェ」と怒った。

その男と目が合った。男は、あからさまに不快なものを見る目付きで、貫一を見ていた。なぜそんな風に睨まれるのか、貫一には心当たりがない。「どうしたんですか」と、貫一は男に尋ねた。

男は嘲るような顔をすると「けッ!」と言って、貫一から体を引き離した。「近寄るな!」とでも言うように。なにがどうなっているのか、貫一には分からず、色が浅黒く頬骨が出ている一重瞼の目が吊り上がった男の横顔を、そっと窃み視た。

男は、最初に貫一が助手席に乗り込んで来た時、もう不愉快になっていた。そばに来たのは、自分とはまったく種類の違う、育ちのよさそうなイケメンだった。迷惑なことに、男にとって貫一は、「十分に不快感を与える、目障りな存在」だったのだ。

男はその不愉快さを我慢したが、仕事の最終局面になって、自分を不愉快にさせる貫一の「正体」を知ったように思った。貫一はなにもしないまま、リサイクルショップの男を誘っているように見えた。

何度かそのリサイクルショップに荷物を運んで来たことのある男は、貫一に声を掛けた男に見覚えがある。「ただのガタイのいい兄ちゃん」のように思っていたが、そういう男だったのかと理解した。「そうか、道理でな」と、男は貫一に感じていた嫌悪の原因が分かったように思った。「寄るんじゃねェよ」の嫌悪はそのためだった。

元のガレージへ戻って仕事は終わった。派遣会社からは「仕事が終わったら終了の電話をしてもらうように」と言われていたので貫一は、運転手の男——というより雇い主の男に、「会社へ電話をお願いします」と言った。

男はすぐに携帯を取り出し、派遣会社に業務の終了を伝えた。貫一に嫌悪の表情を見せていた男は、早々に奥へと消えていた。「終わったぜ」と言って顔を向けた雇い主の男は、ラクダ色のダッフルコートを抱えて立っている貫一の様子を見て、「寒いのか？　奥行ってストーブに当たるか？」と言った。

時間はもう午後の二時に近い。寒さよりも空腹を感じた貫一は、「大丈夫です」と答えた。先に姿を消した若い男と、再び顔を合わせるのがいやだった。

雇い主の男は「そうか」と言い、「お疲れさん」と言ってから、「傘忘れるなよ」と付け足した。外にはまだ雨が降っている。貫一は、「傘を忘れるな」と言ってもらえたことが嬉しかった。自分は「物」ではない。人の形をした「影」でもない。「こいつは傘を差してやって来た」と覚えていてくれることが、実体のある一人の人間として認識されていたようで嬉しかった。

貫一の差して来たビニール傘は、ガレージの奥の薄暗がりに立て掛けてあった。それを手にして貫一は、「失礼します」と頭を下げた。相手の答は「おぅ」だった。貫一はうっかり、「また来いよな」と言われたいと思った。そんなはずはないのに。

薄暗いシャッターの陰でコートを着て、冷たい雨の降る外へと出た。午後になっても道を行く人の数は少ない。「また一人になるのだな」と思って、貫一は駅へ続く道を歩いた。

これから電車を乗り継いで、派遣会社まで報酬をもらいに行く。下りる駅名と住所と電話番号だけは聞いたが、スマートホンをなくした今、地図検索をすることも出来ない。なくても、雨の中を歩けば会社のあるビルは見つけられるだろう。そこへ行けば、明日の仕事も見つけられるだろう。それを思って駅近くのハンバーガーショップへ入った。人の数が恋しかった。

その日の報酬は二千八百円のはずだった。しかし、派遣会社の支払いでは手数料分が引かれていた。一割で二百八十円。それに、かかった交通費を合わせると、貫一の手許に入るのは二千円と少ししかない。「ハンバーガーのセットなんか頼むんじゃなかった」と、貫一は思った。消えて行く百円単位の金が、まるで金貨による支払いのようだった。

下着とシャツの替えがほしい。靴下も。それを買えるだけの金はあるはずだが、先がどうなるのか分からない以上、こわくて使えない。ハンバーガーショップで使った分を考えれば、その日の収入は千数百円でしかない。それだけの収入しかない人間が、どこでその日の夜を過ごせるのだろう?

「コンビニのサンドイッチにしておけばよかった」とも思うが、ハンバーガーショップの近くのコンビニには、イートインのスペースがなかった。雨の中、立ったまま手を震わせてサンドイッチを食べるのはいやだった。晴れていたら、道路の脇に座り込んでサンドイッチを食べていたかもしれない。腰を下ろせば簡単にホームレスになれる。場所があれば――雨風を凌げる自分専用の場所があれば、それだけでなんとかなるはずなのにと思うが、それがない。ないだけで余分な出費をしなければならない。今の自分にとっては、「余分」というよりも「過大な出費」ではあるけれど。

その日の仕事は終わったが、まだ日が暮れてはいない。必要なのは、もっと長い勤務時間と、もう少し長期の契約――それを申し出ようと思ったが、派遣会社の窓口の女は、

「ここは現金の支払いをするだけの場所だから、契約の方はコールセンターにして下さい」と言った。「夕方六時過ぎの方が、新しい求人が入っていると思いますよ」と。

どこかから仕事の口が生み出されて、それがその日の内に消えて行く。そうして一日が終わり、また次の一日が来る。救いがあるのだろうか？　仕事の口を吐き出すだけの顔のないコンピュータシステムは、「いやならやめろ」と言うだろう。やめればどうなるのか。それを知る者は、黙ってシステムに従う。それしかないのだ。

雨の中を歩きながら、貫一は思った。

「引っ越しの手伝い」として派遣された先が、まともだったかどうかは分からない。倒産した事業所の備品を、勝手に売り捌いていただけかもしれない。どこかに後ろめたさのようなものを感じなかったわけでもない。それであってもしかし、働く男達は人間的だった。いやな奴もいたが、無愛想な運送屋の親父の中には、人らしい親切心があった。「ブラック」に見えて、そんなことはなかった。ところが、人材派遣会社の方は違う。

貫一に対して窓口の女は、「時給七百円で四時間ですね」と言った。「業務終了が二時で、開始は朝の八時からだ」と思う貫一は、「働いたのは六時間じゃないんですか？」と言ったが、相手は「契約は四時間です」の一点張りだった。

「なぜ、僕はあの時に怒らなかったんだろう」と、雨の中の貫一は思った。

労働時間がいくら長引こうと、支払いは初めに取り決めた額から動かない。それでも、派遣会社は一割の手数料を取る。働いた分の賃金がほしければ、「交通費を出して自分の足で取りに来い」と言う。それだけのことが、既に決められている。「そうまでして金を掻き集めたいのか」と、貫一は思った。「搾取とはこういうことなのか。他に為す術のない人間は、助けられることなく、黙って搾取をされるだけなのか!」と、やっと気づいた。

熱海の坂の下で美也を黒塗りのベンツに乗せて去って行った男は、IT企業の社長だった。「僕は、あんな男に負けて、あんな男達に金を搾り取られて、わずかな金を恵まれるそのことに感謝しなければならないのか!」――そう貫一は叫びたかった。

美也を攫って行った男が人材派遣業をしていたかどうかは関係がない。この社会で安楽に構えて「成功者」と言われる男が、憎かった。その男達が作り上げたシステムに頼らざるをえなくなっている自分が、悲しかった。「こんなことが許されるのですか!」と、雨の道を行く人に大声で訴えたい。そんなことをしてもどうにもならないことは分かっていても、貫一の胸に生まれた言葉は、表に出たがっていた。

貫一は泣かなかった。代わりに、街では雨が泣いていた。雨の歩道に立った貫一は、あることに気づいて笑った。派遣会社のオフィスを出て歩き始めはしたけれども、自分には行く当てがない。にもかかわらず、「帰る先はある」という以前のままの思い込みで、雨の中を歩き出していた。その自分が愚かしくて、笑った。

雨の中を傘を差した若いカップルがやって来た。貫一と同じような年頃の二人は、楽しそうに笑いながら話をしている。愚かな自分を憐れんで立っていた貫一が、その笑い声に気づいて顔を向けると、女の顔から突然笑顔が消えた。女は身を強張(こわば)らせ、男はその体をかばうように貫一へ背を向け、足早に通り過ぎた。

「どうしたんだろう?」と思い、貫一は自分の頰に手を当てた。なにげなく触れた指先に、ざらついたものがあった。貫一の白い肌に無精髭(ぶしょうひげ)が生えていた。もう何日も髭を剃(そ)ることを忘れていた。「雨の中に無精髭を生やした男が立って、ぼんやりと笑っているのを見たら、誰だって逃げるよな」と思った。もううかうかとはしていられない。転落は確実に忍び寄っている。

「どこかで雨を避けよう。これからどうするか考えよう。態勢の立て直しが必要だ」と思う貫一の視線の先に、「百円コーヒー」という貼り紙が目についた。「貧乏人相手の商売は、百円単位なんだな。それが一番儲かるんだな」と思って、貫一はその貼り紙のあるコンビニエンスストアへ入った。

紙コップに入ったコーヒーの熱で指先を温めながら、「髭を剃ろう。風呂に入ろう」と思った。「着替えも買おう。下着と靴下と、それからシャツも」と思う貫一は、今の自分にまとわりついている惨めさを放逐(ほうちく)しなければならないと考えた。

「この先の僕に、なにかいいことはあるのだろうか? 多分、ない。毎日僕は、公衆電話を探して、派遣会社の暗い窓口につながらなければならない。なんのために? 住む家がないから。住む場所があれば、普通に仕事を探すことが出来る。まず働く。まず住む場所を！　金を貯めなければ！　そのためには、持っている金も使う！　惨めさを追い払って僕は進むんだ！」と。

それから貫一はひたすらに働いた。一ヵ月、二ヵ月と区切られることなく、ただひたすらに。まずは「住所」と書ける定住の場所を確保するために。

仕事は選べる限り選んだ。時給の安いものより、少しでも時給のいいものを。貫一は「時給七百円」というものが相場よりも低いのだということを知らなかった。なくなって行く金に対して敏感にはなっても、入って来る金の額にまで頭が回らなかった。それまでの貫一にとって「時給で働く」ということは、リアリティを欠く「遊び」のようなものだったのだ。

時給九百円で六時間働けば、五千四百円になる。七時間、八時間になれば、その額は六千円、七千円を超える。七千円を超えれば、一日の宿泊費に二千円を使っても、五千円が残る。そう理解して、貫一には金の価値がやっと分かった。時給は、低いより高い方がいいに決まっている。しかしそれよりも、賃金を伴うと伴わないとにかかわらず、拘束時間は長い方がいい。それが長くなれば、時間を持て余して町をさまよい歩く必要がなくなる。すべてが金だ。寒さを避けて腰を落ち着けるだけにしても、なにがしかの出費を要求される。吹きっさらしの屋外を除いては、人の集まる商業ビルの中に腰を下ろせるベンチの類はほとんどない。置けばホームレスに占領されるとでも思うのか、無料で腰を下ろせる場所がほとんどない。あったとしても、貫一はそこに長時間腰を下ろしていたくない。「ホームレスのように見える」と思うからだ。

定住の場所がない貫一は、いつもスポーツバッグを提げている。中には両親の写真と、やっと買った着替えやタオルに安い旅行セットが入っている。そのバッグを提げて歩いている自分は、どう考えてもホームレスだ。それを自覚する貫一は、「ホームレスだ！」と人から思われたくはない。

働く時にはなりふりを構わない。賃金を得るという目的がある。しかしその時以外、人に貶まれたくはない。それが貫一の誇りで「人としての最低条件」なのだ。だから、疲れはしても、居場所となる勤務地にいたい――無駄な出費を省くためにも。

とりあえずの貫一の目標は、二十万円を貯めることだった。

部屋を借りるには、三ヵ月分の金が必要だとは聞いている。敷金と礼金。その月の家賃も入れて三ヵ月分なのか、家賃の他に三ヵ月分なのかは曖昧だが、月五万円の部屋に入るなら最低十五万円は必要で、きっとその他に「手数料」がいる。貫一が世の中で学んだことは、どんなものにも「手数料」というものが付いて来て、それだけでなにもせず利益を得る人間がいるということだった。もの言わぬキャッシュディスペンサーでさえ、手数料を自動的に取る。

「二十万、貯めなければ」と、貫一は町を歩いて思った。家賃の相場を知らなかった貫一は、町の不動産屋の前に貼ってある物件のチラシを見て、「最低が五万円か」と思った。ネット喫茶でそれを調べれば料金を取られる。不動産屋の前に立って見るのは無料(ただ)だ。貫一は「貯めてやる！」と思った。それが、現在の自分のあり方からすれば「無謀な額」であるかもしれないとは思わなかった。

「毎日千円貯めれば、二百日で二十万は貯まる。二千円なら、三ヵ月と十日で」と、貫一は計算する。何不自由のない生活をして来た人間にとって、金の計算はどうしても観念的になる。「それが出来るのかどうか？」という検討は斥(しりぞ)けられて、「なんとしてでも、最低一日千円の預金額は確保する」と、貫一は決意した。

最長で二百日。歯を食いしばって頑張れば、その期間はもっと短くなる。「僕はなにもいらない。酒も、娯楽も。食費は削る。生きていられればいい。自分を責めれば余分な出費はなくなる。この最低の生活を引き受けて、この最低の生活から抜け出す！」

貫一は、この言葉を毎日勤行(ごんぎょう)のように唱えて働き続けた。

仕事にはいろいろな種類がある。「引っ越しの手伝い」と称して実際はそうでないようなことも。毎日のようにある各種イベントの警備員なら「一日限り」ということも理解出来るが、「どうしてこの仕事の採用に期間が限定されるのだろうか？」と思われるものがいくらでもあった。経済学の講義で、経済の現場は語られなかったのだ。

三日間だけ、深夜のビル警備の仕事をしたことがある。「よろしくお願いします」と言ってから、昼の警備担当者から仕事のあらましを聞き、その後で疑問に思うことを尋ねた。

「あの、警備の仕事って永続的なものだと思うんですが、どうして僕は三日だけなんですか？」

相手は白髪の老人だった。

「それはな、老人雇ってると補助金が出るからだよ。いつもやってる富沢さんが病気なんだ。その代わりさ。病気次第だから、三日が四日になるかもしんないよ。兄ちゃん、学生さん？」と言った。

貫一は、「はい」と嘘にはならない嘘をついて、「補助金というのは、働く人に入るんですか？」と尋ねた。「いやいや、そんなことァねェよ」と老警備員は答えた。

「会社に入るの。俺達はいるだけ。俺達がいれば、会社に余分な金が入るんだよ。それだけ。警備ったって、することなんにもねェしな。でも、警備会社で年寄り雇ってりゃ、会社に金が入るのよ。世のためだな」

そう言った後で、「兄ちゃん」と付け足した。

「ここにいる限り、あんたは年寄りな。誰も来やしねェからばれねェけどな、年寄りだってことにしといてくれな」

貫一はふっと、深夜の道路工事現場にオレンジ色の誘導灯を持って立っている老人の姿を思い出した。人手不足が蔓延（まんえん）していることは知っていた。だからこそ「年寄りまで駆り出されるんだな」と思ってはいたが、そこにはまた別の理由もあったのだ。

別に老人を擬装することもなく、貫一はそのビルで三日間、深夜の警備を担当した。ある程度の大きさを備えたビルで、複数の会社のオフィスらしいが、業種がどんなものなのかは分からなかった。

誰もいないビルの中を懐中電灯で照らして歩き、時々鼠（ねずみ）が通り過ぎるのを目撃する。「二時間に一度巡回をしろ」と言われて、それ以外は警備員室の椅子に座って寝た。電気ストーブの熱が暖かい。それよりもなによりも、自分がいなければならない場所にいて、そこで眠っていられることが、住所不定の貫一を安心させてくれた。

最低でも一日千円の金を貯めるということはむずかしかった。貫一がやる気になっても、仕事の口がなければ話にならない。食費を一日五百円に抑えようとしても、若い体には突然の空腹が襲って、それ以上のものを食べずにはいられなくなる。

「福島の原発作業員の口ならある」と言われたが、悲しいことに貫一はそれに応募することが出来なかった。誰かがそれをやらなければいけないことは分かっている。長期の契約で、報酬もそれなりにいい。しかし、そこへ行くのがこわかった。そこへ行ったら、もう東京へ戻って来られなくなるような気がして。

「東京にいることになんの意味があるのだろうか」とも思うが、答は「分からない」。千葉にも埼玉にも派遣されて行った。東京に居場所があるわけではない。それなのになぜ「東京」にこだわるのか？「逃げた」と人に思われたくない。自分でも思いたくない貫一は「なぜだ？」と自分に問うて、一つの答を得た。つまり、逃げたくないのだ。

東京を離れるということは、貫一にとって逃げることなのだ。「逃げたら負けだ、おしまいだ」と貫一は思っている。東京に留まるということは、逃げないということなのだ。

ある時貫一は、たまたま入ったネット喫茶で、「路上脱出ガイド」と表紙に印刷されたパンフレットがあるのを見た。何冊も積んであるから、自由に手に取って見てもいいのだろう。貫一はその一部を「なんだろう？」と思って手に取った。自分に関係のあるもののような気がしたのは、そこに「住まいがなくて困っているあなたへ」と書いてあったからだ。

「確かに僕は住まいがなくて困っている」と思い、貫一は開き見た。そして、すぐに元へ戻した。

それは、ホームレスに救いの手を差し伸べようとする、美しいガイドブックだった。

「僕はホームレスじゃない！　路上になんか座らない！　人の助けなんかいらない！　誰

も助けない！　誰からも助けてもらいたくなんかない！」――そう思って貫一は、「逃げない」と決めた。

貫一にとって幸運なことに、三月になって長期の仕事が見つかった。工場（こうば）での単純作業で、拘束時間は朝の九時から夕方の五時までの八時間。時給は八百円。「最低賃金」という言葉を知らないわけではなかったが、携帯派遣の時給生活をして、初めて「そんな言葉が存在するのだ」という気がつき方をした。

その頃の最低賃金の相場は、時給で九百円に近づいていたらしい。だからと言って、派遣会社が「この時給は最低賃金を下回る額だからだめです」という形で求人の依頼を断ったりはしない。「この条件でいやならやめなさい」ということをちらつかせて、最低賃金以下の求人を扱い、提示する。最低賃金なるものを知らなければ、「時給七百円」の仕事にも飛びついたりする。

八百円の時給は安い方だが、その仕事は三月の末まで三週間ほど続く。一日六千四百円で、土日が休みの十五日間なら九万六千円、二十日なら十二万八千円になる上、そこには寮があって希望すれば入れるという。もしも三週間宿泊費がゼロになるのなら、それだけで四万円の金が貯まる。貫一にとって、その八百円の時給は決して安くなんかはなかった。

勤務先の工場は、池袋から少しはずれたところにあった。電話をして場所を聞くと、「池袋の西口からバスに乗ってくれ」と言う。言われた停留所で下り、道沿いに歩いて目印のコンビニエンスストアの先を左に曲がると、朝の中にしんと佇む住宅街が現れた。昭和の頃に建てられたような木造家屋が並ぶ中に、新しく建てられた二階建て、三階建ての家が混在する。まだ八時台なのに、通勤や通学の人の姿がほとんどない。目的の工場は、貫一の進む道路の右側にあった。

「小さな町工場なのか？」と思っていたが、ある程度の間口はある。就業時間の二十分以上前なのに、もう作動する機械の音が聞こえる。重い引き戸を開け入ると中はガランとして、高い天井から提げられた二、三基の蛍光灯が寒々とした光を投げ、機械油の臭いが漂う中に何台もの工作機械が並んでいたが、そのほとんどは、点灯されない蛍光灯の下でおとなしく影になっている。

「すみません」と声を掛けても、ガチャガチャという機械に邪魔をされて、相手には届かない。もう一度、大きな声で「おはようございます！」と言うと、機械の前にいた作業員が振り向いた。

グレーの作業衣の上下に同じ色の作業帽子を被っている、痩せた老人だった。帽子から覗く髪や眉毛は白い。「派遣会社から来ました」と貫一が言うと、片手を耳に当て、それでも聞きにくいのか、機械を止めて「はい？」と貫一に尋ねた。

「派遣会社から来ました。間です。九時というので来たのですが、遅かったでしょうか？」と問うと、老人は「いや、いや、いや」と言って、奥の機械に向かっている人物に声を掛けた。離れた距離からではっきりしないが、黒と紫蘇（しそ）の葉色がまざった不思議なプリント模様の服だか作業衣を着ていたのは、女性だった。

「おーい！」と呼ばれ、「なにィ？」と答え、機械を止めてやって来たのは、老人の妻なのだろう。頭に巻いた手拭いの下から白髪が覗き、貫一の方を目を細めて見る。

「今日から来てくれる――、なんだ？　聞くんか？」と、工場主らしき老人が言う。貫一が「はい」と答えると、老人は「女房だ」と言った。

「よろしくお願いします」と貫一が言うと、老人の妻も頭の手拭いを取って、黙って頭を下げてくれた。妻の方を見ることもなく、老人は「二人でやってる」と言い、「もう疲れたからな、今月一杯で閉める」と続けた。「それで三月一杯なのか」と、貫一は理解した。

「前は、もう二人いたんだがな、一人はな、おっ母さんが倒れて国へ帰った。もう一人の方はな、腰を痛めて辞めた。儂等（わしら）だってもう年だからな、今月一杯で工場は閉めるのよ。それまではよろしくな」と言うと、隣で老人の妻も「うん、うん」と頷いていた。

「前は、もう二人いた」ではないだろう。工場の広さと置かれている機械の数からすれば、十人以上はいたはずだ。それが――。「後継ぎの人はいないんですか？」と聞くと、老人は「いればなァ」と言って、「さ、仕事だ」と切り上げた。

　貫一はバッグを提げたまま立っていた。普段ならコインロッカーにバッグを預けるが、今日は長期の仕事で寮もあると聞いていたので、持ってそのまま来た。

「さ、仕事だ」と言われて老人の妻は持ち場へ去って行ったが、貫一はなにをすればいいのか分からない。機械の方に体を向けた老人に、「僕は、なにをすればいいんですか?」と尋ねた。

振り向いた老人は、ダッフルコートを着た貫一の姿を気がついたように改めて見て、「兄ちゃんは、こういう仕事をしたことないんだろ?」と言った。「こういう機械を扱ったことはないです」と貫一が答えると、自分の足下に置いてある年季の入った油汚れの木箱を指して、「これをな、あっちの方へ持ってってくれ」と、顎で工場の入口を示した。「この年になると重い物を運ぶのがしんどくてな。あっちの婆ァさんの方もな」と言う老人に、「はい」と答えて貫一は、「寮があるって聞いたんですが」と尋ねた。尋ねた後で、「そういうものが果たしてあるのかな?」とも思った。

「寮?」と、雇い主の老人は首を捻ったが、すぐに「ああ、辞めてった奴のために借りてたアパートがそのまんまになってんだ。寮っていうんじゃねェがな、そこ使っていいぞ。うん。『寝るとこならあるぞ』って言ったら、『寮がある』ってことになっちまったのか? 後で案内してやるから、荷物はそこら辺に置いとけ」と続けた。

「はい」と答えて貫一は、工場の隅でコートを脱ぎ、無雑作に置かれていた台の上にバッグと共に置いた。コートを脱げば、工場の中は寒い。作業をする老人達の足下にはファンヒーターが置かれて温風を送っているが、それ以外に暖房らしきものはない。かつて、ここで最大の暖房となったのは働く人々の熱気だったのかもしれないが、もうその熱はない。「だからこそ、僕はここにいるのかもしれない」と、貫一は思った。

人がいない。だから派遣の人間が求められる。

「運んでくれ」と言われた木箱は、大型のノートパソコンを少し大きくしたようなサイズで、深さが二十センチ近くある。それが三つほど床に積み重ねられていた。

油汚れが染み付いた木箱の中には、七、八センチくらいの小さな金具が一杯に放り込まれていて、持ち上げようとするとずしりと重い。雇用主が向かっている工作機械の下にも木箱が置かれ、プレス機がガチャンと音を立てると、金色の金具が一つ落ちて来る。

機械音が続く中で、雇用主の老人は腰を屈めた貫一になにかを言った。「はい?」と尋ね返すと、どうやら「向こうに台車があるから持って来い」というようなことを言っている。

機械音に負けないように「どこですか?」と大声で言うと、二度ばかり聞き返した後で「あっちだ!」と、入口の方を振り返った。少し耳が遠いのかもしれない。貫一が入口のところへ行くと、引き戸の陰に青いペンキ塗りの台車があった。

それなりに重い台車を押して老人の許へ戻り、金具の入った木箱を持ち上げると、ガチャン、ガチャンという機械音の中で老人がなにかを言った。

「はい?」と尋ねると、老人はひとりごとのように、「今日はな、二時までに間に合わせろって言うんだ。こっちゃ二人なのにな。文句言うとな、『もう仕事をやらねェぞ』って言うんだ。こっちゃもうやめるんだからいいんだけどよ、それでも受けたもんはな」と言う。

「おかげで今日は早起きだ」と言われたところで、老夫婦が早くから仕事をしている理由が分かったように思う。

「兄ちゃんは、車の運転出来るのか?」と言うので「はい」と答えると、「そりゃよかったな」と言った。

「俺はな、もう免許を返上しちまったよ。ちょっとした事故を起こしかけてな」と、機械の音に負けないような声で言う。「なんで大声なんだろう?」と貫一は思い、止まらない相手の声に「おしゃべりなんだな」と思ったが、三つ目の木箱を台車に載せて運び出そうとした時、ふと思った。「このお爺さんはひとりごとを言ってるんじゃない。僕に話し掛けているんだ」と。

「昨日まで奥さんと二人、機械に黙って向かっていたんだ」と、話し相手を持たない者の胸の内を、我が身に重ねて思った。

木箱を運び終わった貫一が老人の許へ戻り「終わりました」と言うと、相変わらず機械の操作を続ける老人は、「まだ終わってねェよ」と言って、「婆ァさんとこも行ってやれ」と続けた。

同じ作業を繰り返して再び老人のところへ戻ると、そばに立つ貫一に気づいた老人は機械を止め、「兄ちゃん、車の免許持ってんだよな？」と、最前の話を繰り返した。

「朝からの作業は終わったのか？」と貫一は思ったが、そうではなかった。

「表にトラックがあるだろ？ それを、聞くんな、持ってってくんねェか」と、老人は言った。

「トラックですか？」と貫一が尋ねると、老人は「いや、いや、いや、ウチの部品よ」と言って、事情を説明した。

「車はあるけどよ、こっちには運転する奴がいないからな、仕上がると取りに来てもらうのよ。電話してな。今日なんかあんた、『車の都合が付かねェから、二時までに上げろ』って言うんだ。後になると、車は出ていなくなるってな」

「そうですか」

「だから、あんたが運んでってくれりゃ、なにもこっちは急ぐことねェのよ」

「分かりました。どこに運ぶんですか？」

「後で地図書いてやるよ」と言った老人は、妻に向かって「おーい！」と声を掛けると、「そんなに急がなくてもいいぞ！　この兄ちゃんが車で持ってってくれるってよォ」と言った。

老人の妻はなんだか分からないらしく、片手を耳に当てるばかりですぐに機械に向き直った。それで夫婦のコミュニケイションが取れているのかどうかは分からないが、老人は「ちょっと一服して来るからな、兄ちゃんはここら辺を掃除しといてくれ」と言って、「兄ちゃん、手袋してねェな」と貫一の手を見た。

「おーい！　軍手どこだ！」と妻に向かって叫び、再三のことに妻も機械を止めて、「なによ?」とやって来た。

「兄ちゃんの、間くんの軍手よ。手ェ切ったら危いからな」と老人が言うと、「はい、はい」と答えてどこかに消えた。二人の息はそれで合っているらしい。

昼近くになると老人は、背伸びをして妻に向かい、「おーい！　飯にしようや！」と言った。ここでの会話がすべて大声であることに、貫一は馴れた。

「じゃ、どうすんの?　長楽庵?」と、呼ばれた妻がやって来て言った。出前を取るらしい。

「俺は狸でいいや」と老人が言うと、「うどん?　そば?」とその妻が言う。「そばだな」と老人は答えて、「ちょっと待て、今日は寒いからな、カレーうどんにしよう」と言う。

「カレーね?」と、妻はそば屋の注文取りのように言って、「お前はどうすんだ?」と、老人は妻に尋ねる。

「あたしは狸」と妻が言うと、老人は貫一の方を向いて、「兄ちゃんは?」と言う。

「僕ですか?」と言った貫一は、考えた。出前のそば屋の料金は、立ち喰いそば屋のものより高いはずだ。「僕は——」と言って「いいです」と続けようとした時、雇い主の老人は「遠慮すんなよ」と言った。

　貫一は思わず、「いいんですか？」と答えてしまった。老人は、「いいもへったくれもねェ、当たり前じゃねェか」と言って、彼の妻である「小母さん」は、黙って笑顔を見せている。派遣先で昼飯など出してもらったことはない。貫一は「いいのだろうか？」と思いながら、「じゃ、狸そばを」と言った。

「狸か」とそれを引き取った老人は、続けて「兄ちゃんは、カレー嫌いか？」と言った。

「嫌いじゃないですけど」と貫一が言うと、「じゃカレーにしろ、カレー。カレーうどん二つだ」と妻に言った。

「カレー二つね？」と、妻は貫一に尋ねる。貫一はコクンと頷いた。「はい、ＯＫ」と言った工場主の妻は、不思議な色の花模様の割烹着の前ポケットから携帯電話を出して、注文の電話を掛け始めた。

「あ、長楽庵さん？　川嶋です。カレーうどんを二つと、狸そばね。そう、三つ。人が来てくれたのよ。じゃお願い。はいね」

　貫一は、この工場が「川嶋製作所」だったことを思い出した。目の前の二人も「川嶋」という名を持つ人間だ。初めて派遣先で、名を持つ人間と向かい合っていた。

　貫一の感慨など知らぬ川嶋老人は、「ここら辺も人が少なくなってな」と言った。「今じや、ここしか出前はやらん。富福はやんねェんだろ？」

「手が空いてたらやるって言ってたけどね、昼飯時は来ないよ」

「じゃ、もうラーメンは食えねェな」

「長楽庵だって分かんないよ。あそこの小父さん調子悪いから、息子もそうそう出前に出てらんないって言ってたよ」

　川嶋夫人の言葉を、夫が解説してくれる。

「長楽庵の出前は、息子がやってたのよ。あの息子は、もういくつなんだい？」と老人は、妻に大声で聞く。

「もう五十なんじゃないのかい」

「そうだ、その年だ。親父がいつまでも息子に店を譲んないから、息子は出前ばっかりだ」

　そこへ老人の妻が、盆に急須と茶碗を載せてやって来る。「お茶が入ったよ。あんたもお飲み。そこら辺に椅子があるからさ、座って」と、貫一に言う。

　大きな工作機械の陰に、古い木製の丸椅子が隠れていて、それを引き出して貫一も座る。茶碗を手にした老人達は、茶を啜りながら、近所の噂話をしている――貫一にはそう思えたが、実は老人は、貫一に向かって話をしていた。川嶋老人が話し、それに対して妻が註釈を入れたり、「違うわよ」と否定したり。

老人達の話は少し分かりにくい。同じ話の反復があって、飛躍がある。それでも二人の話から、この地域がいつの間にか活気をなくしてしまっていることが分かった。近くにピザ屋が出来て、そば屋に出前を頼む人間も少なくなったから、そば屋の親仁は店を閉めたがっているという、前後の辻褄が合いかねるような話も。そこへ、五十にもなろうというそば屋の息子が出前を持って来る。息子が現れただけでそば屋の話はもうどうでもよくなったのか、「熱ッ」と言いながらうどんを啜る川嶋老人は、「あんた、親はどうしてるんだい?」と貫一に尋ねた。

「両親は、死にました」

それだけ聞いて老人は、「そうか、気の毒だな」と言って黙った。

「川嶋さんはなにかを言いたいのかな」と、貫一は思った。「後継ぎの人はいないんですか?」と尋ねた時「いればなァ」と老人が言って、不思議に話が遮断されたように感じたからだ。「両親は死にました」と言った時に「気の毒だな」だけで言葉が途絶えたのは、後継ぎの息子が死ぬことでもあったからかなと思った。しかし、雇い主の老夫婦が黙ったのは、年配者らしく、貫一の両親の死に哀悼の意を示しただけだった。

三人は黙って食事を了え、工場主の妻が茶を淹れた。川嶋老人はこれを一口だけ飲むと、すぐに茶碗を置いて席を立った。彼の妻は「また煙草?」と言ったが、老人は答えずに出て行った。

「ほんとにねェ、もういい年だから止めろって言ってんのに、止めないの。煙草で死んでも、俺の勝手だってさ」

「おいくつなんですか?」と問うと、「あの人? 八十二」という答が返って来た。「後継ぎのお子さんはいないんですか?」と改めて問うと、工場主の妻は「いるわよ」と言った。

「いたけどさ、大学入ったら、後継ぐのいやだって、さっさと就職しちゃったの。今から三十年も前でさ、世の中の方も景気がよかったからね。今じゃ結婚して、岡山にいるの。孫もあんたと同じくらいの年なんだけど、あんたの方がイケメンね」

イケメンかどうかは別として、貫一には自分のことを「兄ちゃん」と言って来る老人の気持ちが分かるような気がした。寂しさというものは、人を引き寄せるのだろう。しかし、老人の妻は言った――「分かるのよ。あの人はなんでも一人で決めちゃう人だからさ、息子が離れてったのもしょうがないのよ。私だって、付いてくの大変なんだからさ」と。

そんなことが話されているとも知らず、表から戻って来た老人は、「おい、電話貸せ」と妻に言った。妻は黙って割烹着のポケットから携帯電話を出し、夫に渡してから「ほらね」という顔を貫一に見せた。

「ああ、もしもし、川嶋です。あのな、今日人が来て、そっちへ持ってけるから二時に来なくていいわ。はいはい」

夫は嬉しそうに、配達先へ話していた。

作業は三時過ぎに終わった。機械に向かう老夫婦が作業を続ける間、貫一には金属部品が木箱に一杯になるのを待って、それを表の軽トラックの荷台に運び上げる他、することがない。老人二人は黙って機械に向かっているのに、貫一には見守る以外の仕事がない。するべきことがない、仕事のノウハウを持たない自分が惨めになった。

荷台に積まれた木箱は、前日までに仕上がった分も含めて二十箱ばかり。「地図を書いてやる」と老人は言ったが、その地図がまともに書けない。「あー、分からん。車に地図があるだろう」と言われて、カーナビのない座席に置かれっ放しになっていた東京都の市街地図帳をめくり、配達先を確認して出発した。

小一時間ほどして受領印が押された納品書を手にして貫一が戻ると、工場主の夫婦は工場の隅に置かれた石油ストーブに火を点(つ)けて、テレビを見ていた。

「戻りました」と言って貫一が伝票を差し出すと、川嶋老人は「おお」と言って受け取り、彼の妻は「こっち来て当たんなさい」と火を勧め、茶を淹れてくれた。

「今日はもう終わりなんですか?」と聞くと、老人は「ああ」と言って、「それでなんだ、あの――」と、出て来ない言葉を探していた。

「なんだ、あれは?」と、妻に助け舟を求め、「あれでしょ、アパートでしょ」と言われると、「そうだ」と頷く。「アパート連れてってやる」と老人がいうので、貫一は律気(りちぎ)にも「まだ四時ですよ。契約は九時から五時までだったはずですけど、いいんですか?」と言った。

「いいじゃねェか、もう仕舞ェにしよう」と言う老人に、貫一は「よかったら機械の操作を教えてくれませんか」と言った。

「僕は今日ここに来て、あまり働いていません。ちゃんと働かずに時給だけもらうのはいやです。明日からちゃんとここで働きたいので、機械の操作を教えて下さい」

　貫一の言ったことに偽りはない。彼はただ、報酬に見合うだけの仕事をしたいのだ。老人の話相手をするためにやって来たのではない。老夫婦の心は分かるが、今の貫一にとって、その思いやりは余分なのだ。

「ああ、分かった、分かった」と、老人は言った。

「仕事なら明日教えてやるから、今日はもう仕舞ェだ。おい、鍵はどうした?」と聞くので、彼の妻は「鍵なら家だよ」と言った。なんでも妻任せにしている老人は、アパートの部屋の鍵も妻任せにしているようだった。「しょうがねェな。じゃ、お前、家行って取って来い」と言って、妻は「やだよ」と答えた。

　工場主の妻が貫一を疎んじているわけではない。長い時間が夫婦の間に育った親密さを簡略化して、ぞんざいなものに変えただけだ。

「あんたがこの人連れて家帰って、鍵取ってくればいいじゃないの。あたしは買い物行って来るから。ねェ?」と、工場主の妻は貫一に同意を求めた。

「そうですね」とも言えない貫一が視線をかわすと、川嶋老人は「よし!」と言って両手を大きく広げた脚の上に置き、ゆっくりと立ち上がってから誰に言うともなく「行くぞ!」と言った。「来い」とも言わずに一人で歩き出した夫の後を「追え」と、彼の妻が手で教える。「なんでも一人で決めちゃう」というのはこういうことなのかと思って、貫一はその後に従った。

工場を出て二、三十メートルほど行くと、三階建ての小さな低層マンションがあった。外装に化粧煉瓦を貼った建物の中に入った老人は、しばらくすると出て来て「ここが俺の家だ」と言うとそのまま道を行った。言葉の順序が違うような気がする。

道の先の路地を入ると、アパートと思しい建物があった。二階建ての古い木造モルタル塗りの建物で、二階へ続く外階段の下に木製のドアが三つ並び、洗濯機も置かれている。「ここだ」と言って立ち止まった老人は、ズボンのポケットから鍵を出した。

鍵にはプラスチックと思しい楕円形の白い札が付いている。それを見た老人は「三号室はどこだ?」と言った。

ドアの脇の簡易表札とその番号を見た貫一は、「奥ですね」と言った。「そうか」と答えた老人は、奥の三号室のドアの前に立って、鍵を鍵穴に入れながら「兄ちゃんに家はないのか?」と奇妙なことを言った。

「家がないからここにいるんだろうが」と思いながら、貫一は「恥ずかしいんですけど、いた。

ないんです」と言った。「そうか」と言った老人の前には、暗い畳敷の部屋が口を開けて

「事情はあるんだろうがな」と言って、老人は「よいしょ」と履き物を脱いで部屋に上がると、ドアの脇にある流しの水道の蛇口をひねった。

ステンレスの水槽に水が勢いよく当たる。それを止めようともせず、老人は話を続ける。

「この部屋は今月一杯借りてある。水も電気もガスもまだ使えるはずだ」

「あの、水止めてもいいですか？」と貫一が言うと、老人は「止めろよ、お前の部屋だ」と答えた。

「はい」と言って戸口に立ったままの貫一が手だけを伸ばし水道を止めると、老人は「上がれよ、お前ェの部屋だ」と不思議そうな顔をして言った。言葉遣いがだんだんぞんざいになる。

貫一は靴を脱いで恐る恐る部屋に上がる。カーテンを閉め切った日暮れ間近の薄暗い六畳の部屋には、どことなく人の気配がする。テレビ等で見たことはあるが、貫一はまだ日本にありふれてある――ありふれてあった、木造アパートの中に入ったことがなかった。貫一が感じた「人の気配」というようなものは、その部屋に住んでいた住人の、体臭にも似た生活感だった。

「この部屋に前の人はいつまでいたんですか？」と問うと、老人は「三日か？　四日か？

こないだ内、婆ァさんが掃除しとったから、汚くはねェぞ」と言った。

「電気点けてみろ」と言われて、貫一はガランとした部屋の中央にぶら下がっている、座敷用の笠が付いた円形蛍光灯の紐スイッチを引いた。黄ばんだ畳と薄汚れた襖が浮かび上がる。「押し入れには布団が入ってるって言うから、開けてみろ」と言われた。

歩くと畳はミシリと言った。襖を開けると、畳まれた布団と共になんらかの臭いが漂い出た。湿った老人の体臭のようなものだった。黙って立つ貫一の後ろ姿に、「ここは今月一杯だがな、家がなけりゃ、安く借りられる所はあるぞ」と、老人は言った。

貫一は振り返って、「本当ですか?」と言った。

「ああ、俺の知り合いがアパートやっててな、もう古いからぶっ壊したいんだが、人が入ってってな、契約があるから後一年は壊せねェんだ。だからな、そこでいいんなら入れるぞ。ただ一年だけだけどな。一年で出るっていうんなら、安くしといてやってもいいぞってなことを言ってたな」と、川嶋老人は言う。

「安くって、いくらですか?」と、貫一は前のめりになって尋ねた。老人の答は「それは知らんがな」だった。

「いくらか知らんがよ、どうせぶっ壊すんだから、敷金だの礼金だのはいらんと言っとった」

貫一は、腰が抜けそうだった。古いアパートだというのだから、家賃は高くても六万円程度だろう。それで、敷金も礼金もいらないという！　もう身を削るような思いをして、金を貯める必要はないのだ。

「それ、どこにあるんですか？」と、貫一は食いつくように老人に尋ねた。

「この先だがよ、別に慌てることもねェだろ。今月一杯はここにいりゃいい」

言われてしまえばもっともだった。

「いるもんがあったら婆ァさんに言え。顔つなぎになんか作るって言ってたから、後で家に来い」と言って、老人は出て行こうとした。

貫一は「いいです」と言った。「まだ来たばっかりで、そんなにお世話になっては申し訳がないです」と断った。

「顔つなぎだって言ってんだろ。お前は礼儀知らねェのか？」と言われれば、「すみません」としか言いようがない。「分かったら来いよ」と言って、老人は出て行った。

一人になった貫一はボーッとなっていた。言葉にならない。「明日の心配をしなくていい」ということが、どれほど大変なことなのか。明日ばかりでない。明後日も、その先も、来週も、来月も。「自分には帰って寝る場所がある」――そう思うと、全身の力が抜けて行った。

貫一は、恐る恐る畳の上に座り込んだ。極度の潔癖症ではないけれど、そこに染みついた他人の生活感が少しこわかった。

老人の家では温かい鍋料理が待っていた。老人の妻は「遠慮しないで食べて」と言ったが、貫一の箸はなかなか進まなかった。一口食べて急速に食欲が生まれはしたけれど、それがすぐに止まった。

他人と一緒に一つの鍋を囲む。それは親密さを作り出す演出でもあろうけれど、そう思ってしまうと、貫一の箸は止まる。それほど、他人と親密になりたくはない。川嶋老人とその妻が善意の人であることは承知しているが、しかしその人間関係のぬくもりに巻き込まれたくはない。その思いが、貫一の体を強張らせた。

ビールも出された。「飲めないんです」と言っても、「まァ、飲め」と勧められる。飲むほどに老人は、彼にとって意味のある思い出話をする。「孫が久しぶりにやって来た」という気分なのかもしれない。そばで老人の妻も「そう、そう」と相槌を打つ。自分の思い出話が一段落すると、話の方向は貫一の方へ向かう──「家がないってのは、どういうんだ？」と。

老人の妻も貫一を覗き込む。貫一はただ「いろいろあるんです」と言って、出された小皿料理を口へ運ぶ。味があるようにも思えない。ただ動かす口を食べ物でふさぐために、箸をゆっくりと動かす。

自分がなぜ家をなくしたのか。なぜ毎日職探しを続けなければいけないのか。自分のその現状は分かっても、なぜそうなってしまったのかという理由は口に出来ない。「話せば楽になるから話してごらん」という癒し方もあるが、それが貫一には出来ない。なぜかは分からないが出来ない。

老人の家を出て、一人でアパートまでの短い距離を歩きながら考えた。「僕は、なぜこうしているのだろう？　どうして他人に触れられるのがいやなのだろう？」と。

誰かが悪いわけではない。悪いのかもしれないが、それに関しては考えたくない。

「なぜだろう？」と考えて、一番簡単な答に行き当たった。つらいのだ。

「僕は傷ついている。その傷に、僕自身でさえさわりたくない」

そう思いながら貫一は、見知らぬ男の生活感が残る部屋へと戻って行った。「慣れるしかない」と、自分に言い聞かせながら。

時の階段

それから三週間、貫一は寡黙な青年として川嶋製作所で働いた。

朝起きると工場の前を通って表通りのコンビニへ行き、パンと飲み物を買う。それほど多くはない通勤の人達とすれ違いながら工場へ戻り、パンと飲み物で朝食を摂り工場の掃除を始める。

二日目の朝、始業前の鍵の掛かった工場の前で老夫婦が来るのを待っていたら、仕事終わりに老人の妻から工場の鍵を渡され、「朝は工場を開けて掃除をしておいてくれ」と言われた。それ以来朝のスケジュールは定まって、貫一はガランとした工場で一人石油ストーブに火を点け、パンを食べる。

来てしばらくの間は「暗い所だ」と思っていたが、慣れた目で見ると朝の光が美しい。工場の片側は高いガラス窓で、朝の光がそこから差し込んで来る。高窓から差し込む朝の白い光が、暗い工場の機械を浮かび上がらせる。その光と影の対比が、大袈裟に言えばレンブラントやフェルメールの絵画か、どこかで見た古いヨーロッパの白黒映画のようで美しく、見ているだけで孤独を忘れさせてくれる。

掃除が終わった頃に、工場主の老人夫婦がやって来て、その日に作り出す部品用に工作機械をセットする。川嶋製作所が作り出すのは、主に自動車用の部品で、機械はコンピュータ制御になっているから、仕事はそれほどむずかしくない。貫一はすぐに機械の扱いに慣れたが、老人達にとって大変なのは工作機械の前に立ち続けることで、老人の妻は疲れれば機械を止め、黙って椅子に腰掛けて休むが、川嶋老人は「自分のペースが他人のペース」とでも考えているのか、二時間もすれば「おーい、休もうや」の声を上げる。

工場の床は均らされた土間で、下から冷気が漂って来る。貫一はそれほどでもないが、老人夫婦には立ち仕事がつらいとみえて、終業の五時を待たずに四時、あるいは三時で切り上げられてしまう。

老人夫婦は腰をさすって茶を飲み、どうやら黙って家へ帰る汐時を狙っているらしいが、それとは関係なく貫一は、「たいがいにしとけばいいぞ」という声を背中に聞いて、「はい」と言いながら働き続けた。

「あんたが来たせいで、こっちは怠け者になっちまったなァ」と、老人は茶を啜りながら言う。工場の天井を見上げ、「もったいねェけどなァ、年には勝てねェもんな」と言えば、妻はそれに頷きながら、「でも、借金は返しちゃったんだからいいじゃないの」と、「私はもういい」と思うようなことを言う。老人達の会話に口を挟んで尋ねたいことがないわけでもないが、どうも貫一にはその勇気が出ない。

報酬は時給計算ではなく、一日八時間労働の週五日という計算で、五日分の三万二千円をまとめて貰う。そこに来て二日目の朝、「昨日は悪かったな、払いのこと忘れてたぜ」と言って、老人は賃金支払いの話をした。

「あんたが困ってるんなら日払いでもいいけどな、週給じゃだめか？」と言った。

貫一は「寂れた工場だから金がないのかな？」と思ったが、続く老人の言葉が貫一を驚かせた。「日当仕事は、悲しいからな。額は変わんなくても週給の方がいいぞ。あんたの会社の手数料ってのは、もう払っちまったしな」と老人は言ったのだ。

「日当仕事は悲しい」などという考え方がこの世にあるなどと、貫一は思わなかった。

「日当仕事が悲しいって、どういうことですか？」と貫一は言ってしまった。

「だってそうだろう」と、老人は言った。

「兄ちゃんは悲しかないか？　一日終わったらそれまでだぞ。俺ァやだね。『昔の話はすんな』って言うけどよ、俺の若い頃は仕事なんかろくになかった。毎日職安行って並ぶのよ。寒い時にゃ惨めなもんだぜ。早く、日当仕事じゃない職に就きたいって、俺はずっと思ってたぜ。そうじゃねェか？」

貫一は、自分と同じ体験をした人が目の前にいるとは思わなかった。その人に「日当仕事は悲しくないのか?」と言われて、「はい」とは言えなかった。言えば涙が溢れるかもしれない。

黙っている貫一に、工場主は「週給でいいな?」と言った。「はい」と答えて、貫一はなにかに堪えた。自分の現在のありようを分かって、考えてくれる人がいるとは思わなかった。声にならない声で、貫一は「すみません」とつぶやいた。

仕事はつらくなかった。もっとつらくてもいいと思った。仕事の手を休めた老人は、貫一が日雇いの宿無しになった経緯を知りたがってなにかと話しかけたりするが、そのたびに妻から「若い人には若い人の事情があるんだから、やめときなさいよ」と制止される。

老人の妻は、さばさばとしているがいい人で、「家来てご飯食べなさい」と言っても「はい」と答えるだけで姿を現すことのない貫一がなにか事情を抱えているらしいと悟って、時々弁当を作って来てくれたりもする。不満はなにもないのだが、毎日の寝場所を確保した貫一は、仕事後の働かずにいる時間が手持ち無沙汰で、なにもしないでいることに妙な不安を感じた。

最初の休みとなった土曜日は、北向きでも光の当たる窓を開けて布団を干した。

押し入れの中にあった布団はなんとなく湿っているようで、敷いて寝るのには少し勇気がいった。シーツや枕カバーに顔を寄せて、あるかないかの他人の臭いを神経質に嗅いで、体を縮めて寝た。朝の光を見て、「布団を干せばよいのか」と思いついたが、仕事があった。「かまうものか」と思って干したが、夕方帰って来たら、窓の外の布団はひんやりと湿っていた。「休みになったら——」と思い、布団が干せることだけを考えて最初の休みを待ったが、布団を干し了えて、老人の妻から借りた箒（ほうき）や雑巾や塵取（ちりと）りを使って部屋の掃除を了えた途端、「今日の自分にはなにもすることがない」と気づいた。まるで、昨日まで続いていた時間軸の外に放り出されたような気分だった。

高輪の家を出てから三週間以上がたつが、「なにもしなくていい」という一日は、その日が初めてだった。

仕事を探す必要がない。仕事はあるが、その日は働かなくてよい。それが「就労者にとっての休日」で、その日一日、貫一は仕事のことを考える必要がない。その日の寝場所を探して歩き回る必要もない。「自分は自分の部屋にいる！」と思ったら、黄ばんだ古畳に頬ずりさえしたくなった。しかし、掃除を了えてしまったら、その日の貫一にはもうすることがないのだ。

部屋の中はガランとしている。寝に帰るだけの場所には、テレビもパソコンも、ラジオもなかった。昨日までは仕事が終わるとコンビニへ寄って、安い弁当と売れ残った新聞の朝刊を買って帰った。情報と娯楽は、工場で休憩の時に点けるテレビと、部屋で広げて読む新聞だけだった。

それで眠れればいい。眠れなければ、夜の町を疲れるまでジョギングした。なにも考えず疲れて眠ってしまうことが出来れば、それが一番の幸福だった。余分なことを考える時間などなければいいと思う習慣がついていた。

そんな男が直面した休日の部屋は、ガランとしてなにもなかった。「なにをするんだろう？　僕はなにをすればよいのだろう？」という思いと、「なにもしたくない」という思いが交錯して、貫一は掃除を了えたばかりの部屋に座り込んだ。座り込むと同時に、「なにもしたくない、休んでいたい」という思いが優勢を占めた。

他人の寝た布団に体を縮めて眠る内、いつかその体を伸ばして眠るようになっていた。貫一の背丈に合わせたわけでもない掛け布団からは、足の先が出る。奥に残っていた薄い夏用の掛け布団を足先に掛け、体を伸ばして寝た。そのわずか数日間で、貫一の中には「ゆっくりと落ち着いていたい」という、人として当たり前の感覚が甦って来ていた。

その頭で考えれば、なにもしたくない。「しかし、それでいいのか？」という落ち着かなさもある。「僕は、なにかを忘れていないか？」という、強迫観念に似たような思いもある。

部屋の中には、唯一の財産であるスポーツバッグと、折り畳まれたままのダッフルコートしかない。それを見て貫一は、「自分にはコートを掛けるハンガーさえもない」と気づいた。住むべき場所を得はしても、そこには生活用具が一つもない。だから貫一には、することが見つからないのだ。

貫一は外に出た。ドアの向こうには、眩しいような春の光が降り注いでいた。冬の気配はもうどこにもない。外出の時にいつも着ていたダッフルコートが、今や重苦しいもののように感じた。

空には光が満ちている。ふと足下を見ると、白いコンクリートの三和土の上に、黒い春の蟻(あり)が一匹、ちょこまかと這い回っていた。貫一は腰を屈め、蟻の姿を覗き込むようにして言った――「お前は、なにをしてるんだ？　仲間からはぐれてしまったのか？」

暖かい春の光に驚いてうろうろしているような蟻の姿に親近感を抱いて指を差し出そうとした貫一の目に、自分の履いているスニーカーの汚れが見えた。一月近く履き続けたスニーカーは、冬の汚れでくたびれて見えた。「もう冬は終わってしまったのだ」と、うずくまったままの貫一は思った。

「やっと厳しい冬が終わった」というのではない。一着のコートでやり過ごした冬が終わり、その下で着続けたセーターとズボン、履き続けたスニーカーの姿が丸出しになるのだ。表を覆っていたものをまとう必要がなくなり、その下の「自分」が剝き出しになる。

貫一は冬の間に衣服用の消臭スプレーを買っていた。シャツはコインランドリーで洗うことが出来るが、セーターの洗濯はどうすればよいのか分からない。高輪の家では、「お願いします」と言って家政婦に渡せば、クリーニングに出してくれていた。それはもう出来ない。雨にも濡れて、コートの下で籠(こも)った体臭を吸い込んでいる青いセーターが不潔だと思われないように、消臭スプレーを使った。しかし、輝く春の光を浴びて、貫一は消臭スプレーの化学力に頼ることの虚しさを感じた。セーターの上を覆うコートを脱ぐ時が来ていたのだ。

貫一は部屋へ戻ってコートを脱いだ。ガランとした部屋に一人でいても仕方がないと思って外に出たが、どこへ行くというあてもなかった。ただふらっと出ただけだが、今やその「目的」はあった。

「服を買おう」と貫一は思った。惨めさから脱出するために、「新しく服を買おう！」と思って、財布の中身を確認した。

財布の中には、昨日もらった週給の三万二千円と、銀行のキャッシュカードが入っていた。熱海から東京へ戻った最初の時を除いて、現金を引き出すためにそのカードを使ったことはなかった。毎日千円か二千円、あるいは二日に千円であっても、自分の口座へ入金するためにそのカードを使った。

金を貯めるのはむずかしい。それ以前に悲しい。身を削るようにして毎日入金を続けても、どれほどの額にもならない。銀行の口座残高はやっと二万円を超えたばかりだった。派遣先への交通費がばかにならない。Ｓｕｉｃａの料金をチャージするために五千円の紙幣が消えて行くのを見て悔しくなる。毎日の宿泊費が大きかったのは言うまでもない。しかし、預金残高と合わせて、今の貫一には五万円の金がある。当分の間、宿泊費として消えて行く金もない。貫一は、半ば自分の惨めさを笑って、「春のファッションにしよう!」と思った。

冬の冷たい雨よりも、惨めさは人を傷つける。冷たい雨なら止む時もあるが、惨めさというものは、自分で振り払う以外に逃れる道はない。

履き続け汚れたスニーカーはアディダスだった。「もうブランドなんかどうでもいい。ノーブランドの物が恥ずかしいなんて考えるな。安いノーブランドでも、薄汚れた靴よりはましだ」と、部屋の外に出て改めて足下を見て思う。コートを脱いだ後のセーターの毛玉が気になる。「上着が必要だな」と思う。汚れてしまっているベージュのチノパンも。「ズボンもいる。いくらかかるのだろう?」「あるから」と言って、五万円全部を使うわけにはいかない。「いくらかかるのだろう?」と思いながらバスの停留所までの道を歩いて、突然閃(ひらめ)いた。「僕の行くところは、ショップでもデパートでもない」と。

工場で出来上がったものを配送に行く途中、道路際に「作業衣」と大書きされた看板を掲げる店を見た。老人にもらった「川嶋製作所」の名入りジャンパーを着て車を運転する身には、不思議な親近感を覚えたが、そのことを思い出した——「僕が行くところはあそこだ!」と。

驚くべきことに、貫一の春の新作ファッションは、一万二千円をわずかに超えたところで完成した。スニーカーもズボンも上着のジャンパーや中に着るベストにシャツと、下着や靴下まで、すべてがその金額内で収まった。もちろん、多くのものが「作業用」ではあるが、働くことを前提にした衣類が、高くても二千円台ギリギリで買えることに、貫一は驚いた。

以前に美也が大きな紙袋を二つも三つも提げて帰って来たことがあった。「だって、安いのよ。ファストファッションだもん」と言って、ティッシュペーパーをボックスから一枚ずつ取り出すように、袋から取り出して見せた。「そんなに買ってどうするの？」と聞くと、「テイスティングよ。そんなにずっと着ないもの。いろんな服に合わせる感覚をつけるのよ」と言った。

なんのことかはよく分からなかったが、つまりは「安い服だから取っ替え引っ替え着るのにはいい」ということらしかった。作業衣屋の大きな紙袋から買ったものを取り出しながら、美也がカラフルな服を一つ一つ体に当てていたことを思い出した。

「あのカットソウやワンピースはいくらしたんだろう？　千円か、二千円か？　同じ安くても、あいつの服は一度着たら『もういらない』と言う使い捨てだ――。そんな贅沢な金の使い方があったんだな」と、美也からすればなんともない、「服だ」と思われるかどうかも分からない、粗い手触りの真っ新な作業ズボンを手にして思った。

悔しくはない。悲しくもない。「新しい服が手に入った」という喜びがあった。新品の服には特有の、「新しい」という匂いがある。久しぶりにそれを感じた。上から下まで、すべてを新品に取り替えれば、それだけで嬉しい。

部屋に大きな鏡はない。立ったまま新しい服に着替えた自分の体を上から眺め、肌触りで「新しい服」を実感する。新しい作業ズボンを穿いた脚を両手でなぞりながら、「自分はもう違うところへ来てしまったんだな」と思った。

束の間甦った遠い日の記憶が、終わってしまった月のカレンダーをめくって捨てた時のように、ふっと消えてしまった。

もちろん、貫一の足下には時の過ぎた古いカレンダーなどは転がっていない。着替えて脱いだセーターとズボンが、きちんと畳まれ置かれていた。ズボンの方は忘れたが、青いセーターはブルックスブラザーズの製品で、一緒に買い物に行った美也が「これがいいんじゃないの」と言って選んだ。

美也は、男物ならトラディショナルなものを好む。「私あんまり、おしゃれな男の人って好きじゃないの」と言っていた。その先は、あまり思い出したくない。「だって、内容がないじゃない」と、美也は言ったのだ。

「そうか、お前が選んだ男は内容があるのか」と、疲労の色を宿しているセーターの青い色を見て思う。「内容って、結局は金か?」と。だからといって、古畳の上に置かれたセーターに対して、「捨ててやる!」という気にはならない。幸福だった時の記憶が、そこにはまだ残っているように思う。だから、その汚れがつらいのだ。まるで、惨めさを背負い続けた昨日までの自分のように思う。貫一は「洗おう」と思った。消臭スプレーで臭いは消えても、汚れは消えないのだ。

少し離れたところにある銭湯に併設されたコインランドリーに出掛けようとして、貫一は気づいた。「セーターはどうやって洗うんだ?」と。「毛糸、おしゃれ着洗いはナントカで」という洗剤のコマーシャルを思い出した。

貫一は、路線バスの通る表通りのドラッグストアまで出掛けた。そこにいた店員に、「セーターを洗う洗剤というのはありますか?」と尋ねた。

五十は過ぎているだろう女の店員は、貫一の顔をしげしげと眺めてから、「ありますよ」と答えた。「こんなイケメンがなにをするのかしら」と思う店員は、貫一を商品のある場所へ案内して、ぼんやり顔のイケメンに「ご存じ?」と、セーターの洗い方を教えてくれた。

「洗面器にぬるま湯を入れてね、この洗剤をキャップで少し入れるの」と言われて、貫一は困った。「ぬるま湯? どうやって湯を沸かすんだ? 洗面器だってないぞ」

貫一は、なにも持っていないのだ。

貫一はスーパーマーケットを探した。正直に言えば、なにを探せばよいのかがよく分からなかった。「水を入れて湯を沸かすポット」のことをなんというのかと考えて、分からなかった。「やかん」と言われれば、「あ、そうか」と分かるが、それをすぐ英語で「ケトルか」と置き直してしまう程度に、生活実感がない。たとえ「やかん」と分かっていても、それをどこで買えばいいのかが分からない。

ドラッグストアの中を見回しても、それらしいものはない。うっかり「ネットで検索——」と思ったが、それをする道具(ツール)はない。毛糸用の洗剤を買って店を出ると、道路際に置かれた棚の端に、ピンクや緑のプラスチックの洗面器が重ねて置いてあった。「よかった」と思ってそれを買ったついでに、女の店員に「ポットって、どこで売ってますかね？」と尋ねた。

年上の女は「ポット？」と尋ね返した。「お湯を沸かすやつです」と言うと、相手は首をかしげながら「やかん？」と聞いた。「あ、そうです。ケトルだ」と思う貫一は、「売ってるところ知ってますか？」と尋ねた。

「ああ、やかんね、どこだろ？　昔はね、その道路の先に金物屋さんがあったんだけどね、今はどこだろ？　スーパーかな？」と言われたので、貫一はスーパーマーケットを探した。「スーパーはどこですか？」と聞けばいいのに、聞かないから分からない。来た道とは反対側に進むと、その先にいつも寄るのとは違うコンビニエンスストアがあった。「もしかしてそこにあるか？」と思って進むと、その手前にガラス戸が閉て(た)られた商店と思しいものがあった。

古い建物らしくガラス戸の枠は頑丈そうな木で、薄暗い中に目を凝らすと、真鍮(しんちゅう)製の黄色いやかんがぶら下がっているのが見える。「もしや」と思って上を見上げると、「岡部金物店」と書いた看板があった。ドラッグストアの店員が「昔はあった」と教えてくれた金物屋がまだあった。

「あった」と思う貫一はガラス戸に手を掛け、「すみません」と呼んで、「僕は忘れられた町に来てしまったのか?」と思った。

運がいいのか悪いのか分からない。「これでいいかな」と思った大きさのやかんが二千二百円した。老眼鏡を掛けた白髪頭の老人が、やかんの胴に貼られた値札の薄れかかった文字を見てそう言った。

貫一は、やかんというものがいくらくらいするのか、その相場を知らない。ドラッグストアで買った洗面器は三百円だった。「高いな」と思う前に、裕福な育ちの鷹揚さで言われるままの金を払い、店の壁に木製のハンガーがぶら下がっているのを見て、これも一本三百円という言い値で買った。金がなければためらっただろう。なまじその日に金があったおかげで、言われるままを支払った。結局、消費税込みで「二千七百円」という金を失った。

「いるものだから仕方がない」と思って店を出たが、なんだか釈然としない。「二千二百円は痛いな」と思って、薄暗かった店の様子を思い出した。

店主の老人に悪気はないのだろう。しかし、周囲の住人からさえもその存在が忘れられていた店の中では、現在とは隔絶した時間が流れている。経済が低迷する日本ではデフレ状況から脱却出来ず、低価格競争が続いていた。しかし、店の商品に埃を積もらせたままの店では、以前からの時間がまだ変わらずに続いている。貫一のように、現在の時間からはぐれてしまった人間の前に姿を現すのは、その老いた世界の住人だけなのかもしれない。しかし貫一は、まだそのことに気づかない。

洗剤のボトルとグリーンの洗面器の入ったレジ袋の口から木製のハンガーを覗かせたものを提げ、残る片手にやかんを持った貫一は、自分が珍妙な恰好をして歩いているのだろうなと、すれ違う人の様子で判断をした。しかし、生活を始めるためには、様々な道具が必要となるのだ。気がつかなければそれは分からない。

帰り着いたアパートの隣の部屋の前には、白塗りの古い洗濯機が置いてあった。隣の住人がどういう人物かは知らないが、そこになにかが置かれていることだけは知っていた。貫一は、やっとその「物」に気づいた――「洗濯機があれば便利なんだ」と。そして、「まだそんな金はないな」と。

部屋に入って、干してあった布団を取り込んだ。北向きの窓であるにもかかわらず、取り込まれた布団には春の太陽がわずかに宿っていた。

やかんに水を入れて火に掛けた。ぬるま湯を作りキャップで少しの洗剤を洗面器に入れた。悲しいことに、貫一のセーターに対して、洗面器は小さすぎた。「揉み洗いをしろ」

と言われたことを実行しようとすると、湯が大量に溢れた。それでもセーターを湯に漬けていると、ぬるま湯が真っ黒になった。悲しい汚れの色だった。「洗濯をしてよかった」と、貫一は思った。

その夜、貫一は温もりの残った布団に包まれて寝た。壁には、ハンガーに掛けられたコートが吊るされていた。シーツに残るひんやりした気配を感じて、「シーツも洗っておけばよかった」と思ったが、「やるべきことはやった」という安堵を感じて眠りにつくのは幸福だった。目を閉じて外との隔絶を感じずにいれば幸福と思えるほど、貫一の心の傷は回復していた。

次の朝、起きて部屋を片付け、コンビニへ寄ってサンドイッチと缶コーヒーを買ってから、シーツとズボンを洗濯するためにコインランドリーへ行った。昨日のこともあったからだろうか、乾燥機から取り出したシーツとズボンを見て、「アイロンがほしい」と思った。

部屋に戻り、シーツとズボンの皺を手で出来る限り伸ばし、その後で池袋へ行った。生まれて初めて休日というものに出会った気がして、休日らしいことをしたいと思ったからだった。

その日も天気は晴れだった。日曜日の午近く、池袋駅へ向かう路線バスは、通勤客とは違う種類の人達で混み合っていた。親子連れ、若い男女、中高年の夫婦。立ったまま吊り革につかまった貫一は、言葉にしにくい不思議な予感のようなものを感じていた。なんだか分からない、わだかまりのようなものに取り巻かれていると感じた。閉所恐怖のような圧迫感があって、停留所から新しく人が乗り込んで来るたびに、その感覚が強くなった。終点の池袋駅前に着き、空は晴れている。人は下りて行く。しかし、貫一の不思議な感覚は強まった。

貫一の感じていたものは、漢字数文字で説明出来る。それは、怒りを生もうとする「疎外感」だった。

貫一は、自分が感情を野放しにしたら身の破滅だということを、心の奥で理解していた。「怒るな、恨むな」という自制心が、彼に重石を掛けていた。

生きること、ただ前に一歩足を踏み出すことしか考えなかった。どうあっても、これ以上負けたくはなかった。寝る場所を得るために、生きるために働いた。それをしなければ、得体の知れない暗い所へ落ちて行くように思った。そしてついに寝る場所を得た。「生活」というものをようやくに始められるのだと思った。生きるためのスタートラインに立てたと思った。そう思って歩き出したところで、押さえつけていた足下の地盤にひびが入った。休日を楽しむ人々の中にいる内に、押さえつけていた悲しみが顔を出した。

「自分はこの人達とは違う。この人達は僕とは違う。僕には見向きもしないで、自分達だけで生きている」――そう思ったら、足下がぐらつくような目眩を感じた。

昨日は新しい服を買った。衣服に染みついた汚れは洗い流した。晴れ晴れとした思いで外へ出て来たのに、他人はその自分を見ないようにして通り過ぎる。休日の町は、それぞれにファッショナブルな装いをした人達が慌ただしく通り過ぎて、真っ新な作業着姿の自分は、透明人間のように、人の視界に入らない。池袋駅の西口から東口へ抜ける地下通路は、目的を持った幸福な人達で充満しているように見える。その春の暖かさを感じさせる人の流れに交って、貫一は背筋に悲しい寒さを感じた。

人の流れに押されるように、人工照明の地下道を抜け、穏やかな日差しの下で人が幸福そうに行き交う広い横断歩道を目の前にした時、貫一はあまりにも危険な衝動を感じて立ち止まった。

「通り魔というのは、多分こんな時に、人を無差別に傷つけたくなるんだ」と。

道の真ん中に立って人の行き来を妨げるような恰好になっていた貫一に、ぶつかりそうになって舌打ちをする人間がいる。貫一はこわくなって、そこから逃げた。

ほんのわずかな刺激で、なにかが爆発しそうになっている。「どうしたんだ?」と問われて、説明が出来ない。自分は明らかにおかしい。それだけは分かった。

足早に歩道を、人のいない方に向かって歩いた。歩くよりも、小走りになっていたのかもしれない。前を行く人間を追い抜こうとして、その肩とぶつかった。人の驚きの声が耳に入った。それを聞いて、「もっと叫べ!」と強く思った。

向かい側から来る人間と肩がぶつかった。ぶつかったのではなく、自分の方からぶつかりに行ったのかもしれない。

「おい、待てよ」という声が追いかけて来た。人とぶつかりたい。衝突を起こしたい。そうして、人の世に生きる感触を得たい。充満した怒りの衝動を少しずつ小出しに発散させながら、人波の途切れた場所に来た。路肩に座って、荒い息を落ち着かせた。

「こんなことが前にもあった」と思う。それがいつのことかは分からない。ぼんやりとした中で、街灯が点っていたような気がした。

「僕はなにをしているんだろう？」と思って、その答はない。いらいらするような迷いがあって、貫一は自分がなにを求めているのかが分かった。ほしいのは、「自分はなにをしているのか？」という問いの答ではない。「なにをしているんですか？」と尋ねてくれる人の声だった。

しかし、道の端に座って目を剝き、息を荒らげている人間に、誰が「どうしたんですか？」と声を掛けてくれるだろう。ただ、避けるようにして通り過ぎるだけだ。

貫一は、ゆっくりと立ち上がった。「帰ろう、僕には待ってくれる人がいる」と、自分に言い聞かせた。

明日になればまた仕事が始まる。工場の老夫婦が自分を待っていてくれる。「明日の朝になればまたすることがある。工場へ行ってシャッターを上げ、掃除をして、おじいさんとおばあさんが来るのを待つんだ」そう思いながら、貫一は歩き出した。

「人に触れれば暴発するだろう」と思って、バスには乗らず歩き出した。「帰る家がある」と思うことは、救いにならなかった。だからこそ悲しいこともある。

次の週も、貫一は池袋へ行った。薄暗い工場の中で老人夫婦と共に何事もなかったような顔をして働き、製品搬入のために軽トラックを運転しながら、「このままでは負けだ、逃げたことになる」と思い、「もう一度あれと向き合って、自分がなにから逃げたかをはっきりさせよう」と決断した。

土曜日の池袋は、先週と同じように人で賑わっていたが、その様子は少し違っていた。「逃げ出すまい」と決めて薄曇りの空の下を行く人の列を眺めていると、若い人間の数が先週よりも多い。

港区育ちの貫一は、池袋辺に詳しくはない。大学は、池袋からそう遠くないはずの本郷だったが、そこから地下鉄に乗って池袋まで来た記憶があまりない。「学生の街でもないのに、どうして若い人間が多いのだろう?」と考えて、池袋にも名のある大学があることを思い出した。「それなら、若い人間が多くても不思議はない」と。

「自分も少し前まではこんな学生だったんだな」と、道行く若者達の姿を見て、一週間前とは違うことを感じた。

「今でも僕は、まだ学生かもしれない。でも、もう違うんだ。今の僕は、町はずれで老人のお守りをしながら暮らしている！　こんな世界とは、もう無関係なんだ！」

貫一の耳に、遠い夜の潮騒が甦った。暗い夜の下で寄せて返す波の音が、貫一には「頑張れ」と言ってくれているように思えた。しかし、昼の光の下で目の前を行く人達は、どのような言葉を投げてもくれない。貫一は、暗い冬の海が懐しかった。

一週間前、同じ街角に立って感じたのは「怒り」だった。「自分は排除されている。隔てられている。なにかに拒絶され、置き去りにされている」という怒りだった。でも一週間がたって、もう同じ感情は生まれない。ただ「自分はもう違うところにいる」ということを、事実として感じた。

今日、明日をやり過ごすために自分の足下しか見ることが出来なかった貫一が、自分を取り巻く現実をついに見てしまった。

自分はもう遠いところにいる。同じ年頃の人間は、自分とは違うところにいる。それが事実で、その現実を受け入れることはつらかった。

次の日も貫一は池袋に行った。なんのために出掛けたのかは分からない。日が暮れて、ふらふらと部屋を出て行った。酒が飲みたかったわけではない。人少なになって行く夜の通りをぼんやりと見て、「働こう」とだけ思った。

次の週も池袋へ行った。自分が活気のある人間達の世界から遠ざけられていると思うと、一人で部屋にはいられなかった。人の行き交う駅前の横断歩道の際に立って人の姿を見ている内、「僕は働いてる。俺は働いてるんだ!」と大声を上げたくなった。

続く日曜日もまた池袋へ行った。派遣の契約期間は後二日になっていた。

その日にはアパートを出なければならない。「新しい部屋なら紹介してやる」と、工場主の川嶋老人は言う。「敷金や礼金は不要だ」とも言う。多分、新しい部屋には入れるだろう。しかし同時に、川嶋製作所は営業を停止する。新しい職を探し続ける日々がまた始まる。「もう、公衆電話で職探しをするのはいやだ」と、池袋へ向かうバスの中で思った。「僕以外の人間は、誰もそんなことをしていない」と、周りに立つ休日のバスの乗客達を見て思った。

絶望というのは、冷たく乾いた風のようだ。なんの潤いもない。揺れるバスの中で、貫一は自分の未来を考えた。

先へ続く「時の階段」がある。それを一歩ずつ上って行けば、未来というものがあると思った。しかし、その未来へと続く階段は、途中で崩れてなくなっている。寝起きをする場所を確保しても、その先に進んで行く方向がない。「僕は、なにを目標にして生きて行けばいいのだろうか?」と、貫一は思った。

貫一は、「希望」というものをリアルなものとして感じたことがなかった。二十二の年までそんなことを考える必要がなかったのは、彼が恵まれていたからだった。しかし、気づいたらもう「希望」はない。なにを頼りに、どう生きて行ったらよいのかが分からない。

池袋の交差点を行く人の群れを見ながら、貫一は「働いてやる！　働いてみんなを見返してやる！」と思った。自分の孤独と不幸には、どこかに原因があるはずだった。

契約期間が終わる前日、貫一は川嶋老人に、「あの、新しい部屋のことなんですけど」と言った。川嶋老人はなんのことだか分からない様子で、「あん？」と聞き返した。

「明日で、僕はあのアパートを出なくちゃいけないんで――」と言いながら、自分はなんと危ういところに立っているんだと、貫一は思った。しかし、川嶋老人はのん気だった。

「ああ、ああ、ああ、あれな」とあっさり言った。

「言っといたぞ。家賃三万円でいいと言っとったぞ。『どんな奴だ？』と言うから、『真面目な奴だからまけてやってくれ』と言ったら、『三万円でいい』と言いおった。浜岡っていうな、古い知り合いの息子だから大丈夫だ」

「あの、敷金や礼金は？」

「いらん、いらん。考えんでええ。その代わり、一年で出ろよ。それだけは約束だからな」

「はい」と答えて貫一は、「一年か――」と思った。「一年で、なんとかなる！　一年でなんとかなってやる！」と。

「よし、じゃもう片付けだ」と老人は言った。「終わるもんは終わるんだ。いつまでもやっとられん。婆ァさん、もう終わったか？」と言うと、奥から「終わったよ！」という嬉しそうな声が聞こえた。

「間くん」と、老人は貫一を呼んだ。老人の呼び方には、不思議な尻上がりのイントネーションがある。「兄ちゃん」ではなく、「間くん」と改まって呼ぶことにぎこちなさを感じているらしい。

「間くんな、今日の配達には俺も乗せてってくれ。最後だからな、俺も行って挨拶しとかんとな」と続けた。「終わる」ということが、いとも簡単に進められる。まだ日の高い午後二時のことだった。

機械が止められて、翌日は大掃除だった。箒を持った老人が「毎朝、間くんが掃除をしとってくれたから楽だな」と言うと、その妻が「うん、うん」と頷いた。「この機械は、ここを閉めた後どうするんですか?」と尋ねると、老人は「業者に売っ払う」と言った。

「終わる」という事実の前に感慨はない。そういうものらしい。

その最後の夜は、老人の家に呼ばれて食事をした。老人は嬉しそうな顔をして「慰労会じゃからな、来いよ」と言った。

食事に呼ばれるのがいやではなかったが、アパートの引っ越しをどうしたらいいのかと思う貫一は、「でも、アパートは今日までですけど――」と言った。

老人はあきれたような顔をして、「そんなもなァ明日でいいじゃねェか」と言った。「明日、ウチのトラックに荷物積んで運んできゃいいじゃねェか。『出る』は決まってんだ、一日二日遅れたって文句言ゃァしねェよ」

老人は不思議な人だ。普段から格別物を考えているようにも思えないのに、いざとなれば簡単に答を出してしまう。貫一にしてみれば、謎のような知性のあり方だった。

老人は言葉を継(つ)いだ。

「そうだ、聞くんよ。お前ェ布団がねェんだろ? 婆ァさんがな、あの布団持ってって使えって。どうせもう誰も使わねェんだからよ」

「いいんですか?」

「いいから『いい』って言ってんだろうがよ」

「はい」

「じゃ、後で家(うち)来な」

「はい」と言って、貫一は楽になった。

その夜の食事はまた鍋だった。「寿司でも取ろうと思ったが、あれだな、駒寿司はもう閉めちまったな?」と老人は言った。「大将も年だからねェ」と老人の妻が言うと、老人は「あれだな、配達寿司ってやつな、取ってみたけどうまくねェな。寿司食うのも大変だ」と言った。

妻は頷いている。「最後だ、一杯飲め」と、老人はビール瓶を差し出した。貫一も素直にグラスを差し出し、老人の音頭で三人はビールのグラスを合わせた。

「いやァ、お疲れさん。助かった」と言って、老人はビールを呷った。グラスを手にしたままの貫一が「僕は役に立ったんですかね？」と言うと、老人の妻は「全然」と頷いた。「でも、僕はいただけですよ」と貫一が繰り返すと、老人は「いただけでも助かったって言ってんだからよ、いいじゃねェか」と一蹴した。

貫一はビールのグラスを手にしたまま、「そうなのかな」と考えている。そこに老人は、「お前ェは考えすぎだ。いい野郎だがよ、考えすぎがお前ェの欠点だ」と鉄槌を下した。「考えすぎるとろくなこたァねェ。俺はろくに考えねェでここまで来たんだぞ」と、老人がいい機嫌で言うと、老人の妻は「もう少し考えてくれてたらねェ、息子だって出て行かなかったんだろうけどねェ」と、軽いジャブを繰り出す。

「うるせェな、バカ野郎」と老人が言うそばで、貫一は「考えすぎか」と思って、手にしたグラスを口に運んだ。ビールの気泡を久しぶりに口で感じながら、今まで人からもらったアドヴァイスの中で、「お前ェは考えすぎだ」というのが一番身に沁みるなと思った。「僕は考えすぎなんだ」と思ってビールを飲み、グラス一杯を空ける前に顔が火照って赤くなっているのを感じた。しばらくの間に、自分がそんなにもアルコールに弱くなっているとは思わなかった。

部屋に戻って布団を敷き、熱い頬を冷たい枕に押し当てて眠る時、「明日からこの布団が自分のものになるんだ」と思って、幸福になった。

新しいアパートは、バスの停留所二つ分を池袋の方へ戻ったところにあった。「ああ、そこ。右だ、右だ」と、右折する箇所を通り過ぎたところで、助手席に乗り込んだ老人が声を掛ける。ハンドルを握る貫一は道路を直進して、次の信号でUターンをして戻り、やっと左へ曲がる。

老人は、「なんだ？　おい、おい。違うぞ、そうだ。そこだ」と、助手席で声を上げ続ける。左折した道を進んで、「そこだ」と言われるところを右に曲がると、道に男が立っている。頭が薄くなりかかった丸顔の男がジャンパーのポケットに手を入れて、笑うでもない。それに気づいた川嶋老人が、またしても行き過ぎたところで「ここだ、ここだ」と声を掛ける。

出て来たアパートよりも更に古い二階建ての木造アパートが、そこにはあった。

自分からさっさと軽トラックを下りた川嶋老人は、運転席から出て来た貫一に「浜岡だ」と、立っていた男を紹介した。若くはないが、老人という年頃でもない。その新しい家主は「こいつかい？」と川嶋老人に言って、「おお」と答えた元工場主は、「挨拶をしろ」と貫一に言った。

「間貫一です。よろしくお願いします」と貫一は頭を下げたが、新しい家主は聞いているのかいないのか、すぐに川嶋老人に向かって自分の事情を話し始めた。

「これで小父さん、安い部屋を空けとくと、区役所の方から『生活保護の人間に貸してくれ』って言ってくるんだ。そんなことしたら、永久に建て替えらんねェよ。固定資産税ばっかり取りやがってよ。親父がなんにもしねェで死ぬからいけねェんだ。小父さん、俺はね、ここぶっ壊してマンション建てるよ。場所はいいんだ。シングルマンションにすりゃ家賃は倍だぜ」

そう言って貫一に目を向けると、「一年だぜ。一年で出てってもらうからな」と念を押した。貫一は「はい」と答えて、川嶋老人も「それは言ってある」と和した。

「分かっとるな、間くん。一年だぞ」と老人は繰り返し、新しい家主も「大丈夫なんだろうな？」と、新住人を連れて来た老人に釘を刺した。

「大丈夫、大丈夫、こいつは真面目だから。そう言ってある、な？」と川嶋老人は言って、二人の様子を見ていた家主の浜岡は、「後で念書に判もらうぞ」と言って着ているジャンパーの胸を叩いた。

そこには署名と判を待っている念書があるのだろう。しかし貫一は自分の印鑑を持ち合わせない。「どうするんだろう？」と思う貫一は、「こっちだ」と言って背を向けた新しい家主の「背中」を見た。

ジャンパーというよりブルゾンなのかもしれない。ダウンの詰まったグレイの布地の背中には、大きな赤いハートのマークがプリントされていて、そこに「ＷＥ　ＮＥＥＤ　ＬＯＶＥ」という英字が黒で大書きされていた。「こんなものをどこで買うんだ？」と思いながら、貫一は新しい家主の後を付いて行った。世の中には、「自分の知らない人達」がいくらでもいるのだ。

周囲を大谷石(おおやいし)で土止めがされた敷地の上に建つアパートは、大きく古い木箱のような外観で、道から続く正面のドアを開けると、脱ぎっ放しの靴が転がっている共同玄関になっていた。脱ぎ散らされた靴を見て、家主は舌打ちをする。

玄関の先は奥へ続く廊下と、二階へ続く階段。どちらも人一人が通れる程度の幅で、押し寄せて来る圧迫感がすごい。「古いアパート」と言うよりも、玄関が共同で靴を脱いで上がる木造アパートというものがあるなどと、貫一は考えてみたこともなかった。

「こっちだ」と言って、家主は二階への階段を上がって行く。その背中の「ＷＥ　ＮＥＥＤ　ＬＯＶＥ」を見上げて上がって行く貫一の方も、かなり珍妙な形(なり)をしている。スポーツバッグを肩に引き上げ、片手にはやかんと洗面器、残る片手には「持って行きなさい」と川嶋老人の妻に言われた箒と塵取りを持っている。貫一の引っ越し道具は、表のトラックの荷台にある布団の一式と脱いだコートを除けばそれだけだ。階段を上がるたび、真鍮のやかんが壁や洗面器とぶつかってまぬけな音を立てる。

案内された二階の部屋は、前の部屋にもましてなにもない。流しやガス台、それにトイレは廊下のはずれの共同だから、ただ畳敷き以外になにもない。前の部屋にあったカーテンもないから、磨りガラスの入った窓越しに差し込む光で、なにもない部屋の様子は丸見えになる。戸口が南で北向きの窓しかない部屋にいた貫一は、光が照らし出すその部屋の様子を「懐しいもの」のように感じた。

「ここが押し入れな」と壁際の襖を開け家主は、ジャンパーの内懐から白い封筒を取り出し、「念書な」と言って中の紙を拡げた。

貫一は畳に膝を突き、立ったままの家主は、「ここに名前と判な。あ、住所と日附けも」と、指で示した。「判がなきゃ拇印でいいから」と、ポケットの朱肉を探した。

いきなり飛び出した「住所」という言葉に反応して、「住所？」と貫一がつぶやくと、「ここは豊島区池袋――」という言葉が返った。貫一はついに「住所」を手に入れたのだった。

知らない人達

そのアパートは、池袋の有名大学に通う学生を対象にして建てられたものだった。それを聞いて、昔のことなど想像のつかない貫一は、「学生がこんなところに住むのか？」と思ったが、家主の浜岡は一方的に話を続ける。話好きというより、「死んだ親父がいつまでもぐずぐずしていたから、折角の土地を利用しそこねた」という愚痴をぶちまけたいらしい。

昔はエリートの大学生が住んでいたアパートも、今では訳の分からない中年男や万年学生、売れない芸人の棲む場所になっている。それを家主は、「お前も無職のフリーターだろう」という表情も見せず貫一に話す。貫一はただ「はァ」と言って聞いているしかない。貫一に関心があるのかないのか、川嶋老人の紹介があるからかまわないのか、「あんたはなにする人間なんだ？」と問うこともなく、三万円の家賃を取って去って行った。

外にはまだ川嶋老人と荷物を載せた軽トラックがある。外に出ると老人は、道路際の大谷石に腰を下ろし煙草を吸っていたが、貫一の姿を見ると「おい、まだかよ？」と言った。車は老人のもので、老人は運転免許を返上している。さっさと残りの荷物を運んで、車ごと老人を送り返さなければならない。「すみません、今終わります」と言って、畳んだコートが載せてある布団の山を、貫一は一人でアパートに運び込んだ。

布団を抱えて狭い階段を上り、また老人のところへ戻って軽トラックに老人を乗せて元の工場まで送り、歩いてアパートまで戻った。廊下や階段の板は軋むが、建物の中に人の気配はしない。外の光を遮るもののない部屋に戻り、押し入れに布団をしまって、コートを掛けたハンガーの先を壁の鴨居の端に下げ、「さて、なにをするんだ？」と畳の上に座り込んだ。

いつの間にか貫一には、「なにかをせずにいないと不安になる」という習性がついてしまった。疲れていても立ち上がる。前の晩の湯気の立つ鍋を囲んだ老夫婦との食事を思い出しながら、「今、なにをすべきか？」と考えた。「なにかが抜けている」と感じるのは自分がほっとしているからだろうと思って、一つ息を吐いた。

するともなく畳の上で屈伸運動のようなことをしていると、戸口に置いたままの箒と塵取りが目に入った。「そうか、掃除をしなければ」と跳ね起きた貫一は、箒を手にして畳を掃き始め、「明日の仕事がなにもない」と気がついた。「なにか抜けている」と思ったのは、そのことだった。

三週間川嶋製作所にいて、その後に新しい住居が保証されてうっかりしていたが、三月が終わって貫一は職を失ったのだ。また以前に戻って、職探しを始めなければならない。そう思う貫一の箒を動かすスピードが、早くなった。

新しい住居を得た。住所も得た。転入届を出せば、住民票を得ることも出来る——そこで、貫一の手が止まった。塵取りに埃を集めて、再び部屋の隅に投げ出した。

長い空白は思考を中断させてしまう。それで貫一も、「なぜ住所を得ることが重要だったのか？」を忘れていた。

住所があれば、履歴書に「住所」が書ける。日当仕事ではない「就職」が出来る。履歴書があれば、正社員ではなくとも、バイトの面接を受けることが出来る。寒い冬の日、コンビニエンスストアで買ってバッグに入れっ放しだった履歴書用紙が、やっと使える。そう思って胸の奥の閊えがふっと消えたが、貫一は疑り深かった。わずかの間に「よかった」と思って頓挫したことが、どれくらいあったのか？「どこかに落とし穴はないのか？」と身構えた。

「自分はこのまま、すんなりと就職が出来るのか？　出来たとして大丈夫なのか？」と考えて、ある問題が浮かんだ。

就職をしてしまえば、たとえアルバイトであっても、給料日までは報酬をもらえない。それが世の中の決まりだ。そう思って貫一は、「なぜだ！」と世の中を呪った。

前日、最後の週給と日給の端数を合わせて、五万円をもらった。老人は「取っとけよ」と言って封筒を渡し、中に一万円札が五枚も入っているのに気づいた時、お年玉をもらった子供の頃を思った。そこから三万円の家賃がなくなった。銀行口座の分も合わせて、貫一は十万円近くの金を持っていた。その額で二十五日か三十日をやり過ごせるのか？　問題はそこにあった。

その日暮らしで生きて来た貫一は、川嶋製作所で束の間の安定は得たが、まだ「月単位の生活」をしたことがなかった。「一月の暮らしにいくらかかるのか？」と考えて、分からなかった。「十万円、あるいは九万円あれば大丈夫なんだろうか？」と自問する。川嶋製作所では昼食代がほとんどかからなかった。交通費の必要もなかった。しかし、これからは違う。「じゃ、どうするんだ？」と思った時、「お前ェは考えすぎだ」という川嶋老人の言葉が甦った。

「本当にそうだな」と思って、貫一は溜め息を吐いた。「つまらない心配はやめよう。どうすればいいかを考えよう」と思って貫一は、自分がもう一度「つらい状況」に戻りたくないと思っていることを知った。

仕事を求めて、毎日人材派遣会社のコールセンターに電話をして、自分の登録番号である七桁の数字を名乗る。その日の報酬をもらいに派遣会社の窓口まで行く。それを毎日繰り返す。仕事の内容よりも、自分が七桁の数字になっていることがいやだ。無言のまま顔を殴られているような気がする。七桁の数字になって、毎日千円の金を最低でも貯めようとする——それを課された自分の荒廃した精神状態がつらい。「それをもう一度やるのか?」と思えば、体が重くなる。やりたくはない。

「一月の生活費が足りなくなった時、人はどうするんだろう?」とぼんやり考えて、「カードローンか?」とサラ金のCMを思い出す。

「金を借りるのか」と、キャッシュディスペンサーの前に立つ自分を思う。サラ金の審査に通るか通らないかより、自分がまた何桁かの登録番号を与えられる存在になることが、いやだ。そうならないためには、働くしかない。元の日給生活に戻って、歯を食いしばってでも、一月分の生活費を貯めるしかない。「この間まで『二十万円貯めるんだ』と言ってたじゃないか。前よりは条件がよくなってるんだ。いやがらずにやろう」と考えて、その為の金の使い方も分かった。

「携帯を買おう。中古のガラケーでいい。もう、公衆電話を探して歩くのはいやだ。今ある金で、まず携帯電話を買おう」と。

デジタル化されたIT社会では、企業側が消費者を囲い込むため「会員になれ、入会登録をすれば得になる」と言う。住所と電話番号があれば、「得する会員社会」へ接続することが出来る。しかし、その番号がなければ、現実社会に生きていたとしても、存在が希薄になる。番号だけの「点」のような存在になって、やっと自分自身の存在を他から認められるというのも不思議だが、社会が実際にそうなっているのだから仕方がない。貫一は、その「番号」を買うために、池袋まで出掛けて行った。

「古い機種のガラケーでいいんです。一番安い携帯電話はどれですか？」と、家電量販店の電話売場で尋ねると、若い男の店員は、スマートホンがずらっと並べられた棚の隅を示して、「今はこれくらいしかありません」と言った。そこには、二つ折りにされた携帯電話が四、五台並んでいるだけだった。

「古いから安いってことはないですね。古いのはどんどん製造中止になってますから。格安なら、新しい方がお得ですよ」と、店員は暗にスマートホンの方へと誘導する。

「こちらの格安スマホでしたら、もう三万円を切ってますけどね」と、二万円台の値札の付いたスマートホンの列を指して、「いかがですか？」と言わぬばかりの顔で立っている。

「スマートホンはいらないんだ」と言う貫一の言葉は、ひとりごとのように素通りしてしまう。「いらないって言ったって、もうガラケーの時代じゃないですよ。どんどん製造中止ですよ」と言われているような気がする。熱海の海で投げ捨てたスマートホンがいくらしたのかは、もう忘れてしまった。物の値段など気にしなかったはずなのに、今はその金が惜しい。持たない者のひがみなのか、「高くて手が出ない」の一言を口に出すことが出来ない。

目の前の店員が「ちょっと――」と言って去り、女の店員に代わった。「いかがです？」

と言われて、貫一は「買えません」とは言えない。財布の中には四万円の現金が入っていた。「じゃ、これを」と、二万円台で一番安いスマートホンを指してすぐ、貫一は自分の気弱さを恥じた。

「一月の生活費をどうするんだ？」と考えていた人間が、「それを買う金がないんです」と言うことを恥じて、持っている現金を減らしてしまった。古い金物屋でやかんを言われるままの値段で買ってしまったことを思い出した。「僕は、お人好しのバカなんだな」と、気弱な自分に苦笑した。

買ったスマートホンに通信契約をして、そこに書き込む住所と銀行口座の番号があることに安堵しながら、「これでまた毎月余分な通信費が消えて行くんだ」と思ったが、それでも自分の掌(て)の中に自分の電話器があることは嬉しかった。

「僕は見栄(みえ)っ張りの臆病者なんだな」と思いながら、以前のように薄氷を踏む心細さを足下に感じなかった。その日の池袋は平日で、土日のそれとはまた様子が違う。働く人達が通りを行く。その人の列は、たやすく貫一を受け入れてくれる。「働こう、派遣会社に電話を入れよう」と、掌の中の白いスマートホンを見て思った。

そのつもりで見れば、池袋は働く男達の町でもある。仕事を了えた男達が立ち寄る安い酒場や飲食店が軒を連ねる一角もある。日暮れ前にはまだ明かりが点らず影のように静まっている店達が並ぶ中に、学生やサラリーマン達に「安価で手軽な一食」を提供するカレーショップやラーメン屋、牛丼店、その他に肉を中心とする安価な一皿を提供する店も点在している。

それまで貫一は、料理ではなく、値段を見ていた。五百円以上のものは食べられない。ラーメン店では七百円、八百円のラーメンが当たり前で、それに手が届かない貫一は、五百円以下で買えるコンビニ弁当に頼っていた。その彼が、「ここはなんだろう?」と思って一軒の店に入った。

入るとすぐに券売機がある。チェーン店の一つらしい。メニューは、店名にもなっている「スタミナビーフ」の一種類だけで、広くもない店の中は奥から伸びて入口近くで鉤の手に曲がったカウンターの椅子席で占められている。カウンターの中では炒めものが勢いよくジャーッ‼　と音を立て、ニンニクの利いた調味料が香ばしく焦げた匂いが広がる中、何人かの若い男の客が手にした丼の飯を黙ってかき込んでいた。

「食券をお願いします」と言われて、貫一は券売機に向かった。メニューは一種類しかないが、券売機にはやたらのスイッチボタンがある。並、大盛、特盛の三種類に味噌汁、サラダ、漬物にコールスロー。サラダはコーンサラダ、ツナサラダ、卵サラダの三種類がある。貫一はスタミナビーフの並盛りと味噌汁を頼んだ。単品なら四百八十円のものが、サイドメニューを付ければ七百円近くになるよう設定されている。ワンコインの五百円内であるはずのものが、さして意識されぬ内に二百円ほど上積みされてしまう。「うまい設定だな」と思ったが、そう思う自分がいつもとは違っていることに貫一は気がつかなかった。
出来上がって出された料理の味付けは濃い。ニンニクと醬油ベースにバターかマーガリンを利かせ、そこにコチュジャンを入れて国籍不明にしたところへ、大量の唐がらしが混ぜられている。空腹だったら、その濃い味で丼飯が進むだろうが、貫一はそれほど空腹ではなかったので、ただ「味が濃いな」と思った。

牛丼の肉はスライスだが、ここの肉はステーキ感を出すためか厚い。安い牛肉を下処理の段階で柔らかくしたのだろうが、それだけであまり肉の味はしない。それを濃い味付けでごまかしている――と冷静に分析して、貫一は忘れていたあることを思い出した。

「僕は、高輪の遠望亭の経営者になるはずの人間だったんだ」――そう思った途端、箸が止まった。

「僕はなぜ、ブラック企業の居酒屋チェーンで働こうと思ったんだろう?」と、憔悴してネット喫茶に転がり込んだ時のことを思った。

「僕は、落ち込んで自暴自棄になっていたわけじゃないんだ。僕は、飲食店の経営者になろうとしてたんだ!」

順調に続いていたはずの未来への道が、ある日突然断ち切られた。切られたのではなく、貫一の方から断ち切っただけなのかもしれないが、だからこそ疲れきった頭であっても、貫一は「断ち切った道の先」を見ていた。「僕が目指すべき先はそこだ」と、塩辛い味噌汁を飲みながら思った。

貫一は、富山唯継が遠望亭への資金援助を申し入れたことを知らない。美也の父鳴沢隆三は、富山が美也との結婚を望んでいるということだけは告げたが、富山が提示した「美也を得るための交換条件」は口にしなかった。いずれ明らかになるにしろ、隆三としては隠したかった。美也が貫一以外の男と結婚するのは「美也の問題」だが、富山がレストラン経営の資金援助をするということになると、「君は邪魔なんだ」という、貫一のあり方に関わる問題になる。「いやなことはしたくない」で人生をすませて来た鳴沢隆三にとって、そんなことを直接貫一に告げるなどというのは、論外でもあった。

富山は、美也という女性を貫一から奪っただけではない。美也を手に入れる手段として遠望亭への資金援助を申し出、貫一から未来を奪ったのだ。熱海の海岸ですべてを投げ捨てなくても、富山が資金援助をする遠望亭に貫一が居づらくなるのは目に見えている。富山唯継はそのように、周到に貫一からすべてを奪った――。それを知らずにいたことは、貫一の幸運だったかもしれない。

熱海から東京へ戻って、貫一は自分がなにを失ったのかを理解出来てはいなかった。美也を奪われたのかもしれないが、美也が簡単に財力で釣られてしまう女だとは思えなかった。

なぜかは分からない理由で、美也は去って行ったのだ。「なぜそれをするのか分からない」という衝撃に襲われて、貫一は叩きのめされた。誰かを恨めれば、憎悪で立ち上がることも出来たかもしれない。しかし貫一には、誰がなにをした結果自分が不幸になったのかということが分からないのだ。言いようのない衝撃の中で、貫一は崩れながらも立ち上がり、どこへ進むべきかも分からないまま、前に歩み出そうとした。それをする貫一は、しかしその初めに於いて、見るべき方向を見てはいたのだ。

「未来へ向かう」という方向性を失ってはいなかった。遠望亭という場所はどこかへ消えた。しかし「方向」は消えない。レストランの経営者となるための素地は、貫一の中に出来かかっていた。それならば――。

世の中に味の分からない人間はいくらでもいる。そんな人間達でも、貧しくて空腹であれば、さしてうまくもないものを平気で「うまい！」と言う。そのことは、既に経験として知っている。

「うまいものではないな」という理解が頭の隅にはある。しかし、温かく湯気の立つものが口の中に放り込まれると、空腹という名の怪物が現れて、それをガツガツと平らげる。平らげて行くことの満足感と「うまい」と思う感覚が近似して、「なにか違う。『うまいもの』とは違うぞ」と思いながらも、それを平らげてしまう。貫一は一月ほどの間に、それを何度も経験した。

鳴沢の家では味噌汁がうまかった。さすがにレストランを経営する一族の家庭で、殊更に「うまい！」と唸らせるような味ではなかったが、薄っぺらく単調にならないように気をつけられた味には、奥行があった。鳴沢の家では、それが当たり前だった。

しかし、「スタミナビーフ」と称してステーキ丼の紛いものを提供するこの店の味噌汁は、奥行がなく単調で塩辛い。この店だけではない。多くの店の味噌汁がそうだ。初めから塩分がきつめなのか、それとも出来上がった鍋を火に掛けたままにして煮詰めてしまう結果なのか。アパートの部屋が定まってコンビニ弁当ばかり買っていたのは、「安いから」という理由からだけではなく、煮詰まって塩辛い味噌汁を出されるのがいやだったからかもしれない。

貫一はそう思う。しかし、多くの人間はそんなことを気にしているようにも思えない。日本人だから、食事の時には味噌汁を飲む――そういう習慣に従っているだけだから、味噌汁が付いていればいい。付いて来る味噌汁に文句を言わない。ただ百円程度の金を余分に支払って、家畜のようにおとなしく口に入れ、黙って店を出て行く。

東京の町で放浪生活を始めて分かったのは、金儲けをする側の人間が、理由を付けて百円程度の金を少しずつ取って行くことだ。それを広汎にやって金を掻き集め、事業を成功させる。貫一は鳴沢隆三を思った。「ファミリー向けだなんて、小父さんはバカだな。もっとレベルを落とさなきゃ」と。

貫一の中にあった善の心が、少し欠けた。無垢なる善のまま生きて行けるのであれば、なにも問題はない。しかし、無垢なる善を無防備のままに放置すれば、世の激流に押し流され、どことも知れぬところへ落ちてその存在を消されて行く。落ちて流され、そのまま漂うだけだった貫一は、やっと目を開いた。彼に沈黙を強いていた無垢なる善は、押し潰されて消えることをよしとはしなかった。しかし、生きようとする意志が彼の知性を目覚めさせた時、彼の内なる善の心は欠けたのだ。

「僕は成功する！　僕は飲食業界の勝者になる！」と、自分の進むべき先を見定めた貫一は、「我慢をしよう」と思った。「日雇い派遣で金を貯め、それから――」と考えた貫一は、四月の間、毎日のように職を替え、少しでも時給のいい勤め先を探して、五月には、かつてのゼミ仲間である風早と顔を合わせることになる赤羽の居酒屋にいた。

赤羽なら池袋から通いやすいし、先の荒川を越えれば埼玉県になってしまう場所だから、知る人に出会うこともないだろうと思っていた。昼のランチタイムが終わって夜の営業時間が始まる前、ホール係の貫一は調理場のポリバケツを外に出し中のゴミを除くと、店の横の路地の口で空のポリバケツを洗っていた。調理場の人間なら長靴を履いている。ホール係の貫一は、店が用意した雪駄を自前のスニーカーに履き替えて、ビニールホースの先から水を流している。「やれ」と言われたことならなんでもする。それで経験値が増せば、自分の得になる。

ホースの水がスニーカーを濡らしそうになった時、貫一は「間――」と呼ぶ声を背中に聞いた。靴の底が足下に出来た水の溜まりを踏んでいた。冷たい感じは、足にではなく背中に来た。

呼ばれて振り向いた。店の人間が呼ぶ声ではない。「視界が強張る」ということがあるのだと、初めて知った。知った顔が知らないように見えて、知らない人間の顔が知っているように見えるという不思議な体験をした。相手を「誰」と認識する前に、貫一はホースを捨てて逃げた。

胸がドキドキした。「見られたくない」という思いがあって、その後でやっと相手が誰かを認識出来た。「風早だ。なにしてるんだ、こんなところで？」と名前ばかりが浮かんで、その後で彼が同じ大学のゼミに属していた仲間だったという記憶が浮かび上がった。「僕には過去なんかないんだ」と思って、やっとその過去を振り切った。

かつては、知らない人間達の中に入って行くことに身構えた。今では、自分の過去を知っている人間に会うのがこわい。それは、転落する前の自分に会うことで、転落する前の自分に冷たく見据えられるようなことだった。

店の中で動悸を静めて、するべきことを考えた。「出しっ放しのホースの水を止めなければ」と思って、店の戸口の外にある水道栓に手を伸ばした。顔を上げると、路地の向こうにこちらを覗き込む顔はなかった。ただ、濡れたアスファルトの上に、大きな青いポリバケツが口を開けて横たわっているだけだった。

同じ五月の頃、美也もまたそれまでには縁のなかった人達の中にいた。結婚以来妙にハイになった富山は、美也をあちこちへ連れ回し、美也が招かれたレセプションにも必ずと言っていいほど顔を出した。

富山唯継は嬉しくて仕方がない。自分が手に入れた美しい妻を人に見せたくて、機会があれば美也を連れてどこへでも行った。スタイリストを呼び出して、買物に勤(いそ)しんだ。美也が自分を飾る最大の宝石ならば、自分もそれにふさわしく着飾らねばならないと思った結果だが、その夫の行動が美也にはいささか煩わしかった。

ある時、唯継は文字盤とその周りに小さなダイヤをびっしりと埋め込んだ腕時計を買って来て、美也に得意気に見せた。

「いくらしたの?」と言う美也に、「八百万」と答えた。唯継は「安いだろ?」と言いたそうだったが、美也は「私、そういうの好きじゃない」とはっきり言った。

「そういうの、『俺は金持ってるぜ』って言いたい人がするものよ。あなた、お金あるんだから、そんなのいらないじゃない」

唯継はなにを言われたのかが分からないようで、「だって、別に高くはないだろう」と、とんちんかんなことを言った。

美也はあきれて、「値段じゃないの」と言った。「これって、ほとんどブレスレットでしょ」と、小さなダイヤが光る腕時計を自分の手首に当て、「ね?」と言ってから、その場に控えていた男性スタイリストに言った。

「島津さん、富山に合う時計って、もっと他にあるでしょ？　高くても、そんなに見えないいい時計が」

スーツ姿の富山と違って、ラフな髪形にラフな服装で無精髭を生やしたままの、お供から帰ったスタイリストの島津は、「ありますね」と言った。「だったら、そういうの勧めて」という美也の言葉に、スタイリストは「委細承知」とでも言うように、黙って頷いた。

美也は唯継に向かって、「あなたがお金を持ってることは、みんな知ってるのよ」と言った。

「みんなが知ってるのに、ダイヤの時計なんかしなくてもいいでしょ。そういうのが似合うのは、王子様か、うんと枯れたおじいさんだけよ。あなたは違うじゃない」

「あなたの手は労働者の手よ」とは言わなかったが、その時、美也の目の前に若い男の白くて細い指がふっと現れた。形のいい爪は男らしいピンクで、目の前に現れた王子様の幻はすぐに消えたが、美也は「私はきれいなダイヤモンドが嵌まった腕時計が似合う王子様を知っている」と思った。

しかし美也は知らない。その王子様の指が、水仕事や各種の仕事で、荒れた労働者の指になりかかっていることを。

「話は一段落した」と思うスタイリストは、「じゃ、私はこれで」と頭を下げて去った。

美也は「ご苦労様」と言って、妙に凝り固まった部屋の空気をほぐそうと、部屋のソファに腰を下ろした。叱られたようでばつが悪いのか、唯継は「そうだ」と言って、「相撲に行かないか?」と持ち掛けた。

あまりの唐突さに、「なに? 相撲って、あの相撲?」と美也は聞き返した。

「返して来なさいよ」と言われたわけでもない時計を、名残り惜しそうにケースに戻しながら、「今度会社で、国技館の枡席を買ったんだ」と言った。

「買ったって言っても、枡は茶屋が持ってて、なかなか空きは出ないんだけど、ちょうど二つ空きが出来たって聞いたから、押さえたんだ。懸賞だって出すぜ」

言われて美也は「すごい」と言った。相撲に関心があるわけではないが、当然のこととして、相撲のなんたるかは知っている。たまに父親の隆三がテレビで見ていた。

美也にしてみれば、相撲はスポーツ競技ではない。「格闘技」と漢字で書かれれば「そうかもしれない」と思えるが、美也にとって相撲は、「ファンタスティックな異国のセレモニー」だ。

「懸賞って、あれでしょ? こうやって、土俵の周りを回るやつでしょ?」と言って、美也はソファに座ったまま、両手で懸賞の垂れ幕を掲げる仕草をした。

「そうだよ」

「すごいね」

「枡があれば接待に使えるしな」

「あれでしょ、リザーブシートみたいなものでしょ?」

「そうそう」

「じゃ、一年中いつ行ってもいいの?」

「『行く』って、お茶屋に言えばいいんだ」

「お茶屋なのねェ。じゃ、毎日行ってもいいの?」

「いいけど行く?」

「ちょっと考えとく」

夫の様子は誇らしげで自信に満ちている。ダイヤモンドの時計を見せた時とは全然違う。夫にファッションセンスはない。そのスキルもない。だから美也は、ついダメ出しめいたことを口にしてしまう。「どうしてそんなへんなことをするの?」と思いながら。人には向きと不向きがある。似合わないことに手を出さず、自信の持てることだけをしていればいいと、夫を思う。

「それでいつ行くの?」

「日曜から五月場所が始まる」

「今度の日曜? そんなに急なの?」

「日曜日って、後三日しかないじゃない。着るものどうするの?」と、美也は言った。

「着るもの」とは当然、「あなたの着るもの」ではなくて、「私の着るもの」だった。

「相撲に行かないか?」と言われて、美也はすぐ「和服」を考えた。着物を着た自分が桟敷に座り、扇子を使っている光景を頭に浮かべた。子供の頃、祖母が歌舞伎座へ連れて行ってくれて、見せられた演目は退屈だったが、舞台の両端に朱塗りの欄干(らんかん)が付いた桟敷があり、そこに着物姿の女達が座っている——そのことに憧れた記憶がある。わずか前、一月の成人式には振袖を着たが、結婚をしてもう振袖とは縁がない。袂の短い、普通に「着物」「和服」と言われるものを、美也はまだ一枚も持っていない。相撲へ行くのは、その新調のチャンスだった。

「どうしてもっと早く言ってくれないの? 三日じゃ着物なんて買えないじゃない」

美也の母親の美子は、当然和服を持っていたが、それを見ても美也には着物への関心が湧かないでいた。自分の母親の着物姿が魅力的ではなかったからだ。だから、着物を買うにしても、どこでどう買うのかが分からない。ただ「買う」のか、それとも「作る」のか。

成人式の晴着は、ネットの型録(カタログ)を見て選んだが、普段使いの着物はどうするのか? 仕事で着る服は、スタイリストが持って来る。それだけではなく、当然自分でもアパレルショップを回ってあれこれと見る。しかし、着物の方は「憧れ」だけで、まだ手が回らなかった。

マネージャーの遠山に頼んで、スタイリストに着物を探して来てもらうのか? そうじゃない。着物なら自分の目で選びたい。

「それが日本の女の見識だ」とも思う美也は、そのための時間を奪った唯継に、「どうしてもっと早く言ってくれないの？」と詰め寄った。

「着物なんて、そう簡単に作れないのよ」と言って、「あなたの買ったつまらない時計とは違うんだから！」とは言わなかった。

　唯継は困った様子を見せていたが、実は困っていない。唯継は、可愛い美也がわがままを言っているところが好きなのだ。

　五月場所の初日、スタイリストが用意した着物を着て両国の国技館へ行った。

　着物は、淡いピンクの地に白いクレマチスの花を染め抜いて金糸で縁取った裾模様。帯は銀地に観世水（かんぜみず）の模様を所々に織り出し、それだけでは淡くおとなしくなりすぎるので、襦袢（じゅばん）の襟の端に錆朱（さびしゅ）の色を重ねた。

　着付けを了えて、スタイリストのアヤコは「帯の上を、ポンと一つ叩くといいですよ」と言った。「どうして？」と美也が問うと、「芸者さんなんかがよくやってるじゃないですか。『いざ、出陣』て感じで。カッコいいじゃないですか」と言うので、美也も帯の胴をポンと一つ指先で叩いた。

「カッコいい」とスタイリストに言われて、美也も「そうね」と笑った。

　部屋を出ると、ソファに座って待っていた夫が立ち上がって、「おおー」と言った。部屋にはもう一人、スーツ姿の見知らぬ若い男がいて、「きれいですねェ」と感嘆の声を上げた。「これが、帯の上をポンと叩いて出陣した成果か」と、美也は思った。

緑青の大屋根の上に金冠をいただいた八角形の国技館は、近づくにつれてコンクリート造りの大コロシアムの様相を見せる。そう古い建物ではないはずだが、中へ入ると「昭和」の古さを感じさせるような芸のないコンクリートの大廊下が続き、それを抜けて擂り鉢形の場内へ入ると、また見た目が一変する。

擂り鉢の中心に土俵があり、その上に大屋根が掛かっているところはテレビの中継で知ってはいるが、その土俵が思ったほどには大きくない。上から照らされる光の海に沈むほどの大きさで、その周りを圧倒的な数の人が取り巻いている。

土俵とその周りに羽織袴の審判や観客達が座を占めている光景には馴染みがあるが、実際はそれよりもずっと広い空間を人が埋め尽くしている。野球やサッカーの競技場とは違って、力士のいる土俵と観客の間は近い。人の海の只中に土俵はあって、しかも力士が対戦していながら、取り巻く人の海は、出入りを続ける人の姿で常に揺れ動いている。

「アジアだわ」と、美也は思った。

美也は、密集する人の熱気で、東南アジアのドッグレース場を思い出した。興奮してもどこかクールな日本人とは違って、アジアの人達の興奮は熱を孕んで肉体的だ。そう思って辺りを見回すと、同じ日本人であっても、そこにいる人達は、美也が普段に接する人達とは感じが違う。

年輩の男が多い。だからといってそればかりではない。よく見れば、子供から老人まで、すべての男女が混在している。美也が普段接するのは、港区や渋谷区の麻布、六本木、青山、広尾、代官山といった所の人々で、どこか共通した均一感を持つように見える人達ばかりだが、国技館に集まった人達は違う。今は失われてしまった、人で賑わう下町の商店街の雑踏を形成するような人達が国技館の客席を埋めていて、その雑多な人のエネルギーが、美也に「アジアだわ」と感じさせていた。

知っているようだが、普段は目にすることのないような人達がいて、都会の日常とはまったく関係のない恰好の人達が、当たり前のような顔をして歩き回っている。その最たるものが、鮮やかな色の着物に脇が大きく開いた裁着袴（たっつけばかま）を穿いて枡席の間の狭い通路を歩き回る何人もの男達で、美也は「ねェ、田鶴見（たづみ）さん、この人達はなんなの」と、同じ枡席の後ろにいる、唯継が連れて来た若い男に尋ねた。

相撲の枡席を持ったにもかかわらず、夫の唯継には相撲への関心もその知識も、さしてない。それで、妻との相撲見物のために、相撲に詳しいという若い社員を呼び寄せた。その田鶴見が、「あれは出方（でかた）ですよ」と言った。

「ここまで案内してくれたでしょう？　相撲の客は、お茶屋に仕切られてるんですよ」

「お茶屋？」

「相撲のコンシェルジュみたいなもんですよ。枡席持ってる客が『見たい』と思ったら、お茶屋に連絡するんです。そしたらなんでもやってくれますよ」

「なんであんなに何度も行ったり来たりしてるの？」

「客の注文取りですよ」

「注文？」

「相撲は、酒飲んで見る娯楽なんですよ」

まさか相撲が、酒を飲み肴を口にしながら楽しむエンターテインメントだとは思わなかった美也は、注文したわけでもないのに席へ運ばれて来た焼鳥の串をくわえた田鶴見に、「そうなの？」と尋ね返した。

田鶴見が「そうですよ」と答えたところで、「只今より幕内力士、土俵入りであります」と場内アナウンスが告げ、広い国技館の場内に柝（き）の音が響き渡った。歌舞伎の舞台を見た時の記憶だったと思うが、美也の耳の奥には拍子木の音が眠っている。しかし、今聞く国技館の柝の音はそれよりももっと澄んで、「コーン！　コーン！」と高く遠くにまで響き渡る音を、「なんと美しい音だろう」と感動をもって聞いた。

やがて場内の花道から、化粧廻（まわ）しを着けた正装の力士達が一列になって、土俵へと上がって来る。土俵を照らすライトの下で、力士達の肌はあきれるほど美しい。

「これからお相撲が始まるのよね？」と田鶴見に言ってから、「はい」と答えられた美也は、振り返って、「じゃ、今まではなんだったの？」と尋ねた。美也達がやって来た時、もう土俵の上では力士達の取り組みが始まっていた。

「だって、さっきまでお相撲をやってたでしょ?」と言う美也に、後ろから身を乗り出した田鶴見は、いささか声を抑えて「あれは、十両の取り組みで、ここからは幕内力士の取り組みです」と言った。

美也は驚いて、「じゃ、この人達が全員で戦うの?」と、土俵上に円形を作って並ぶ力士達を見て言った。

「バトルロイヤルじゃないんだから、そういうのはしませんよ。これは、土俵入りです」と、田鶴見は失笑しながら言った。「だって、土俵入りって違うでしょ? こんなに、いろんな人は出て来ないじゃない」

「これはね、幕内の土俵入りです。この後が横綱の土俵入りです」と田鶴見が言って、美也の隣の唯継は、そんな二人の珍妙なやりとりを、おもしろそうに見ていた。

土俵の中心を向いて輪になった力士達は、化粧廻しの端をつまんでサッと持ち上げ、それからまた順に土俵を下りて行く。「これが土俵入り?」と言った美也は、その時自分が誰かに見られているように感じた。

自分の顔に誰かの視線が貼り付いている――そんな気がして顔を右の方へ向けると、枡席の前を通る細い通路の先に、一人の女が立っていた。白地に縞(しま)柄と見える着物姿で、美也と視線が合ったと見るや笑顔を浮かべ、通路を美也達の方へやって来る。誰なのか、美也には心当たりがない。

美也達の枡席の前に立って小腰をかがめると、「MIAさんですよね？」と言った。

「おきれいですよね。遠くから見ても分かりますもの。ピンクの花が咲いたみたいですもの。オーラって、違うのね」と言ったが、誰だか見当がつかない。

遠くからは「白地に縞」と見えたけれども、間近で見るとその縞模様はただの縞ではない。紺色の両刃の安全剃刀(かみそり)をいくつも縦につないで一本の筋にして、縞の染め模様にしているというかなり剣呑(けんのん)な柄で、そこにやはりうっかりすれば手を切る、緑の笹の葉模様が散らしてある。金と茶色の綴(つづ)れ織の帯で殊勝に見せてはいるが、その全身は「触ると危いよ」とアピールしている。その誰だか知らない女がついと体の向きを変えて、美也の隣の唯継に「こんにちは」と親しげな声を掛けた。唯継がよく行く銀座のクラブの女かとも思ったが、それにしてはどこか落ち着きがない。

「おぅ、来てたのか」と唯継が言って、女は「来てましたよ、ねェ？」と美也に同意を求めた。そんな同意を求められても、反応のしようはない。

女が「紹介して」と言うので、唯継は美也に、「こいつはね、女高利貸しの赤樫満枝(あかがしみつえ)だ」と言った。

紹介された美也は女に向かって頭を下げかけたが、女は美也にではなく唯継に「失礼ねェ、高利貸しってなによ」と言った。

「高利貸しだろ」

「違います。法定利息は遵守しております」と言って、帯の間からくすんだ朱色のエナメル塗りの革の名刺入れを出した。そのまま見比べるようにして、その名刺入れを美也の着物の襟元に差し付け、「あら、お揃いだ」と言った。

「この人は何者なんだろう?」と思う美也に、名刺を差し出した女は、「貸金業を営んでおります、赤樫満枝です」と言った。

女が差し出した小型の女持ち名刺には、名前と住所、電話番号にメールアドレスがあるだけで、「貸金業」ともそれらしい会社の名前も印刷されていなかった。

まるで水商売の女の名刺のようなものを渡された美也は、軽く頭を下げて「MIAです」と言った。相手が「MIAさんですね?」と言った以上、「富山美也です」と言う必要はない。

答えて女は「今後ともよろしく」と言ったが、唯継は「よせ、よせ、高利貸しと知り合いになってどうするんだ」とまぜっ返した。

「だから、高利貸しじゃないって言ってるでしょ」と女が言えば、夫は「女高利貸しって言葉が、俺は好きなんだ」と言った。

赤樫満枝は、「すいません、『好き』ってそういうんじゃないんですよ」と美也に言ったが、美也は「この遠慮なしに入り込んで来る女は何者なんだろう?」と、やはり思った。

土俵の上では東西幕内力士の土俵入りがすんで、「これより横綱、土俵入りであります」というアナウンスが聞こえた。

「じゃ、私はこれで」と、赤樫満枝は去って行った。通路を抜け階段を下り、人で埋まった枡席の中へ彼女が消えて行こうとする時、館内には入場する横綱を迎える喚声が上がり、美也の視線はそちらへ移った。

手にした名刺を帯に挟み、襟元を整えた美也は、横綱の上がる土俵に目を向けたまま、「あの人はなんなの?」と夫に尋ねた。

「誰?」

「今の人よ」

「金貸しだよ」

「どうして知ってるの?」

「昔ちょっと世話になった。金をね――」

「どうしてその人がここにいるの?」

夫も視線を土俵に向けたまま、「それは知らないな」と言って、「人の集まるところには来るな」と続けた。

「どうして?」

「獲物を狙う禿げ鷹みたいなもんかな」

「ひどい言い方」と言って、美也はひそかに納得した。館内にはまた大きな喚声が上がったが、美也と満枝の間にどういう関係が生まれるのか、まだ誰も知らなかった。

五月が終わって六月になった。ただ暑いばかりの天気が続き、梅雨が訪れる季節とも思えなかったが、貫一の働く居酒屋には、若いバイトの女が新しく入った。

店のある赤羽駅前周辺は、家族経営のような小さな酒場や飲食店が立ち並んで、酒を飲みたいと思う客はそちらへ行ってしまう。カウンター式の店がほとんどで、そのメニューもそう多くはないが、地元の常連客にはそれでいい。それに伍して商売をするのだから、貫一の店のようにチェーン展開をする居酒屋は、それほど楽ではない。メインの夜の営業の他に、昼のランチタイムに客を集めて利益を上げなければならない。新しく入った女は、週に四日昼の時間に働く専門学校生だった。

容貌は十人並みのごくありふれた「普通の娘」で、専門学校でなにを学んでいるのか、貫一には関心がない。そんなことより、「お前、大丈夫なのか？　しっかりしろよ」と言いたくなることの方が多い。

午前十一時の開店時間に、何度も遅れてやって来る。「なにやってたんだ！」と言われても、「寝坊しました」と言って突っ立っているだけで、「すみません」の言葉もない。注文を間違えるのはしょっちゅうで、運んでいる料理の皿を落とす。客に呼ばれても、キッチン前のカウンターに凭れてぼんやりしたまま気がつかない。二つのテーブルから同時に声を掛けられると、どちらへ行ったらよいのか分からなくて立ち往生をしている。

入店して二ヵ月目の貫一は、まだバイトリーダーという立場ではないが、放っておいて忙しい時間帯がもたもたすることが我慢が出来ないので、さっと進み出てフォローし、どうすればよいかを小声で教える。辞めてくれたらかえって助かるくらいの働き具合だが、その女が、昼の営業が終わって外の空気を吸っている貫一のところへ、帰り仕度をして出て来た。

腕組みをして壁に凭れ、ビルの隙間の空を眺めていた貫一は、彼女に気づいてそのままの姿勢で「お疲れ様」と言った。言われた彼女は「お疲れ様」の言葉を返すことなく、貫一の前に立ち止まると、「間さん」とうつむき加減で声を掛けた。

「なに？」

声を掛けられた貫一は、視線を下に向けた。目の前の相手は、貫一より頭一つ背が低い。

「間さんて、東大出なんですか？」

どこで聞いたのか知らないが、バイトの娘はつまらないことを聞いた。そんなことだけでもう息を弾ませている。

「中退だから出てないよ」と言うと、「でも、試験通ったんですよね？　すごーい！」と勝手に興奮した。あまりにもどうでもよいことなので黙って空を見上げると、相手は「今、付き合ってる人いますか?」と、上目遣いになって尋ねて来た。

相手の顔を見もせず、貫一は「いないよ」と言った。次に彼女の口から出る言葉がどんなものかは、想像がついた。

「いつも助けてもらってすいません。付き合って下さい」と言って、相手は頭を下げ、両手も揃えて前に突き出した。視線を下げた貫一の目に、髪をツィンテールに結んだ女の白い項(うなじ)が見えた。覗かせた襟口から若い女の濃い匂いが立ち上って来るように思えた。

「なにか勘違いをしている」と思って、貫一はなにも言わずにその場を離れた。置き去りにした女の様子を見ることもしなかった。照明を落とした休憩時間中の薄暗い店の中へ入ると、抑えていた息を「ふっ」と吐いた。黙って、「今度は僕からなにを奪って行こうっていうんだ!」と、強い思いを吐き出した。

甘い美貌の貫一は、見知らぬ若い娘から「付き合って下さい」と言われたことが何度もあった。高校の校門を出ると、他校の女子生徒が待っていて、両手を突き出し頭を下げて「お願いします!」と言った。それが、年に二度か三度はあった。大学に入ってもまだ。貫一は笑顔を見せ、「いや、ちょっと」と言って謝る仕草を手だけで見せて通り過ぎた。

その頃の貫一には美也という存在があった。他の女からもてるのは嬉しかったが、美也と一緒にいるのが当然だと思っていた貫一は、違う女からの誘いに笑顔を見せるだけだった。それがもう違う。貫一は、自分がなにを失ったのかに気づかなかった。

四年後

それから四年がたった。

貫一が勤め始めて三月ばかりが過ぎた夏の頃、「赤羽店に変わったバイトがいる」という事がチェーン内で話題になった。「東大中退」という経歴も変わっているが、周りの従業員達の話によると「鬼のように働く」という。

貫一が仕事先とした居酒屋チェーン「狐（きつね）の酒場」は、以前に「ブラック企業」をネット喫茶で検索した時に出て来た企業だった。ネットにその名が掲げられ、「一度勤務したら辞めさせてもらえない」という噂が広まってバイトの応募者が激減した。その上に労働基準監督署の査察も入って、実態は改められた――と言っても、それは「改めるしかないか」という姿勢の変化だけで、新興の飲食チェーンである「狐の酒場」の、「勝って勢力を拡大する」という攻めの根本姿勢は変わらなかった。

バイトの時給を上げても、ろくに人材は来ないし、来てもすぐ辞めてしまう。貫一に

「付き合って下さい」と言った女は、次の日無断でバイトを休み、「鬼」と言われた店長が電話で脅しながら「出て来い！」と言っても、その姿を現さなかった。

正社員は、店長とサブマネージャーの男と、キッチンを担当する二人だけ。後はバイトの人間が貫一を含めて、昼夜で七人いた。昼の女が一人辞めて、店長は「あのバカ女！イモ面しやがって！」と散々に罵ったが、貫一は冷静で、「いいですよ、僕が働きますよ」と言った。

自分が前日に女を拒絶したことが無断欠勤につながったのだろうということは簡単に理解したが、「その責任を引き受ける」という気もなかった。いてもいなくても変わりがなく、いてももたもたして邪魔にしかならないような女が辞めただけで、以前からその尻拭いをしていた貫一にすれば、かえって仕事の手順がよく見渡せるようになっただけで、たいした過剰労働にはならなかった。

本部から「売り上げノルマの達成」をうるさく言われる人間は、そのプレッシャーをバイトの人間にぶつける。職場では「鬼」という言葉が当たり前に囁かれ、貫一はその様子を冷静に見ていた。

もう、働くことには慣れている。冷静に状況を把握し、段取りを付けて一つ一つこなして行けば、奴隷監督の叱声(しっせい)抜きで仕事をこなすことが出来る。その仕事量が過重であるなら、そう思う前にあらかじめ息抜きのポイントを作っておけばいい。そう考えるだけの知力が、もう貫一にはあった。気を取られてプレッシャーに巻き込まれたら、負けなのだ。

貫一は、昼の三時間と夜の六時間をフルタイムで働く。休みは週に一度だが、バイトのシフトを決める店長が「悪いけど出てくれないか」と言えば、「いいですよ」と引き受ける。労働時間は九時間だが、昼と夜の勤務の間に三時間の休憩がある。雑事はその間にパートの部屋に戻ってでも片付けられる。疲れたら、店の椅子を並べて横になればいい。その様子を見ていればただの「働き者」なのだが、どこか様子がおかしい。それで「鬼」だらけの職場の中で、貫一は「鬼のように働くバイト」と言われるようになってしまった。「東大出なのによく働く」なのか、「東大出だからよく働く」のかは分からない。どこか超然として人を寄せつけないような雰囲気のある貫一を揶揄するつもりで、「おい、東大出」と店長が言ったところ、「中退です。出てはいません」と返されて、突つき出しようがなくなった。「あいつは気取って俺達から距離を置いている」と思えば腹立たしくなるが、「こちらの味方だ」と思えば働き者なので役に立つ。それで貫一は、夏に入ったばかりの頃に、バイトリーダーに指名された。給料は少しだけ上乗せされたが、貫一の望みは金ではなかった。

貫一は、自分の働く「狐の酒場」が、たいしたことのない二流の居酒屋チェーンだと思っていた。

従業員に出される賄いの食事がまずい。メニューにある商品の餃子を出されたことがあるが、味が薄っぺらで、これでどれだけの客がリピーターになるのかは疑問だった。居酒屋であっても飲食店である店で、従業員に出される食事がそのレベルであってもいいのか？　そして、店を任せられた従業員のレベルも低い。ここで、ただ人に使われて終わる気などなかった。

「狐の酒場」の本社は埼玉県にある。県内に複数の店舗を展開して、県境となる荒川を越え東京進出を果たした。その最初の店が赤羽店だった。飲食業を目指した貫一が、東京で名の通った居酒屋チェーンではなく、まだそれほどの知名度を持たない「狐の酒場」を働き場所として選んだ理由はそこにあった。

既にあり方が確固としてしまった大手のチェーン店で下働きをしていても、ろくな将来は望めない。貫一は、他人の会社の駒となって働いていたいとは思わなかった。独立して、自分の会社を興したい。そのための足掛かりとして他人の会社を利用したい。なにが自分をそのように駆り立てるのかは分からないが、そのことだけを考えていた。

業績の拡大を求めて「ブラック企業」のレッテルを貼られた会社である以上、自社の経営拡大の野心は変わらずにあるはず。そのマグマのようなエネルギーが、貫一自身を押し上げてくれるはずと思った。「狐の酒場」をバイト先に選ぶ前にそう考えたのではなかった。一月近くいた川嶋製作所の老人が言った、「お前ェは考えすぎだ」という言葉が胸に響いて、深くは考えず、「なんとなくここでいいような気がする」と思って、「狐の酒場」

を選んだ。

「だめでも、自分のやりようでなんとかなるのではないか。ならなければまたその時で、なにも始まっていない段階であれこれ考えるのは無意味だ」と、及び腰になりかねない自分を叱咤した。「一度はなにもないところまで転落した」という経験が、彼を強くした。「最悪ならもう知っている、こわくはない」と思う彼には、「若さ」という武器があった。

夜中近く、仕事を了えてアパートの部屋に帰ると、「なぜ僕はあそこで働いているのだろう?」という疑問も生まれた。その時にはいつも、川嶋老人の「考えすぎだ」という戒めを思い出した。そしていつか、自分の現状を思い煩っていてもなにも生まれないということを理解した。そう思った時から、自分の働く会社のあり方が見えて来た。「見えない未来」と思われていたものが、「突破出来そうな壁」に変わった。

働き始めた年の冬、貫一は店長から「正社員にならないか?」という申し出を受けた。言われて貫一は、「ほら見ろ」と思った。「自分の仕事振りが認められて嬉しい」などとは思わなかった。自分が誰よりも働いていることなどは知っていた。その貫一に「正社員にならないか?」などという話が来るのは、「狐の酒場」の中にろくな人材がいかにいないかということでもあった。

貫一は慎重を装って、「考えさせて下さい」と言った。貫一より十歳ほど年上の店長は、貫一の心理的内実などというものは考えない。「考えさせて下さい」と言われた翌日、出勤した貫一にいきなり「どうなんだ？」と聞いた。貫一は、感情を表立てないようにして、「やります」と言った。

正社員になってなにが変わるのか？　時間給だったものが月給制に変わる。休んで働かなければ、時間給の場合報酬が発生しないが、月給制なら少しくらい休んでも月単位の報酬は支払われる。と言っても、この間まで「ブラック企業」と言われていたところで、簡単に休みが取れるとも思えないが。

正社員になれば、健康保険料や厚生年金のための支払いも天引きされる。わずかに給料が上がっても、その天引き分があるから、上がったようにも思えない。正社員になれば、バイトの時のようにこき使われないのかというと、そうではない。会社側は、「月給を支払ってるんだ。その分、そして更にもっとこき使ってやる」と考えている。そこが「ブラック企業」のブラックたるゆえんで、そこから逃れたかったら、こき使われる側からこき使う側へ、ピラミッド状の組織の階段をよじ登って行くしかない。それを貫一は了承した。

了承した次の日、荒川を越えた先の川口市にある本社へ行かされた。女の人事課長から、「あなたの働きぶりは赤羽店の店長から聞いています」と言われ、「入間(いるま)に新しい店舗を出すのでそちらへ行って下さい」と言われた。それでやっと「正社員にならないか？」の理由が分かった。人手が足りないのだ。案の定、会社側は事業の拡大に前のめりなのだ。「入間」の場所を知らぬまま、貫一は「分かりました」と言った。

借りていたアパートは、春の三月一杯で出なければならない。そうなる前に「入間へ行け」と言われたのは、運がよかったのかもしれない。赤羽店の店長は、「なんだよ、これから忘年会シーズンで忙しくなるのに」と貫一の転出を嘆いたが、貫一にとってはどうということもなかった。それがどこであれ、新店舗の立ち上げに一から関わらせてもらえるのは、好運以外のなにものでもなかった。

入間市は埼玉県の南部、広大な武蔵野台地が秩父山系に入ろうとする辺りにある。田園地帯であり、大きな工業団地があり、航空自衛隊の基地があるところに工業団地で働く人達の集合住宅もあると同時に、池袋や新宿方面へ通勤する人達のベッドタウンでもある。

入間へ移るためにネットで部屋探しをして、貫一は気がついた。貫一が探していたのは、池袋のアパートのような古くて安い木造のアパートだったが、そういう物件が見つからない。マンションもあるが団地が多い。部屋は二DKか二LDKタイプの家族向けが専らで、そこに三万円から四万円台のワンルームマンションの空室がいくつかある。

いささか不思議な気はしたが、以前に部屋探しを考えた時に感じた、冷たい氷の手で二の腕の辺りをつかまれるような感覚はなかった。決して多くはないが定期的な収入があり、無用な出費を抑えるというのはもう習慣化していたから、半年以上続けたバイト生活は、彼に念願だった二十万円の貯えを与えていた。「余裕がある」ということがどれほど心強いかと、貫一はなにかに手を合わせて言いたくなった。

入間店は、駅前のビルの二階にオープン予定だった。現地へ行って不動産屋を訪れ、古い木造アパートのようなものはないのかと改めて尋ねて、「そういうものはない」と教えられた。「以前にはそういうものがあったが、都市化する段階でさっさと取り壊された」と。

「都市化」とは、広い空き地にコンクリートの建物が建てられることであるらしく、家族単位の生活を基本と考える地方都市に、単身者向け住居はまだ少なかった。

駅から遠くないところにあったワンルームマンションを借りて移った貫一は、入間が決して「夜の町」ではないことを知った。言うまでもなく居酒屋は夜の商売で、仕事が終わったサラリーマンやOL達が、家へ帰る前に寄って酒を飲んで行く。赤羽店でもそうだった。しかし、入間の駅前では違う。

電車を下りて来る会社員達は、既に乗る前に仲間同士で酒を楽しんでいる。長い時間を電車に揺られ、下りるとそのまま我が家を目指す。工業団地があって自衛隊の基地もあるのだから、仕事終わりに居酒屋へ行こうと言う男達、あるいは女達もそれなりにいる。しかし、帰るべき家が近過ぎるのか、あるいは近くに梯子酒(はしござけ)を可能にするような飲み屋街がないからなのか、夜の十時を過ぎれば、辺りの店舗は照明を消し、人通りは閑散として、三十坪ほどある店内はガランとしてしまう。どうしてこういうところに新店舗を開いたのか、貫一には分からなかった。

開店前にバイトの面接を担当させられた貫一は、店で働かせられる人間が辺りにそう多くはいないことを知った。近くに高校はいくつもあるが、居酒屋のバイトに向いている大学や専門学校の類がほとんどない。雑多な人間が混在する都会地とは違って、バイトで食い繋いで行こうとする人間もほとんどいない。酒を出す店で高校生を働かせるわけにも行かない。募集に応募して来るのは、近くに住む主婦ばかりだった。

「ここは、夜の町ではない。昼の町だ」と思う貫一は、「営業成績を上げるためには、昼の営業に力を入れるべきだ」と、店長に進言した。

三十代半ばの店長は既婚の妻子持ちで、隣の市から車で通って来る。東京生まれで東京育ちの貫一とは違って、埼玉生まれで埼玉育ちの彼には、貫一の言うことが理解出来ない。本社からの指令があれば平気で人をこき使う質（たち）らしいが、指令が来なければなにもしない。「ここはこういうところだから、余分なことを言うな」と言って、貫一の言うことを聞き入れもしない。

その店長が、開店から一月がたった年明けに本社へ呼ばれた。

川口市の本社に呼ばれた入間店の店長岩倉は、いきなり営業本部長から「お前、なに考えてんだ！」と怒鳴（どな）りつけられた。

「オープンしてからよ、忘年会があって新年会があって、なんでお前のところは売り上げが上がんねェの？　お前ンとこの売り上げは、死にかけの人間の心電図みたいに真っ平らだぜ。説明しろよ、なぜなんだ！」

岩倉は口ごもりながら答えた。

「あれ、つまりそういうとこなんですよ」

「どういうとこなんだ」

「人が少ないんすよ。客が」

「そりゃ、お前のせいだろ。こっちはちゃんとオープン前にリサーチして、採算が取れるって考えてんだ！　来る客が来ねェのは、お前ェのせいだろうがよ！」

「いや、そうじゃないんすよ。赤羽から来た奴が言ってたんですけどね、入間は昼間の町だって」

「お前、洒落言ってんのか？」

「昼間の町だから、ランチタイムに力入れた方がいいって言ったんですよ」

「それでお前、どう言ったんだ？」

「無理じゃねェかって言ったんですよ。そういう指令も本社から来てないし」

「来てなくても、どうすりゃいいかを考えるのがお前の仕事だろうが」

「でも無理ですよ。コンビニだってそんなにないすもん。昼はみんな、弁当ですよ」

「お前、本当にバカか？　コンビニなくてみんな弁当持ちだったらよ、その客ランチに持って来れねェのか？」

「あ、でも昼は外にいるの、カミさんばっかりですよ」

「そのカミさんを、なんで客にしねェ？　赤羽から来た奴はなんてェんだ？」

「間ですか？」

「そいつはどう言ってんだ？　昼の営業をよ！」

「昼はヴァイキングにして、女の客呼んだらどうだって言ってます。そんなの無理でしょ？」

「なぜ？」

「金かかりますよ」

「ヴァイキングは人件費が省ける！　お前じゃ分かんねェからよ、その間呼べよ！」

そうして貫一の運命は変わって行った。

翌日、店長の岩倉に代わって、貫一が本社へと出向いた。入間と川口と、同じ県内であっても、鉄道の線路の多くが東京へと向かう埼玉県では、県内移動の連絡がむずかしい。岩倉と違って車を持たない貫一は、いくつもの電車を乗り換えて、川口の本社へと至り着いた。

姿を現した営業本部長は、貫一と向き合うと、いきなり「お前、東大か？」と聞いた。

「中退ですが」と貫一が答えると、「なんでこんなとこに来たんだ？」と尋ねられた。

「いろいろ事情がありまして」と言うと、黙って貫一の方を見ている。貫一は視線を落として、「両親が死んだんです」と言った。どこにも嘘はない。彼の心の中にある事情を除けばそれが真実で、貫一は自分の心の中にある疵を、人に話そうとは思わない。

「両親の死」を持ち出されて面喰らったのか、営業本部長は話を切り換えて、「お前、入間の店長にならねェか？」と唐突に言った。

貫一は「はァ？」と言うしかない。

「お前、入間は昼の営業に力を入れろって、岩倉に言ったんだよな？」

まるで貫一がなにか悪いことをしたような言い方だったが、貫一は「はい」と答えた。

「なんでそう思ったんだ？」

「入間は昼の町ですし、夜の十時を過ぎると、もう客が来ません。遅い時間に駅へ着いた人は、他所でもう飲んでますから、うちの店には来ません。夜の客が限られてる以上、昼の営業に力を入れるべきだと思いました。ただ店を遊ばせておくのは、もったいないと思いました」

「ヴァイキングやれって言ったんだな？」

営業本部長の言い方は、明らかに貫一を試している。

「はい」と答えると、「仕込みはどうすんだ？　ヴァイキングで、余った料理は？」と、重ねて畳みかけた。

「料金は、五百円でと考えています」

貫一が答えると、本部長は「五百円？」とオウム返しに尋ねた。

「はい、安ければ期待値も低くなります」

「なにを出すんだ？」

「唐揚げですね。あと、握り飯と味噌汁と、冷めてもいい煮物ですね。余ったら夜に出します。後、店の従業員の賄いに回します。ともかく、腹を一杯にさせればいいんです。若い体育会の学生なんかいませんから、一人で握り飯を四個も五個も食わないと思います。味噌汁の出汁の取り方だけ変えて、グレードアップさせます。五百円で味噌汁がうまいと、高級感が出ます。汁物を何杯もお代わりする人間はいませんし」

「和食で攻めるのか？」

「はい。夜の時間に漬け物が結構出ます。昼で軽くと言っても、米の飯の需要はあるはずです」

「昼で女相手で、それでいいのか？」

「今の若い主婦は、イタリアンだ、チーズだと言って、和食から遠ざかっています。自分で炊かなくても、五百円出せば握り飯がいくつでも食えます。仕入れの安いひじきの煮物は『ヘルシー』で通ります」

それまで一人で考えていたことをオープンにすることが出来てやや興奮気味の貫一に、営業本部長は「お前、店長になれよ」と言った。

「入間店のですか？」

「そうだよ」

「岩倉さんがいるじゃないですか」

「あいつはだめだよ」

「じゃ、どうするんですか？」

「首か、降格か、どっかへ飛ばすかだな」

貫一はしばらく考えて、「それはだめですよ」と言った。

「なぜだ？」と言った本部長は、明らかに喉の向こうで「お前、いい度胸だな」と言いかけていた。「いい度胸」かどうかは知らないが、確信をもって自分の行く道を開いた貫一に、ためらいはなかった。

「岩倉さんをそのままにしといて下さい。岩倉さんが、僕の言うことを聞いてくれればいいんです。岩倉さんを下ろして、へんな恨みを買いたくありません。小さな組織で妨害が入ることの方が危険です。僕は、岩倉さんの下で働きます。そうして下さい」と言う貫一に、本部長は「お前は変わってるな」と言った。

貫一はただ「そうですか」と言った。

貫一が店長になることを辞退したのは、新しい営業方針を立てて失敗した時の責任を他人に転嫁しようと思ってのことではなかった。貫一は、人に妬まれることがこわかったのだ。

どこかから他人に自分の内部を見つめられている——そう思うだけで不安だった。

貫一の心の中には大きな疵がある。それを見まいとして、貫一の心の疵は暗い大きな空洞になっていた。

なぜ貫一は自分の心の中を見つめないのか？　それをすれば「美也の裏切り」を認めなければならない。美也の母親が「私はいやよ」と言って貫一を拒絶していても、美也がいればどうということはない。しかし、彼女はいない。十代の多感な時期、貫一のそばには美也がいた。貫一の眠るベッドにそっと入り込んだ美也が、「いさせて」と囁いた時の声が、体の温もりが、美也の髪の匂いが、まだ生々しく記憶に残っている。「忘れられない」のではない。どうしようもなく、消えずに残っている。

「その先のこと」は消えて、高校に入った年の春の夜の記憶だけが生々しく残っている。その記憶が消えれば、貫一の中心にあったものはすべて消えてしまう。

「その先のこと」はなぜ消えたのか？　美也が裏切ったからだ。しかしそれを認めれば、その初めての夜の記憶も無になってしまう。胸の中に貼り付いて、焼き付けられたようになっている記憶を消すことは出来ない。「美也をまだ愛しているのか？」と問われても、答は出て来ない。その「初めての記憶」だけを残して、美也は出て行った。美也を欠いて、貫一の疵は大きな空洞となって残った——そのことだけは自覚している。

　だからこそ貫一は、自分の心の中を覗かれたくない。「なんだお前、そんな失恋の疵をいつまで抱えてんだ?」と人に言われたくない。迂闊に「美也に捨てられたのか」などと言われたくない。

　美也のことを悪くは言いたくない、そう思いたくない——という形で、貫一は美也を愛していた。そのことを、覗き込まれたくない。平気で近づいてずかずかと入り込むような敵を、貫一は作りたくなかった。

「お前、ほんとにいいのかよ?」と、営業本部長は言った。「はい」と貫一は変わらぬ表情で答えた。

「いいんだな?」と本部長は念を押し、貫一もまた「はい」と繰り返した。しばらく考えた本部長は、卓上の固定電話の受話器を取り上げると「入間の店長を出せ」と命じた。

「おゥ、お前か? 昨日はご苦労だったな。それでなんだ、あれよ、昨日の話だ。なんだ? バカ野郎、昼の営業の話だよ。あいつ、なんだ——」

　振り向いた本部長に「間です」と言うと、続けて「間がな」と言った。

「あいつの言うこともっともだからな、お前、あいつに従え。本来ならな、お前、降格だぞ。間がな『店長の下がいいです』って言うから、そのままにしてやるんだ。お前の助手で副店長にするからな、おとなしく言うこと聞いとけ。あ? なんだ? いるよ。ちょっと待て」

本部長はそう言って、受話器を貫一へ回した。

「間です」

電話の向こうから、岩倉のなにかを疑うような声がした。

「お前、なにか言ったのか？」

「なにも言ってません。『店長になれ』って言われましたけど、『それだけは勘弁して下さい』と言いました」

岩倉は、なにかを考えているらしく、無言になった。貫一は「いいですか？」と尋ねて、本部長に受話器を渡した。

「そういうこったよ。いいか、間の言うことを聞いて、店を動かせ！　じゃなきゃお前、首だぞ。なに？」

本部長はもう一度貫一に受話器を渡した。

「間です」と答えると、受話器の向こうの岩倉は、店長風を吹かせて、「早く帰って来いよ、すぐに夜の営業は始まるんだからな！」と言った。

部屋の時計は四時に近づいていた。一時間で入間へ戻れるかどうかは分からないが、貫一は平気で「はい」と言った。逆らわなければどうとでもなる。「失礼します」と部屋を出ようとした貫一に、営業本部長は「待て」と言って自分の名刺を差し出した。

差し出された名刺には「鰐淵興産　狐の酒場　営業本部長　黒柳繁樹」と印刷されてい

た。名前を知ることによって、その人の輪郭が明らかになることがある。

貫一も背は高い方で身長は一八〇センチ近くあるが、黒柳はそれよりも少し大きい。年齢は不明だが、四十歳前後だろう。若い頃に格闘技でもやっていたのか、肩幅が広く胸板も厚いから、目の前に立たれると威圧的な感じがする。

派手な織りのグレーのスーツで、上着の前を開け、ネクタイとシャツと少し大きくなった腹と金色のベルトのバックルを見せている。シャツは白地に黒のペンシルストライプで、襟はボタンダウン、そのボタンホールは黒い糸で縁をかがってある。そこに下がっているネクタイは正倉院の御物（ぎょぶつ）にあるような、赤地に金色のラクダ模様を織り出したもので、貫一は子供の時に父親が言った言葉を思い出した。

父親は、「ボタンダウンのシャツはスポーティなものだから、ちゃんとしたスーツには合わないな」と言っていた。それから、「もっとも、アメリカ人はあまり気にしないみたいだけどな」と。本部長の黒柳はどう見てもアメリカ人ではない。「そういうことを知らない人だな」と、貫一は思った。

自分の内部を覗き込まれたくない貫一は、警戒心を強くして、出会う人の見た目から中身を判断しようとする癖が強くなっていた。貫一からすれば目の前の本部長は、威圧的な押しの強さで相手を圧倒しようとするだけの、あまり頭のよくない人だった。

その本部長が、「今度飲もうぜ」と言って、貫一の肩を軽く叩いた。

　貫一は素直に「はい」と言った。事の判断基準は「損か、得か」で、「損にはならない」と思ったら「はい」と受け入れる。「自分の考えすぎを直さなければ」と思った時、判断基準としての打算がすぐに浮かび上がった。営業本部長の誘いに「はい」と言って、いやな思いをすることはあるだろうが、損をすることはない。貫一は、自分の前で人生の扉が開いたことを知った。

　入間に戻ると、店長の岩倉が「なにやってたんだ」と怒った。貫一は悪びれもせず、「本部長に引き止められました」と言った。

　貫一は本部長の許可を取って、本社から送られて来る出汁のパックを、少し割高にはなるが、ネットで調べた安い鰹（かつお）の削り節に変えた。店長の岩倉は「いいのかよ？」と言ったが、本部長の名を出して「黒柳さんの了解は取ってあります」と言うと、鼻白んだような顔は見せたが、「仕入れ値は大丈夫なのかよ」と反撃を見せた。

「少しは上がります。でも、魚粉のない鰹節だけの方が、香りは立ちます。煮物の方は今迄（まで）通り本社の出汁でいいですが、出汁巻き卵には鰹の出汁を使って下さい。その方が上品です。使い回せば、仕入れの値上がり分は吸収出来ます。キッチンには『本社からの指示だ』と、店長から言って下さい。僕からは言えません。他の料理のグレイドが低くても、味噌汁の味がよければ、客は文句を言わないはずです。だって、五百円ですからね」

　冷静にまくし立てる貫一の話を聞きながら、店長の岩倉は「口でこいつには勝てない」

と思った。

そして「ランチバイキング　５００円」の看板が店の下の道路に出され、駅の掲示板にも手描きのポスターが貼り出された。新しく半信半疑の客が顔を覗かせもしたが、初めの三日ほどはまだ店がガランとして、貫一はパートの主婦に料理台の写真を撮らせ、「ランチバイキング５００円てすごくない」とツイートさせた。

「大丈夫なのかよ？　失敗して責任取らされるのは俺だぞ」と店長は言ったが、貫一は「大丈夫ですよ」と突っぱねた。種を蒔いたばかりで、すぐに芽が出るわけはない。

一人でやって来た老人が「酒はないのか」と言ったが、「ありません」と断った。空いた店内に長居をされ、五百円であれこれ食い散らされても困る。混んでいれば、人は慌ただしく食事を摂って、客の回転は早くなる。なんとしてでも貫一は客の数がほしかった。

「初めの三日間はＰＲ期間」と割り切って我慢を続ける内、客足は徐々に増えて来た。一週間が過ぎたら、「また来たわよ」と言うリピーターも現れた。貫一の知らぬことだが、主婦の間には「あそこの店長イケメンよ」という噂が流れていた。もちろん貫一は、店長なんかではないけれど。

ランチヴァイキングはまァまァ以上の成功を見た。昼の売り上げが「爆発的に伸びた」というわけではないが、店の認知度が上がって、夜の客も増えた。女子会をする女達も増えて来た。

貫一がランチタイムの仕切りを任されて一ヵ月後、本部長の黒柳が店に電話を掛けて来た。昼の営業が終わりに近づいた頃で、電話口に貫一が出ると、黒柳は「おゥ」と言って「今晩どうだ？」と続けた。川口の本社で「今度飲もうぜ」と言われたことの続きだった。

貫一は「今晩ですか？」と言った。受話器の向こうで黒柳は「おゥ」と言った。貫一は、「今晩はシフトが入ってんですよ」と答えた。黒柳は「そんなもん、あいつに任せとけよ。なんだ、あいつは？」と言って、貫一は「店長ですか？」と尋ね返した。

「ああ、そいつに店任せてよ、出て来いよ。社長が会いたいって言ってんだ」

黒柳の言葉に、貫一は「来た」と思った。具体的にどうこうという考えはなかったが、貫一は「本社とつながらなければ、社長となんらかの形でつながらなければ」と思っていた。

向こうが餌に食いついた。そして、「ここは焦らして、再(また)の機会を待つべきだ」と、彼の直感が教えた。

本部長から電話が掛かって来た貫一の様子を、店長の岩倉は窺っている。それに背を向けて貫一は、「無理ですね。今日は団体が入ってるんで」と言った。

受話器の向こうの黒柳は、「じゃ、いつならいいんだ？」とあっさり呑んだ。

「明日なら、シフトをはずれてますから大丈夫ですけど」言うと、黒柳は「明日は社長がだめだ」と言って、「また掛ける」と電話を切った。

貫一が店の受話器を戻すと、店長の岩倉がやって来て、「間、今日団体なんか入ってんのか?」と言った。

「入ってますよ。まだ確認は取れてないんで、仕込みはそんなに増やしてませんが」と言って、「ずいぶん平気で嘘がつけるな」と自分で思った。

「本部長はなんなんだ?」と言う岩倉に、「酒の誘いですよ」とあっさり答えた。

週が明けた月曜日に、黒柳からまた電話が入った。「今日の七時に本社へ来い」と言われた。受話器を手にしたまま貫一は、岩倉に「今日、本部長に本社へ来いって言われてるんですけど、いいですかね?」と言った。

先週の団体予約はキャンセルになったが、貫一のおかげで損失は出なかったと、岩倉は思っている。その貫一が本部長に酒を誘われている。「だめだ」とは言えない。不快さを感じながら店長は頷いて、貫一は「大丈夫です」と受話器に言った。

営業本部長の部屋へ姿を現した社長、鰐淵直道は若かった。一目見ただけで高級品と分かる仕立てのいいウールのスーツを着て、ドアから半身を覗かせ貫一の方に一瞥を喰らわせると、「行くぞ」と言って体を引っ込めた。本部長は「社長だ」と言って素早く立つと、「行くぞ」と貫一を促した。ドアの外には秘書らしい若い男が立って、その先で社長の鰐淵は立ったまま煙草に火を点けていた。

貫一が「どこに行くんですか?」と小声で尋ねると、本部長は小声で「付いて来ればいい」と言った。

廊下には鰐淵、黒柳、貫一そして秘書の男が続いて、貫一以外は全員きちんとしたスーツを着ている。入間からやって来た貫一は、普段に着慣れた作業着姿で、誰もなんとも言わなかったが、貫一は久しぶりに見すぼらしさを感じた。「自分が納得していればそれでよい」という問題ではない。なにも言わない周囲が「見すぼらしさ」を押し付けて来ることもある。

外に出ると、入口には黒塗りのBMWが待っていて、中にいた運転手が歩み出て鰐淵のためにドアを開けた。黒柳は振り返って、「お前は前に乗れ」と貫一に言うと、鰐淵に続いて後部座席に乗り込み、後に付いて来た秘書の男は運転手に行先を告げて、その場に立ったまま車を送り出した。

行先がどこなのか、貫一には分からない。車は夜の道路を滑るように進む。黒柳が小声でなにかを鰐淵に言う以外、車内は無音で、改めて自分の装に心細さを感じた貫一は、「どこへ行くのだろう?」と思った。

着いた先はどうやら大宮らしかった。金の縁飾りが目立つエレベーターに乗り込んだ鰐淵は、「川口じゃなんにもねェもんな」と、ドアの上を見上げて言った。

ビルの五階は鉄板焼きの店で、一人で最低二万円は下らなそうな店の内装は、貫一をわずかに萎縮させた。「お待ちしていました」の声に迎えられて、貫一達は奥の個室カウンターへ通され、貫一は鰐淵の左側に座らされた。

カウンターの向こうのシェフは、「今日は飛騨牛ですが、よろしゅうございますか」と言って、鰐淵が頷くと、「海鮮は鮑(あわび)になさいますか？　それとも伊勢海老で？」と更に尋ねた。「鮑でいいだろ」と、鰐淵は黒柳に言って、頷いた黒柳は部屋付きのボーイにビールのオーダーをした。

「どうぞ」と言われ、カウンターに伏せられていたグラスにビールが注がれ、無言のままの乾杯が行われて、ビールを飲み干した鰐淵は、いきなり貫一に向かって「俺の秘書にならないか？」と言った。

貫一とは反対側に座った黒柳は、貫一の顔を見ている。「今の奴はだめなんだ」と鰐淵は言った。もちろん貫一は、鰐淵興産の社長の名が鰐淵だとは理解している。理解して、遠くにある抽象的な存在だと思っていたのが、急に近くなった。

「お前、優秀なんだろ？」と鰐淵が言った。向こうで黒柳が頷いた。

「俺は、東大出の秘書がほしいんだ」と鰐淵が言って、カウンターの向こうのシェフがちらりと視線を上げた。貫一は「はァ」としか言わなかった。

いきなり「本丸行き」を勧められたようなものだが、そう簡単に「ＹＥＳ」とは言えない。社長の人物がいかなるものかが分からない。

スーツの袖口から腕時計が見え隠れする。ダイヤモンドがちりばめられているわけではないが、普通の時計ではない。高価な時計に決まっている。色白の中肉中背で、大柄な黒柳のように威圧的な特徴はない。年の頃は三十代の半ばくらいだが、「有能な若社長」という感じもしない。どこかに苛立ちを隠しているようで、「歌舞伎町のホスト」といった印象が拭えない。

「狐の酒場」を運営する鰐淵興産とその社長の鰐淵直道は、貫一が勝手に想像していたのとはかなりそのあり方が違っていた。

本社のある川口市は鋳物(いもの)産業の町として知られ、溶銑炉(ようせんろ)の煙を吐き出す大小の煙突が林立する「キューポラのある街」だった。

働き盛りの男達で活気づいていた川口駅からJRの路線で一駅先の西川口駅周辺は、女達がその男達へ性的サービスを行う風俗店が立ち並ぶ大歓楽街で、鰐淵興産はそこで何軒もの風俗店を経営する会社だった。それで、創業者である直道の父直行(なおゆき)は、自分の会社に業務実態とは似つかわしくない堅い名前を付けた。

「産業を興す手助けをしてるんだから、興産は間違ってないだろう」と直行は言っていたが、やがて、支えるべき川口の鋳物産業は衰退へと向かう。それでも、西川口の歓楽街は独自の繁栄を保っていたが、昭和が終わると大宮市を中心とした埼玉新都心計画が浮上し、地域のグレイドアップを図る浄化の動きが高まった。風俗店が密集する西川口は、過当競争から過剰な性的サービスが行われるようになって、風紀の紊乱(びんらん)が問題になっていた。警察の取り締まりが続き、それが客足にも響いて、西川口の風俗店街は壊滅状態になった。

直道の父直行も、経営する三店舗の内二店舗を営業停止に追い込まれ、転業を考えざるをえなくなった。事業の先行きに悩む直行は、ある夜、夢に稲荷明神のお告げを受けたという。夢の中で狐達が酒盛りをしていた――それを見て、自分の父が稲荷明神への信仰を篤くしていたことを思い出して、「稲荷明神のお告げ」と考えたのだという。人少なになった西川口の店舗ビルを売り払って、川口の駅前で大衆向けの居酒屋「狐の酒場」が始められたのには、そうした経緯がある。自分の会社にまさかそのような時代錯誤的な由来があるなどとは、貫一も考えつかなかった。

現在の社長の直道は、直行が五十を過ぎて出来た息子で、直道が二十五の時「狐の酒場」の経営を息子に委ねて死んだ。やがて直道は埼玉県内の事業拡大に熱中し、「ブラック企業」のレッテルを貼られる。

親子二代で行政の取り締まり対象となって、直道の考え方が変わった。

老いた父は、年若い息子を「無能で金遣いの荒い奴」と思いながら、その息子を十分に甘やかしていた。「無能」と思いながら、その息子に後事を託したのは、「息子は自分ほどに優秀ではないが、自分の血を引いている以上、並の人間より優秀である」という、父親特有の論理矛盾によるものだった。

その父親が死んで専務だった直道が社長に昇格した。先代社長と共に「狐の酒場」を運営して来た重役達は、外車を何台も買い換え、派手な女達に無駄金を注ぎ込んでいた若い専務を、有能だとは思わなかった。その以前の風俗店の客になるならともかく、堅気の飲食店チェーンの経営者に向くとは、到底思えない。重役達は、先代社長の遺志に従って直道を社長として迎えはしたが、経営の実権は手放さなかった。

しかし、直道はプライドが高かった。無意味に金遣いが荒かったのは、父親が自分を子供扱いすることへの当てつけでもあった。直道は、若い頃に「虚者（うつけもの）」を演じていた織田信長の信奉者で、年若い社長をあからさまに侮（あなど）っている三十も四十も年上の重役達をひそかに「時代遅れの老いぼれ」と断じていた。

時は、アメリカ発のリーマンショックで日本が景気の低迷を案じていた頃だが、ビジネス書を読んで「株価の値下がりを惧（おそ）れる必要はない。株価とは一時下がっても、やがてまた上がるものだから、株価の値下がりは買い時が来たと考えろ」という、世間常識とは逆の知識を仕入れた直道は、「景気低迷の今こそ事業拡大のチャンスだ」と信じて、店舗数の拡大に乗り出した。

指示を仰ぐべき社長を失って守りの態勢に入っていた重役達は、当然これに反対をする。新社長の直道は、父の死後最大の株主となっている母親を味方に付け、「これが失敗したら俺は社長を辞める。その代わり、俺が成功したらお前達が辞めろ！」と古い重役達を相手に啖呵（たんか）を切って、見事に成功を収めた。鰐淵興産が暴走を始め、店舗拡大を急いで「ブ

2022 8

中公文庫　新刊案内

あなたの本　新装版

誉田哲也

これは神の悪戯か、一冊の本が狂わす人間の運命――表題作をはじめ、万華鏡の如く広がる七つの小説世界。新たに五つの掌篇を収録した著者の異色作品集。

●726円

最果ての決闘者

逢坂　剛

記憶を失い、アメリカ西部へと渡った土方歳三を狙う女保安官と元・新選組隊士。大切な者を守り抜き、記憶を取り戻せ！

〈解説〉西上心太

●1056円

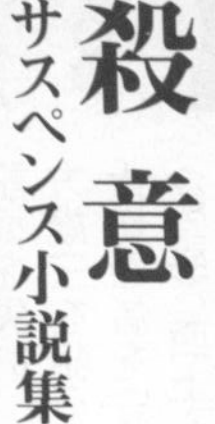

殺意

サスペンス小説集

井上靖

愛憎、秘密、悲哀……。戦中戦後の混乱期を背景とした昭和サスペンスの至宝。表題作ほか、「傍観者」「雷雨」「ある偽作家の生涯」など全九篇。〈解説〉米澤穂信

●946円

チキンライスと旅の空

池波正太郎

自分が生まれた日の父の言葉、初めての人と出会う旅の醍醐味、薄れゆく季節感への憂い……国民作家が語る食、旅、暮し。座談会「わたくしの味自慢」収録。

●968円

台湾鉄路千公里

完全版

宮脇俊三

一九八〇年、戒厳令下の台湾全線乗りつぶしの旅のエッセイに、増設鉄路をカバーし、全島一周を達成したその後の紀行を増補した完全版。〈解説〉関川夏央

●1100円

ほろしの軍師
新田次郎歴史短篇選

新田次郎 細谷正充 編

山本勘助実在の謎にせまる表題作ほか、歴史短篇八篇に、単行本未収録のショートショート「とんぼ突き」を付した傑作集。著者の多面性を堪能できる一冊。

●990円

神馬（じんめ）／湖
竹西寛子精選作品集

竹西寛子

表題作のほか、「兵隊宿」（川端賞）「鶴」など自選短篇小説十三篇に、高校の国語教科書で親しまれた随想八篇を併せた決定版作品集。〈解説〉堀江敏幸

●1100円

給仕の室（へや）
日本近代プレBL短篇選

中央公論新社 編

文庫
オリジナル

それは、彼らの関係がまだ「BL」と呼ばれる以前の話――一九〇二～四九年発表の短篇を精選。現代のBL文化の源流を辿る作品集。〈解説〉佐伯順子

●946円

戦争か平和か
国務長官回想録

ジョン・ダレス 大場正史 訳

対日講和に奔走しアイゼンハワー大統領下で冷戦外交を主導、世界の混乱を顧み、ソ連・中国の脅威、安保理の機能不全のなか平和への策を提言。〈解説〉土田 宏

●1320円

ラック企業」と言われる道を辿るのは、この時からだった。

直道の父の事業方針は「堅実」だった。年が行って風俗店を畳まざるをえなかったせいもあるのだろうが、彼が死んだ時「狐の酒場」の店舗数は四つしかなかった。川口、蕨、浦和と京浜東北線に沿って北上し、その後に荒川を越えて川口の対岸の赤羽に四店舗目を開いた。貫一は、「ブラック企業」のレッテルを貼られた「狐の酒場」が東京進出を目指しているのだろうと考えたが、直道にその考えはなかった。

直道が自社のライバルと目していたのは、うどんをメインの看板にして埼玉県内に広く店舗を展開しているファミリーレストランだった。「狐の酒場」の知名度は、それに比べて遥かに劣る。鰐淵直道はそれを超えて、県内第一の飲食業界の覇者になりたかった。そのために店舗数の拡大を急ぎ、恣意的なノルマ達成を各店舗に強制して、「ブラック企業」の名を高からしめた。

「バカにされてたまるものか！」という彼の思いは、彼を専制的な暴君に変えた。

しかし、労働基準監督署の臨検は、彼の天狗の鼻をへし折った。直道は、自分になにが欠けているかを考えたが、反省などはしなかった。彼の行手を遮る先代以来の重役達はいなくなっていたが、その代わりにいたのは暴君社長の顔色を窺うイエスマンばかりだった。挫折した直道は、「有能な部下がほしい」と切に思った。

心に疵を負ったがゆえに事業へ邁進せざるをえないという点で、直道は貫一と似ていた。

営業本部長の黒柳に「入間の店におもしろい東大出がいますよ」と言われ、本社の営業本部長に呼び出されても恐れる色を見せず、自分の提案を平気で口に上せたという話を聞かされた時、自分に通じるような「なにか」を感じて、「会ってみたい」と思った。

しかし、孤独な暴君である直道には妻がいて、自分の片腕となるような有能な男を求めることもしたが、入間店の貫一は、人を求めることも求められることも、頑なに拒んでいた。

官能的な匂いを漂わせて帆立貝が焼かれる向こうには、夜景を望むガラス窓があった。貫一は、そこに映る自分を見ていた。

「大宮」と思しいこの辺りの夜景は、東京に比べてそれほど煌々しくはない。暗い夜空の向こうに、淡いグレーの作業着を着た自分がいた。貫一は視線を落とし、「中退ですよ」と「東大出の秘書がほしい」と言った直道に答えた。

「なんで中退なんだ?」と直道が尋ねて、「親が死んだんですよ」と黒柳が答えた。直道は「そうか」と言うだけだった。「どうして親が死ぬと大学を中退しなければならないのか、それが気にならないのか?」と貫一は思ったが、面倒なことはどうでもいいらしい直道は、「どうだ、俺の秘書にならないか?」と、同じ言葉を繰り返した。

貫一はためらった。今の自分は、高級な鉄板焼きレストランへ社長に連れて来られた、見すぼらしい労働者だ。もしも社長の誘いに「はい」と答えれば、「あの時、社長に拾われた」「拾ってやった」という貸借関係のようなものが生まれるだろう。貫一には「この社長に仕えたい」という気などない。しかし、本部への道は開かれた。貫一は、社長の直道がどう思うかを考えながら、自分を高く売り込む方向に賭けた。

「お言葉はありがたいんですが、僕はもう少し、現場の勉強をしたいんです」

それに「ほォ」と答えて、直道は「現場のなにを勉強したいんだ？」と、貫一に尋ねた。

貫一は、思い切って足を一歩踏み出した。一息吐くと貫一は、「仕入れとか、セントラルキッチンの方の仕込みの具合も知っておきたいです」と言った。

直道は、驚きにも似た笑いを口の端に浮かべて、「お前、いくつだ？」と尋ねた。

「二十三です」と貫一が答えると、直道は「二十三だとよ」と言って、「お前いくつだ？」と黒柳に尋ねた。

黒柳は「今年四十二です」と答え、「本厄か」と言った直道は、煙草の煙をふっと吐いた。

その後に貫一は希望通りセントラルキッチンの管理部に配属され、仕入れ課の係長となり、仕入れ値を見直して売り上げ効率を高め、大宮店の店長を経験した後、四年後には社長直属の秘書課長となっていた。

赤樫満枝

貫一は優秀だった。優秀と言うよりも、辣腕と言った方がふさわしいのかもしれない。まず配属されたセントラルキッチンでは、食材の使われ方に目を光らせた。無駄に廃棄される物はないのか。あるいは、より安い食材と交換させることは出来ないのか。廃棄される食材の部分を新しいメニューに活かすことは出来ないのか。キッチンの現場を見ながら、メニューを考案する開発部の料理人と掛け合った。

　そういうことをして現場の人間達に嫌われないかとは、考えなかった。「自分の後ろには社長がいる。社長の望むことをやっているのだから、問題など起こりようがない」と、考えていた。セントラルキッチンから本社の開発部へ行き、まだ配属されていない仕入れ課へも行って、仕入れ価格のチェックまでした。いつしか貫一は「ウチの秘密警察」と囁かれるようにもなった。「イケメンよね」と女達に囁かれた甘い美貌は、人を寄せつけない険のある顔へと変わり、「東大出なんだって」という賛嘆の声は、「道理で性格悪いもんね」という悪評へと変わった。

しかし貫一は気にしない。「愚かな人間は現実を理解しない」として、周囲の視線を撥ねつけた。企業経営に一番必要な「社員からの信頼を得る」ということは、真っ先に放擲(ほうてき)した。重要なことは、「力のある上の引きを得る」ということだった。そして、その「上」が無能で役立たずであることが透けて見え始めたら、その時が見切り時だと判断した。

その第一の対象が、社長に自分を引き合わせた営業本部長の黒柳で、社長と直(ちょく)に話を交わす懐刀(ふところがたな)のような存在になってしまえば、黒柳はもう上司ではない。同僚でもない。ただおとなしく動いている会社の歯車の一つだった。

貫一は、真っ直ぐに上へと昇りつめて行く。「使えるか、使えないか」という基準だけで人を判断して行く貫一には、「人を信用する」という心が生まれない。冷徹に人を切り捨てて、そのことを「合理的か否か」でしか判断しない彼は、冷たく見下された人間達の中に「憎悪」というものが生まれてしまうことを、理解しない。

仕入れ課の係長になった貫一は、価格の変動があってしかるべき野菜の仕入れ値が常に一定であることに不自然さを感じ、仕入れ課長が納入業者と共謀して仕入れ価格を一定に止め置き、値下がり時に、その差額分を自分の懐に入れていたことを知った。そのことを徹底的に調べ上げたわけではなく、「その疑惑がある」と社長に進言して、仕入れ課長の首を飛ばした。

貫一は、このことを追い落としとは思わなかった。なぜならば、「自分には仕入れ課長になりたいという野心などはない」と思っていたから。貫一はただ不明朗なことが嫌いで、それをする人間の薄汚さが許せなかった。

「自分は間違ったことをしていない」と思う貫一は、頭の悪い人間達の中に「妬み」という感情が生まれることを理解しなかった。「人は自分のなすべきことをすればいい。なすべきことをしない、出来ない人間に、不満を言う資格などあるのだろうか」と貫一は思うが、人間というものはそう単純なものではない。

貫一の功績は、そのまま彼の野心を証明するものにもなる。他人の不正を暴く人間であるならば、その不正をうまく実践することも出来るだろう。「社長にうまく取り入った間だが、あいつがなにを考えているかは分からない」と、いつの間にか置き去りにされた営業本部長の黒柳は考えた。

貫一は、社長の所有する大宮のタワーマンションを住まいとして自由に使っている。三十を過ぎたばかりの社長夫人は、夫からそんな厚遇を受ける貫一を快く思わず、「あの人はなんなの？」と言っている。貫一が業者と組んで私腹を肥している可能性も考えられるが、それよりも黒柳は、「あいつは会社を乗っ取ろうとしているのじゃないか？」と考えた。

どうすればそんなことが可能になるのかは不明だが、大雑把な黒柳はそう考えた。

もちろん貫一には、「鰐淵興産を乗っ取りたい」という野望などはなかった。その逆で、貫一は鰐淵興産を発展させることだけを考えていた。

前身が風俗店だったからだろうか、鰐淵興産の人間達の頭は「夜の世界」から離れられない。二代目社長が店舗数の拡大で成功したことだけを思って、周囲のイエスマン達はひたすらに「店舗数の拡大」だけを言う。さもなければ、キャバクラやガールズバーへの展開を言う。しかし、埼玉県に「夜の世界」は似合わない。入間へ赴いた貫一が「ここは昼の町だ」と喝破（かっぱ）したように、埼玉県は全体が、圧倒的に「昼の町」なのだ。

かつては、東京のベッドタウンとして宅地が開かれ、東京で働く人間達がそこに移り住んだ。その結果、東京よりも広大な埼玉県は「第二の東京」となった。「高層ビルが立ち並ぶ都会」である以前、そこは、都会人のメンタリティを持った人間達が住む、都会的であるがゆえにさして特徴のない、平明な生活圏となったのだ。

埼玉県は、突出したものがないファミリーのための健全な地域なのだ。だから、西川口にあった歓楽街は消滅した。だから、うどんを中心に据えたファミリーレストランが店舗数を拡大して行く。県の中心部である大宮辺りには「高級クラブ」と言われるものが何軒か存在するが、そうした店が全県的な需要と結び付くかどうかは分からない——というよりも、結び付かない。それで貫一は、「鰐淵興産は、居酒屋チェーンを運営する会社から、複合的な飲食店経営へと脱皮するべきだ」と考えた。それこそが事業を拡大させる道だと。

そのことを、会議の席ではなく、デスクに座る社長室の社長に言うと、鰐淵直道は「複合的ってどういうんだよ？ 総合的ってことか？」と言った。

「そうですけど、たとえば、ウチは居酒屋チェーンですよね。メニューにはこれと言った売り物がない。分かってます、分かってますけど、僕が言いたいのは、居酒屋はメニューの品数を多くしなきゃいけないってことです。つまり、その分だけロスが出るってことです。そうですよね？」

「たとえば、たとえばの話ですよ」と、貫一は話を続ける。

「たとえば、ウチがカレー屋を出すとすると、メニューはカレーの単品でいいわけです。狐の酒場だと、枝豆だ、奴の豆腐だ、餃子だ唐揚げだ、ほっけの干物だと、用意する品数は多くなりますが、カレーならそれだけです。セントラルキッチンでルーを作れば、それだけでいいんです」

「ウチで、カレー出すのか？」と、直道が尋ねた。

「そうじゃないです。『〆のカレー』という形で出すのもいいですけど、出すのは狐の酒場じゃなくて、別にカレーの専門店を作るんです。店じゃなくて、スタンドでいいんです。たとえば『狐のカレー』とか、そういう単品メニューの専門店をいくつか作るんです。埼玉には、まだそういう展開をしているチェーンはありませんよ」

「カレー屋を出すのか？」

「たとえば、です。社長は、『わらじカツ丼』をご存じですか？」

「なんだ、それは？　ああ、あれか？　秩父の方にあるやつか？」

「食べたことはおありですか？」

「いや、ない。お前、秩父まで食いに行ったのか？」

「行きました。うまかったです——と言うよりも、食べやすかったです。肉を叩いて薄く伸ばすんです。あっちは仔牛ですが、ウィンナ・シュニッツェルと同じです」

言われて直道の目が瞬間宙をさまよったが、貫一は「ウィーン風のカツレツはご存じですよね？」などとは言わなかった。

「そういうのが、丼の上に二枚載ってます。味付けは、少し甘めのソースです。薄いから、食べやすいです。しかも、ちゃんと肉を食ってる気がして、でももたれません。大きなカツが二枚ですから、満足感があって、でももたれないからまた食べたくなるんです」

「それをウチで出すのか？　誰が肉を叩くんだ？　一枚、一枚よ？」

「違うんです。僕はそれを、メンチでやりたいんです。メンチカツなら伸ばすのが簡単です。大きく伸ばして、『わらじメンチ』でやりたいんです」

貫一は目を輝かせていた。まさかそれを、社長に否定されるとは思っていなかった。

「それを、ウチで出すのか？」

「違います。あ、出してもいいですけど、僕は『わらじメンチ』の専門店を作りたいんです。まだ埼玉にはそういう店がありません。埼玉発の新名物ですから、すぐに話題になってテレビ埼玉が取材に来ます」

それを言う貫一は、教員室のデスクの前で、背筋を伸ばして見事な受け答えをする、中学や高校の優等生のようだった。

「それを誰がやるんだ?」と、直道は言った。まさかそのような言葉が返って来ると思わなかった貫一は、「はい?」と奇妙な声を出した。

「お前、そういうことをやりたいと思って、わざわざ秩父にまで行ったのか?」

初めからそのつもりで秩父へ行ったのではない。行って、「わらじカツ丼」を食べて、「わらじメンチ」という展開を考えた。しかし、煎じ詰めれば「そういうことをやりたいと思って秩父へ行った」というのは間違っていない。貫一は、「はい」と言った。

それに対して直道の口から出た言葉を聞いて、貫一は耳を疑った。直道は、「お前、何様」と言ったのだ。

「それはな、ここの経営者が考えること。ここの経営者は誰?」

「社長です」

「そうだよな。お前じゃないよな。だったらなんだってお前は、会社のやり方にあれこれ口出しをするの? お前はなに? 俺の秘書だよな? 秘書はな、社長の子分だよな? それがなんで、余分なことを言うの? お前は、明智光秀なの?」

貫一は、自分に嫉妬して自分の前に立ちはだかる人物が、まさか社長の直道だとは思わなかった。

その少し前から、直道は貫一に対して不思議な感情を抱き始めていた。自分の片腕であるはずの貫一が、ともすると上に立って指図をしているような気がした。そこを営業本部長の黒柳が衝いた――「あいつ、最近えらそうに勘違いしてませんか？」と。

その言葉が直道の胸を直撃した――「俺が信長で、あいつは光秀なのか？」と。

時として人の直感は、予期せぬ真実を教える。直道の言葉に貫一は「嫉妬？」という言葉を思い浮かべたが、「まさか――」と思って、その正答を手放した。なぜ社長が、秘書の自分に嫉妬などする必要があるのだろう。しかし人間は、必要があって嫉妬をするのではない。嫉妬を感じたら嫉妬をするのだ。

社長の直道は、「会社の中で一番えらいのは自分だ」と思っている。その考えは揺るがない。揺らぐはずがない。

直道は高校しか出ていない。「大学に行きたい」とは思わなかったし、父の直行も「行け」とは言わなかったが、その自分は「東大出の男」を秘書にしている。そのことが自分の「強さ」を証明する。貫一は自分の部下で、自分の「持ち物」だ。それ以上のものではない。そう思っている直道は、貫一が自分以上に優秀な才能の持ち主であることを眼前に知って嫉妬をした。直道にとって、会社の発展は二の次なのだ。

貫一は、自分がなにを言われているのかが分からない。自分のどこに問題があるのかも分からない。秩父の「わらじカツ」に着目したのは、間違っていないと思う。県内に新しくチェーン展開をするのに、県内グルメを使うのは悪くないと思う。私心も野心もなく、ただ会社の発展と飲食業者としてのレベルアップだけを考えている。その自分が、どうして社長の不興を買うのかは分からない。

「社長の不興を買ったらしい」とは思う貫一は、その理由が分からない。人が胸に思う心を理解する能力を失っていた貫一には、社長の自尊心を傷つけてしまったことが気づけない。

「社長はなにが言いたいのだろう？」と思う貫一の前で、直道は「やりたいんだろ？」と言った。

「やれよ。俺は金出さないけどな。でもよ、やれば評判になって、テレビの取材も来るんだろ？　だったらお前、やればいいじゃないか。ウチ辞めてよ」

そう言って、デスクの向こうの直道は内ポケットから煙草を取り出し、その一本を指に構えた。火を点けず、構えたままただ待っている。やっと貫一は屈辱を感じた。

かつて貫一は、直道からダンヒルのライターをもらったことがある。

直道は煙草を吸う。彼が煙草を咥えれば、そばにいる者が火を点ける。そばにいる者は秘書で、煙草を吸わない貫一は初めそのことが分からなかった。分かっても、差し出すべきライターを持っていなかった。喫煙人口が減って、喫煙具を扱う店も減った。貫一は、煙草を吸う人間にとってライターというものが持ち主のステイタスを表すものだということを知らず、町のコンビニエンスストアに入ったついでに、使い捨てのライターを買った。

　直道が煙草を手にして構えた時、貫一はそのライターを差し出して火を点けようとした。黄緑色のプラスチックライターを一瞥した直道は、「ちんけな物（もん）出すなよ」と言って、ポケットから黒いエナメル塗り仕様のライターを出して、貫一に渡した。

「やるから持ってろ」と言ったのは直道流の愛情表現だったが、貫一は、自分が飼い主から餌の骨を投げ与えられた犬になったような感じを受けた。

　その直道は今、煙草を手にして貫一の出方を待っている。おとなしく飼い犬になってライターの火を差し出すか、それとも差し出さないのか。

　貫一は、ズボンのポケットに手を入れた。指先で中のライターの冷たい感触を確かめ、外に出した。手にしたライターに視線を落とし、手の中でライターの蓋（ふた）を開けた。そのましばらく考えるようにして結局蓋を閉じ、直道のデスクに黙って立てた。

　黙ってデスクにライターを置き、一歩下がって立っている貫一に目を向けたまま、直道は手を伸ばしてライターを取った。カチッと小さな音を立てて自分の煙草に火を点けた直道は、その煙草を灰皿に置いて、「辞めるのか?」と言った。

「ご機嫌を損ねたようなので」と貫一が言うと、「そうか」と答えた。

「俺は、お前が好きだったけどな」と言って、直道は貫一の顔をじっと見た。貫一は視線を落とすこともなく、直道の目を直視したまま「すみません」と言って、その時にやっと、「社長は僕に、嫉妬をしていたのか」と気がついた。

直道は、デスクの上の電話器を取って、「姉さん呼んで」と言った。以前に貫一が会った女の人事課長は、直道の姉だった。取締役を兼任する彼女は、「課長でいいわよ」と言って人事課長をやっている。

「あ、姉さん。間が会社辞めるって。え？　首じゃない。辞めるの。今日付けか、明日でもいいけど、退職金の計算して。後でそこ行かすから。はい」

受話器を置いた直道は、貫一に向き直って、「お前、やるんだろ？　わらじナントカ」と言った。まさか、いきなりそんな展開になるとは思わなかった。「自分の提案を社長に受け入れられ、新会社設立のリーダーを命じられる」と思っていた。しかしそうはならない。今貫一は、高いビルの屋上の端に一人で立たされている。貫一は、デスクが置かれたカーペットの端を見ながら、「はい」と言った。進んで言ったのではなく、なにかに言わされているように思いながら。

直道は言った——「やるのは勝手だがな、荒川のこっち側ではやらんでくれ。やったら、『やりやがったな』と思って、全力で潰しにかかるからな」

貫一は、それを言う直道の顔に、今まで見たことがないような人の「表情」を見た。それは、愛する人の裏切りに出会った者の見せる表情だった。

愛でもない、憎悪でもない。二つの相反する感情が絡み合って、哀しい均衡を作り出している。貫一は、他人の上にその表情を見たことはなかったが、熱海の梅園の外の坂道で去って行こうとする美也に見せたのは、その表情だった。

貫一の中には、直道と似た血が流れている。「やるんだろ?」と直道に言われて力なく「はい」と答えた貫一は、「全力で潰しにかかる」と言った直道に対して、「かまいませんよ」と、好戦的な面付きを見せて言った。

貫一は啖呵を切るように、「東京でやります」と言った。直道は、唇の端に不思議な笑みを見せると、「名刺ホルダーを取ってくれ」と言った。「お前は、まだ秘書だしな」と付け加えて。

部屋を出た貫一は秘書室へ入り、おそらくはまだ自分のものであるデスクの抽出しを開け、何部もある名刺ホルダーを取り出して、それを抱え社長室へ戻った。

貫一の姿を見た直道は言った。

「そんなにいらねェよ。一番上の『あ』のあるやつだけでいい」

貫一は黒ビニール装の厚い表紙の名刺ホルダーの一冊を確かめて、直道のデスクに置いた。そのまま残りは抱えて立っていた。「これだ」

直道は名刺ホルダーをめくり、中の一枚を取り出して、貫一の方に投げて寄越した。それは小さな女持ちの名刺だった。

「お前、東京で店出すんだったら金がいるだろう？　四年じゃここの退職金もろくに出ねエしな。そいつに連絡しろよ。俺が話しといてやるからよ、そいつに金借りろ。哀れな女高利貸しだ。女一人で金だけ持っててもいいことないからな、話しゃ出すよ。イケメン好きだしな」

言われて机の上に投げ出された名刺を見ると、肩書きもなにもない「赤樫満枝」と印刷された名前だけあった。

貫一は名刺ホルダーを抱えたまま、首を曲げてデスクの上の名刺を見た。直道は顎で名刺を示して「持ってけよ」と言うと、貫一の差し出した名刺ホルダーをそのそばに置いた。貫一は、直道が戻した名刺ホルダーだけを受け取ると、置かれたままの名刺に目をやって「これはなんですか？」と尋ねた。

「金だよ。いるんじゃねェのか？　いくら低金利だってよ、担保のない若造が『金貸して下さい』って銀行行ってよ、事業計画なんか言ったってよ、金なんか貸してくんねェぞ。その女のとこ行けよ。お前、自分の計画に自信があんだろ？　だったらその女に言えよ。一応、闇金じゃなくて、確かな筋のところにしか貸さねェからよ。そいつんとこ行けって言ってんだからよ、俺は悪い奴じゃないだろ？」

そう言う直道の眼が潤んでいるように見えたのは錯覚かもしれないが、貫一は黙ってデスクの上の名刺を手に取った。一礼して部屋を出た貫一は、また新しい扉を開かなければならなかった。

女二人

タクシーを降り、西麻布の坂道に立って、貫一は不思議な懐しさを感じた。左手にはマンションや人の出入りがないビルが並び、右側は六本木通りとその上を通る高速道路。両側を遮られて日の当たらない道が続き、坂の先にだけ日の光が見える。長い間自動車の排気ガスを浴び続けたおかげだろうか、灰色のビルの壁はくすんで見える。東京をくすんだ日の当たらない所と思ったことはなかったが、久しぶりに懐しい東京に立ってみると、その日の当たらない部分が、昔の記憶を刺激する。

六本木通りを戻って麻布十番の方へ抜ければ、その先に父と暮らした芝のマンションがある。西麻布の交差点を南へ向かえば、鳴沢の家がある高輪へと続く。「思い出のある場所に近い」と思うだけで、さして接点のない西麻布の坂道でも、なにかを感じるのかもしれない。

高輪の家も、鳴沢隆三のレストランも、坂の上にあった。大学のある本郷からお茶の水へ出れば、そこはもう坂の町だ。改めて貫一は、四年暮らした埼玉が坂のない平坦な場所だったということに気づいた。傾斜のある坂道に面して建てられているからこそ、歩道から建物の入口までは数段の石段がある。その段で、建物の床面と道の傾斜の均衡が保たれている。その様式が東京では当たり前であるということをどこかで感じたのだろう。貫一は不思議な懐しさを感じて、ビルの入口の白い石段を上った。

大きく厚いガラスの自動扉の向こうに、少しくたびれた赤いカーペットの敷かれたロビーがあって、棕櫚の鉢植えの置かれた横の壁には、名があるのかもしれない日本人画家の描いた油彩の風景画の額が掛けられていて、他に人の気配はない。

居住用のマンションなのか、それとも古いタイプのオフィスビルなのか、ロビーの壁に掲げられた各フロアの案内板には、会社名と個人名が混在していて、ローマ字で書かれた「AKAGASHI　OFFICE」は四階にあった。

ロビーに人はいない。三基並んだエレベーターで四階に上がっても、人の気配はない。しんとした廊下を歩く内、貫一は父と暮らしたマンションの廊下を思い出した。

貫一が父親と暮らしていたのは、昭和のテイストが濃厚なマンションだった。父親は母親との結婚を機に、それまで住んでいた一人暮らしのマンションを引き払い、同じ芝の地に新居用のマンションを買って、貫一はそこに育った。

父親は、自分が生まれ育った芝の地から離れたくなかった。貫一の両親が結婚したのは後に「バブル経済の始まり」と言われる一九八五年だが、バブルの到来を待たなくても既に一帯の地価は高かったし、バブル期特有の贅沢な物件はまだ登場していなかった。「昭和のテイスト」とは、格別に特徴のあるデザインはないが仕上げだけは丁寧ということで、場所のステイタスに応じて購入価格は高かった。

廊下には窓ガラスが嵌まっている。窓の外には、建物と平行して走る高速道路が見下ろせる。芝のマンションの廊下からも、やはり高速環状線の道路が見えた。

目当てのドアの前に立ち、インターホンのボタンを押して「電話を差し上げた間ですが」と名乗ると、「お待ち下さい」と女の声が答えた。若い声だが、貫一は「これが赤樫満枝なのだろうか?」と思った。

やがてドアが開いて、顔を覗かせた女が「どうぞ」と言った。真っ赤な唇に目鼻立ちをあからさまに強調したどこにでもいそうな若い女で、「これが彼女ではないだろうな」と、貫一は思った。

ドアの向こうは濃い赤の唐草模様の絨緞(じゅうたん)が敷かれた部屋で、その先にはまた頑丈そうな木の扉が控えている。中に入った貫一の目の端に、緑色のカバーを付けた読書灯の明かりが見えた。ドアを開けた女は、そのデスクに控えていた秘書か助手なのだろう。グレーの膝上丈のスカートにスーツ姿の彼女が、「こちらです」と言って目の前の扉を開けた。

両開きのドアと思われたのは、両開きの引き戸で、静かに引き開けられた扉の向こうには、光があった。

突き当たりは、粗いアンティークレースのカーテンが掛かった窓で、そこから傾きかけた午後四時の光が入り込んでいる。前室の照明が抑え気味だったのは演出だったのか、逆光の中に女主人の姿があった。

部屋の光に慣れた貫一がまず思ったのは、部屋が妙に雑然としていることだった。貫一は、子供の頃父親に連れられて行った祖母の住むマンションの部屋を思い出した。

色はこの部屋ほどどぎつくなく、広さももう少しあったようには思うが、ごたごたしていたところは似ているように思う。

天板がガラス板の丈の低いテーブルと、それを囲んだ大きな花模様のソファセットがあった。テーブルの上には大きな花瓶と一杯の花。壁にはリトグラフの額、飾り棚には西洋風の凝ったティーカップのセット。なんだかよく分からない高価そうな物があちこちに置かれて、部屋に案内してくれた家政婦が「ちょっとすいません」と言いながら、椅子の上に脱ぎ捨てられたままの派手な衣類を片付けていた。奥の部屋から出て来た祖母は、何事もない顔で布張りの椅子に腰を下ろし、「いらっしゃい」と貫一父子を迎え入れた。祖母の様子を見た貫一は、ただ「こういう人なんだ」と思った。それ以外の感想はなかった。

「電話を差し上げた間です」と貫一が改めて名乗ると、逆光の中の女はデスクの向こうで「どうぞお掛けになって」と言った。

デスクの上にはステンドグラスの笠をかぶったアンティークティファニーの電気スタンド。「お掛けになって」と言われた椅子は、深緑の地に大輪の花を織り出したゴブラン織りの布地張り。その前に置かれた丈の低いテーブルは、大きな花鎖を掲げた天使が宙を飛ぶ大理石のモザイク模様。そこに大輪のダリアが生けられたロココ風の七宝塗りの花瓶が置かれ、貫一と向かい合う椅子の肘掛けの横では、金色の豹の置き物が顔を覗かせている。

貫一が椅子に座ったのを見定めて、やっと女主人が立ち上がった。十分に来客の様子を見定めていたのだろう。逆光の暗い影の中からスーツの真紅な色が浮き上がって来る。イタリア製なのだろう。デザインに不思議な誇張が隠されて、それがすんなりと収まっている。

貫一の目の前に腰を下ろした女は、「赤樫です」と言って腕を肘掛けの上に置き、横から顔を覗かせる豹の頭を撫でながら、「鰐淵さんに伺ったわ」と言った。

「優秀なんですってね？」と、赤樫満枝は言った。

「私、優秀な人好きよ。切れ者なんでしょう？」

「鰐淵さんとは、お知り合いなんですか？」

「まァ、そうね。でもあの人、人を紹介するなんてこと、しないのよ。うっかりへんな男を紹介して、私にバカにされるのを惧れてるのかしらね。あの人、見栄坊だから。その彼が私のところに送って来るんだから、相当優秀なのよね。ね？」

　貫一は、別れ際に彼女を紹介した鰐淵の言葉を思い出した。「哀れな女高利貸しだ。女一人で金だけ持っててもいいことないからな」と、鰐淵は言った。「哀れな女高利貸し」という言葉に、貫一は孤独な老女の姿を思い浮かべたが、見た目の満枝は、若くはあった。

　なにが「哀れ」かは知らないが、以前の上司は彼女を「哀れ」と言う。言われた女は、言った男を「見栄っ張り」と言う。どこかに痴話喧嘩の雰囲気が漂うようで、金と、それにまつわる男と女のあり方が、貫一には垣間見えたようだった。

「優秀なのよね。ね？」と言う女の肌は白く、いささか不自然に若い。テーブルに置かれた花瓶の花は、十六世紀の画家アルチンボルドが描いた花の絵だけを寄せ集めて人の顔にした騙(だま)し絵のようで煩わしい。

　女の問いに「どうでしょう」と他人事めかして答えると、女は貫一の表情を確かめるように目を細め、「謙虚なのね」と言った。「ずいぶんえらそうなのね」と言われても不思議はないのにと貫一が思っていると、「おいくつ？」と質問が飛んだ。

「二十六です」と答えると、「お若いのね」と言われた。「二十六」という年齢が若いのか、「二十六にしては若く見える」ということなのかは分からない。分かるのは、女の年が貫一の年齢を「若い」と思うような年齢だということだけだ。

「どうでしょうね」と貫一が言うと、先程の女秘書が金彩色のティーカップに甘い匂いを漂わせる紅茶を淹れて運んで来た。満枝は、受け皿(ソーサー)ごとカップを持ち上げ、「いい匂い」

と言ってから紅茶のブランド名を教え、「どうぞ」と貫一に言った。「めんどくさい段取りが多すぎる。紅茶の銘柄などどうでもいい」と思いながら、話の主導権を相手に握られている貫一は、紅茶のカップに口をつけた。相手は、貫一の方を見ていない。その様子を見て貫一は、「イケメン好きだしな」と放り投げるように言った鰐淵の言葉を思い出した。

実際はどうなのか知らないが、「優秀だ」「イケメンだ」と言われても、貫一には冷笑される揶揄の言葉にしか響かない。

たっぷりと間合いを取ってから、「鰐淵さんはあなたのことをお気に入りだったんでしょ？　どうして辞めたの？」と赤樫満枝は言った。

「解雇と言うと問題になるので、私の方から『辞めます』と言うのを待っておられたんだと思います」

「どうして？」

「よく分かりません」

「口が堅いのね。あの人は気がついてないみたいだけれど、あの人の話しぶりじゃ、あの人はあなたに嫉妬してたのね。私はそう思う。そうでしょ？」

「そうです」とは言えない貫一は、「分かりませんが」と答えた。

「あなたはなにかの事業を計画していた。それが『いい』と思ったんでしょうね。自分が一番だと思ってるお坊っちゃんだから、我慢出来なかったのよ」

貫一は黙って相手をやり過ごす。ティーカップを置いた赤樫満枝は、やっと本題に入った。

「なにか、なさりたいことがおありなんでしょ？　事業計画書のようなものがあったら、見せていただけます？」

貫一は「はい」と言った。ここへやって来たのは、自分が始める事業の資金を借りるためなのだ。貫一は、椅子の上に置いたブリーフケースから、ノートパソコンと紙の束の入ったクリアケースを取り出した。紙の表紙には「事業計画見積り書」と印字されている。

しかし、女の視線は違うところに行った。

「いいバッグお持ちじゃない。どこの？」と、女は言った。貫一は、「分かりません。鰐淵さんにいただいたんです」と答えて、女の目を丸くさせた。

貫一のバッグは、艶のある黒いエルメスのクラッチバッグで、「俺の秘書がちんけな物持ってんなよ」と言って鰐淵が、ライターと同様、自分の持っていたものを貫一に与えた。自分で買ったわけではない。「社長に貰ったから分からない」と言ったが、貫一は貰い物のブランドには関心がないのだ。

「それ、エルメスでしょ？　そんなもの、秘書に社長がくれるの？」と女は言った。

「さァ、分かりません」と貫一は答えて、クリアファイルの中からクリップで留められた紙の束を出した。これ以上、どうでもいいことで脱線をさせられたくない。

「これが概要です。説明をさせていただきます」と、貫一は言った。

「チェーン店名は『わらじメンチ』です。商標登録の出願もしています。東京のように競争の激しいところで一店舗だけ出しても、消えてしまいます。僕には、食うために細々と商売を続けて行く気なんてないのです。初めからチェーン展開を前提にして出店します。多少の赤字は目を瞑って、初めの半年の間に少なくとも三店舗をオープンさせるつもりです」

それに対して「ずいぶん強気ね」と満枝が言うと、貫一は「チェーン展開は数です。ある程度の数を揃えなければ、勝負になりません」と言った。

「ずいぶん攻めるのね」と、満枝は椅子の背凭れに体を預けて、しげしげと貫一を見た。

貫一は、大きく身を乗り出すように背筋を伸ばすと、「事業を始めようという人間が、攻める気を持たなくてどうするんですか？」と言った。ほんの少し貫一をからかいたかった満枝は、その言葉で体のどこかを射抜かれた。

「どこに出すの？」

「一号店ですか？」

「そう」

「銀座か、虎ノ門ですね」

満枝は、少しあきれて手の力を抜いた。

「おかしいですか？　銀座も虎ノ門も、オフィス街ですよ。働いてる人は昼飯を食います。しかも、気取ったところでね。それがなければ、銀座でも虎ノ門でもない」

「でも、賃料は高いわよ」

「初期投資としてならどうです？」

貫一は冷静に、しかし突き刺すような表情で言った。

「安いだけでいい時代は終わりました。人は安いものを求めます。でもそのくせ、自分が食べているのは『安いもの』じゃない。もう少しステイタスが上のものだと思いたがります。出すのは、メンチカツですよ。安いに決まってる。高級なもんじゃないですよ」

貫一の手はいつの間にかパソコンの電源を入れ、満枝に渡した文書のファイルを画面に呼び出していた。

「お渡しした文書の二ページ目の下の方を見ていただければ分かりますが、『わらじメンチ』というのは、大きく伸ばした薄いメンチカツです。見た目の大きさでまず満足感を与え、その割に薄いので簡単に食べられます。この手の店のターゲットは主に男性ですが、私は女性客をターゲットにします。だから、銀座とか虎ノ門というブランド力が必要です」

「それで、原価はいくらくらいするの？」

「次のページの『料理の概要』というところをご覧下さい。メンチカツは挽き肉の塊ですから、あまり薄くすると崩れてしまいます。それで、衣を厚くして中を守ります。衣をカリッと揚げて、中は柔らかです。つなぎに豆腐を使います。女性が好きなメロンパンと同じで、外側は堅く中はしっとりです。ライスとメンチカツをセットにして、これだけでは殺伐とするので、ソースをかけます。ソースはカレーソースと和風の二種類です。カレーの匂いで客を誘って、選択肢として別のソースも用意します。つまり、甘めのたれに溶き卵を落とした、カツ丼風のソースです。これに屑野菜の浅漬けを添えて、概算で原価は九十円です」

「それをいくらで出すの？」

「スープを添えたセットで、四百五十円です」

「で、私にいくら出せって言うの？」

「とりあえずは、二千万です」

「とりあえず？」

「足りなければまた追加です」

「担保は？」

「ありません」

「あなた、正気？」と満枝は言った。

「なにか誤解をなさっているのかもしれませんが」と、貫一は言った。

「僕は、融資をお願いしているんじゃないんです。僕はまだ事業を始めていません。担保物件なんかありません。私はあなたに、金を借りに来たのではありません。事業設立の資本金となる二千万円の出資をお願いするために来たのです」

貫一の視線は、真っ直ぐ満枝に向けられている。瞬間、満枝は自分が強請や脅しに遭っているような気がした。しかし満枝には、初対面の男から二千万円の金を脅し取られるような弱味はない。また、満枝に向けられた貫一の視線の中にも、脅しや嘲りの色はない。少し前まであった挑むような色さえなく、機械のように言葉を続ける人間の「空虚」とも言いたいような、力みのない瞳の色だけがあった。

「銀行に融資を申し出たら、返済計画の提示を求められるでしょう。しかし、まだ事業を始めていない人間が、その初めに借入れ金の返済を前提にするというのは、おかしくないでしょうか？　資本金は、事業を動かすためにまず使われるものです。エネルギーを生み出すために食べられる食物と同じで、資本金の返済が求められるのは、その会社が解散させられる最後の時だけです。出資者は、その額に応じて、生まれた利益の配当を受ける。だからこそ、出資に際して事業計画の検討が必要なので、必要なのは出資者の判断力。出資を受ける側の担保ではないはずです」

話す内、貫一の瞳の中に炎のようなものがゆらゆらと浮かび上がって来た。「そのはずはない」と思っても、満枝は明らかに脅されているのだ。それも、「あなたは担保を取る金貸しなのか？　事業に出資する投資家なのか？」という形で。

満枝には、「なに言ってるの？　私はれっきとした金貸しよ」と言って貫一を拒絶する手もあった。しかし満枝は、「私は金貸しよ」とは言い切れなかった。

彼女の主な業務は、企業相手のサラ金であるような「つなぎ融資」だった。いつどこで金のいる事態が訪れるかは分からない。彼女の仕事の場はそこにあったが、いつの間にか邪魔が入るようになっていた。

銀行はなかなか金を貸したがらない。だからこそ、彼女のような金融業者が存在する。しかし、誰も予想しなかったような低金利時代がやって来た。ゼロ金利からマイナス金利へと向かって、貸し出せる金はあるが、大口の借り手はいない。だから銀行は、「貸しますよ」と融資に対して積極的になる。銀行が容易に金を貸してしまえば、その皺寄せは満枝のような金融業者のところに来る。「うちも企業相手じゃなくて、サラ金へ方針転換を考えた方がいいのかしら？」と、彼女も考え始めていた。

しかし、個人金融はむずかしい。会社組織を明確にして、利用者のための間口を広げなければならない。「片手間には出来ない」と満枝は思う。そして、下手をすればまた闇金へと転落してしまう。赤樫満枝は、夫のやっていた高利の闇金融を、企業相手のつなぎ融資に転換させた女だった。

赤樫満枝は四十七歳。三十歳以上年上の夫権三郎は、酒の飲み過ぎで脳梗塞になり、半身不随状態でもう十年近く、介護付きの老人ホームにいる。その場所は遠くのリゾート地だから、普段は夫の存在をほとんど忘れていて、なにかの連絡が老人ホームから来ると、「まだ生きていたのか、死ねばいいのに」と思う。満枝が夫を憎んでいるのは、その結婚の経緯にある。平たく言ってしまえば、満枝は夫に金で買われたのだ。

満枝の父は一流企業の会社員だったが、バブル経済の時期、「財テク」という名の投資行動にはまった。当時、株価というものは上がるのが当然だった。上がった手持ちの株を担保にして、新しい株を買い足すのも当然のことだった。しかし、そのバブルがはじける。多くの日本人は、それを一過性の出来事だと思っていて、やがて株価は上昇し、景気も回復すると信じていた。

満枝の父もその一人で、「値下がりした今こそが買い時」と考え、値下がり分の損を取り戻そうとしたが、値下がりした株は担保にはなれない。満枝の父は人を介して赤樫権三郎から金を借りたが、景気は回復しなかった。

担保にした自宅の価値も半減していた。返済のために命を犠牲にしなければならない男に、交換条件が出された。

その時、満枝は十九歳だった。自分の父を愚かとは思わなかった。借金返済のため、父親が自分の加入している生命保険の金を使おうとしていることを察知して、「それだけはやめて」と言った。「もう少し待ってもらえないの？　赤樫さんに頼んでみたら」と言った。万が一を思って、返済猶予の交渉へ出掛ける父親に付いて行った。

　やって来た父と娘を前にして、赤樫権三郎は、「私だって鬼じゃありませんから」と言った。「行く」と言う娘に「危険だから止めろ」と言った父は、十九の娘が権三郎の情に働きかけるとは思わなかったが、一途な娘は権三郎のなにかを刺激するものを持っていたらしい。「あなたと私が、金の貸し借りをする他人だということが、厄介の始まりですな」と、権三郎は言った。

「私も先年、妻を亡くしましてな。私とあなたが縁続きになれば、義理のお父さんに借金返済などという無理を言う必要もなくなりますがな」と言いながら、赤樫権三郎は満枝の体を舐め回すように見ていた。

　満枝の父は言葉に詰まった。赭顔をした肥満体の赤樫権三郎は、自分よりも年上のように見えた。「そんな男に、自分の娘を」と思う耳に、「お父さん」と囁く声が聞こえた。

「お父さんのためなら、私、平気よ」と、娘は囁いた。

　富山唯継の妻となった美也と、赤樫権三郎の妻になった満枝との間には、似たようなものがある。違うのは、美也が父親の犠牲になる心を持たなかったのに対して、満枝にはその気があったということと、美也が富山に対して格別の嫌悪の気持を持たなかったことに対して、満枝は夫となる権三郎を明白に嫌悪していた。

満枝が権三郎の寝室に入るのと引き換えに、彼女の父の借金は帳消しになった。式というものはなかった。ただ権三郎は、若い満枝の体を撫で回し、舐め回し、それが初めての性交渉だった満枝は、自分の身体だけがどこかへ運び去られるような眩暈に似たものを感じた。

逃げようのない満枝は、体だけで夫を受け入れた。しかし、赤樫権三郎という男を夫として受け入れる気はなかった。彼女の頭脳は、夫の「仕事」だけを受け入れた。

赤樫満枝は、夫権三郎の玩弄物になりたくなかった。夫は金融業者で、満枝はその事業のパートナーになりたかった。関心をそちらへ向けなければ、自分が危うくなるような気がした。

権三郎の家には「若い者」と言われる男が三人いた。彼等は、権三郎の妻となった年若い満枝を「奥さん」ではなく、「姐さん」と呼んだ。家事の一切を家政婦に任せた満枝は、秘書役の若い者と共に、夫の横に机を構えて客の応対をした。それだけが、彼女にとっては実質のある生活だった。

権三郎に金を借りにやって来る人間達を見て、満枝は人に対する認識を改めた。金に困った人達は、哀れではなかった。卑しかった。なぜこうも卑屈なのかと思って、腹が立った。いつかそこに、自分の父親の姿を見ていた。父親を破滅から救うために身を投げ出したはずだったが、その父親が愚かに思えた。「やめろ」とも言わず、自分を権三郎に売り渡した父を、激しく憎んだ。自分の父親が卑屈だったことが許せなかった。たかが、金の貸し借りをするビジネスなのに、そこにどうして「肉体を投げ出す」などということが必要なのか。

やがて満枝は、権三郎に代わって仕事を取り仕切れるようになった。年若い妻が自分の仕事の片腕になって行くことを、権三郎は喜んでいた。二十代から三十代になって、満枝は金貸し業務がおもしろくなっていた。どんなものであれ、仕事は仕事なのだ。夫と連れ立って外食をして、陰で満枝は「海坊主の女房」と言われたが、気にはならなかった。「自分は誰とも結婚していない。仕事と結婚した女なのだ」と思っていたから。

やがて夫は病に倒れた。身体が不自由になった夫を邪慳に扱うほど、満枝は愚かではなかった。夫が気を損ねて財産の譲渡を拒むことがないように、献身的な態度を見せた。そうして権三郎を老人ホームへ送り込み、夫の事業を、つまりは横取りした。

夫は、紛れもない高利貸しだった。しかし満枝は「高利貸し」と言われることがいやだった。ビジネスで貸金業をしている者が、どうして殊更にネガティヴなレッテルを貼られなければならないのかと思って。

「闇金」という言葉が人の口の端に上りかけた頃だった。事業家でありたい満枝は、「闇金」と呼ばれることを惧れて、借り手を企業経営者に限定する「つなぎ融資」に路線を変更した。彼女を「姐さん」と呼ぶ男達を順次整理して、経理の分かる大学出の男を雇った。

夫の権三郎は、異議を唱えることもなく車椅子の上でおとなしくしていたが、代わって満枝の前には「超低金利時代」という伏兵が現れた。その時代に金融業者が生き残るのなら、サラリーマン金融へ向かうしかない。しかし、夫に代わって金融業を続けて来た満枝は、個人商店的なあり方に慣れて、大々的な会社組織に変えたいとは思わなかった。

男達は面白半分に満枝のことを「女高利貸し」と言うが、満枝にとってそれは不本意で、だからと言って自分の行う融資業務が嫌いではない。ひそかなジレンマを抱える彼女の前に、事業計画書を持った若い男が現れた――「金貸しではなく、投資家になれ」と言って。

それは満枝にとって、脅しのように響いた。夫権三郎と共に、あるいはその彼に代わって金融業務を続ける間、彼女は上から断定するような高圧的な口のきき方をする男に会ったことはない。誰もが、彼女の動かす金の前に腰を屈め、平伏す。ホストクラブの若いホストの方が、まだ少しばかりの矜持を見せる。金という力があれば、脅しなどというものはこわくない。しかしその彼女が、貫一の前で迷っていた。

貫一は、余分なことを言わない。力で威圧的に押し切ろうともしない。ただ淡々と鋭く、彼女に迫る。まるで、「あなたはいつまで、金貸しなどという卑小な職業を続けるのですか？」とでも言うように。

満枝の心は揺れた。見知らぬ若い男が投げ出した選択肢が彼女の心を揺するのかと思ったが、そう思う心の奥で違うものが動き始めていた。

彼女はそれを「好奇心」だと思った。

「どうしてこの人は揺らがないのだろう？　なぜこの人はこんなにも明晰で大胆なのだろう？　この若さで、なにが彼に自信を与えるのだろう？」――そう思って彼女は、不思議な道へと続く扉に手をかけた。

「必要なのは出資者の判断力。出資を受ける側の担保ではないはずです」と言ったきり、黙って満枝の返事を待っている貫一に、壁のどこかを見上げて満枝は言った。

「もう、五時近いわね。少し早いけど、お食事はいかが？　少しお話が込み入って来そうなのでね」

貫一は、格別に表情を変えることなく、「いいですよ」と言った。その瞬間、満枝は好奇心とは違うものを貫一に感じた。

満枝が感じたのは「孤独」だった。目の前の男には、彼を支えてくれるものがなにもない。満枝は、大海原にそそり立って崩れ落ちる大氷河を貫一に感じた。彼の確固たる自信は冷ややかで、誰かに支えられてあるものではないと満枝は思った。それで、「この人を支えたい」と思ったのではない。「崩れ落ちる大氷河のようなこの人に、押し潰されて海に沈みたい」と思った。

「自分がなぜそのように思うのか」などとは考えなかった。「いいですよ」と背筋を伸ばした貫一の様子を見て、「崩れ落ちる氷河に呑まれたい」と思った。そう思うだけで、それが「恋」だとは思わなかった。

貫一はなにもしない。なにもせず、なにも求めない——そのことが女達を惹き寄せる。求めない男の中にある「欠落」を感じて、求めない男に代わって、女達が男を求める。男の空疎は冷たく、女の空疎は熱い。

「どこがいいかしら?」と満枝は言った。貫一はただ黙って、「どこでもいいですよ」とさえ言わなかった。その無言の中で、満枝は貫一に片腕を捩じ上げられていた。

貫一は気がつかない。そのようなことに思い至る理由もないが、美也と満枝は、一枚の鏡の裏表のような存在なのだ。美也が陽画で、満枝がその陰画か。あるいは、満枝の方が陽画で、美也がその陰画なのか。

二人は似ていた。そうとは思わずに、いつの間にか美也は、満枝のいる方に接近していた。

結婚して四年、美也は幸福ではなかった。不幸であるよりも、ただ空漠としていた。美也は、幸福になるために結婚したわけではない。「結婚して幸福になる」という考えさえもなかった。「結婚をすれば自分が変われるだろう」と考えていた。

結婚する前、美也は孤独を感じていた。正確には、父親から「富山唯継がお前と結婚したいと言っている」と言われた時に、「そうか、自分は孤独なんだな」とじんわりと感じた。そのことを感じながら、「考えとく」と両親に言った。

二十歳の美也は、既に社会人だった。人の目から見れば、大学に通いながらバイト感覚でモデルをやって、青春を謳歌しているように見えたのかもしれないが、美也には「アルバイト」という意識がなかった。

町でスカウトに声を掛けられ、「モデルになってみませんか」と言われた時、美也の中に「なにかになりたい」という意識が生まれた。それまでは、そんなことを考えたこともなかった。「自分は既に満ち足りていて、その状態を自分から脱する理由などない」と思っていた。

美也は時々、なにかのきっかけで自分が「空疎」だということに気づく――入っていた浴槽の湯が、気づくと冷めてしまっているように。

「モデルになりたい」と思った美也は、当然のことながら「自分の美しさが自分を支えてくれる」と思った――自惚（うぬぼ）れからではなく。しかし、彼女の美しさは、それほど役に立たなかった。美しさはただの素材で、変わりばえのしない素材は、魅力という輝きをすぐに失う。

モデルになったはずの美也は、一年ばかりで壁にぶつかっていた。壁にぶつかって、そのことをオープンに出来なかった。外見が物を言うモデルが、「壁にぶつかった」と言ってどうするのだろう。自分の挫折を、美也は隠した。貫一にも言わなかった。そんなことを言ってどうするのだろう。モデルは、自分の足で立たなければならない。その自覚があったという点で、美也はもう立派な「職業を持つ社会人」だった。

美也は揺らいでいた。揺らぐ自分を支えてくれるのが「愛」ではないことも、理解していた。「愛」は心地よい春の空気で、冬の夜空に春はない。美也が求めていたのは、自分を支えてくれる「社会的な力」で、それがあれば美也は「一人歩きの出来る大人」になれると思っていた。「大人になりたかったの」は、そういう意味だった。

「結婚して幸福になる」という思いを欠いたまま結婚した美也のその後が、空漠としたものになってしまうのは不思議ではない。夫となった男は、美也を支えるだけの「社会的な力」を持ってはいたが、仕事を持って働く美也にとっては、そのことが逆に作用した。

結婚した美也は確固として美しく、その彼女のためにマネージャーの遠山は、ステイタスの高そうな仕事を選び取った。一年後には一流女性誌の表紙を飾る専属モデルとなり、高級化粧品や高級リゾート、ファーストクラスの快適を訴える航空会社のＣＭにも起用されたが、その結果、美也はモデルの世界では孤立してしまった。

二十歳で既婚者となった美也は、若かった。二十歳を幾つも過ぎていながら、十代の気分でアイドルを演じている娘達はいくらでもいる。ファッションの流れは、安くて気楽に着ることが出来るファストファッションの方へ移り、美也と同年代の二十代前半のモデルは、それを着て、躍動する現実を楽しく生きる「等身大の若い女」を演じている。高級なブランド品で固めたセレブファッションは、ステイタスは高いだろうが、もう主流ではない。

美也と同じ年頃のモデル仲間は、「あの人ちょっと違うよね」と、陰で言う。「ね、老け顔だしね」とも。

IT社長と結婚した美人モデルのMIAに、「はじけた若さ」は似合わない。美也自身も、自分をそのように造形したいとは思わない。根本のところで真面目な美也は、自分の仕事に対して真摯に取り組む。エステに通うのはモデルとして当然のことで、体型維持と優雅な仕草をマスターするために、小学生時代に受けていたクラシックバレエのレッスンも再開した。着物の作法のために、仕舞の稽古も。美也にとって、自分が集中出来る仕事があるのは幸福だった。しかし「セレブ系」のモデルになってしまった美也の活躍する場は、三十代以上の女性達の世界だった。

その年代の金銭的に余裕のある女達は、当然のようにアンチエイジングに走る。彼女達の目に映るMIAは、「アンチエイジングに成功した美しい私」なのだ。

美也は、「若い娘」であるよりも「若い大人の女」なのだ。それだけの品位を、内に宿したいと思う。しかし、彼女の周りの同業の女達は、そのMIAを「あの子、老けてるよね。老け顔だよね」と一蹴してしまう。

十八歳年上の夫の周りにいるのは、それなりの年代の人間ばかりで、夫に連れられて行ったパーティで紹介され、LINEやメールアドレスの交換を求められるのも、自分より十以上年上の三十代、四十代の女達ばかりだった。かつて相撲見物に行った国技館で、赤樫満枝が「ＭＩＡさんですよね？　おきれいですよね」と言って寄って来たように、金があってしかし名のない女達は、自分と同じ世界に属するはずの「名を持って美しい女」を、自分の近付きにしたいのだ。

ファッションショーの楽屋で、若いモデル達は美也の周りに近寄らない。美也と他のモデルとの間には、四、五十センチほどの隔たりがあって、人で立て込むショーの楽屋にもかかわらず、美也は空気を挟んで一人孤立している。

「セレブ系」の仕事で美也と競合するような年上のモデル達は、端正な表情を保ったまま、陰で美也を悪く言う――「どうして？　あの人お金あるんだから、働かなくてもいいんじゃないの？」とか、「あの人気の毒よね。パリコレ行くには、身長が五センチ足りないものね。あ、七センチか？」とか。

富山唯継との結婚が報じられると、美也は在籍する大学に休学届けを出した。「お嬢様学校」と言われる大学での、女達の嫉妬の視線がこわかった。マネージャーの遠山は、「あんた、高校生じゃないんだから」と言った。「あんたはもう人に妬まれる存在じゃない。人に憧れられるような存在だ」とも言いはしたが、人を貶(おとし)めたい人間は、どうであっても攻めどころを探す。それに堪える力を持つ以外に、打開策はない。

しかし美也は、根本のところで自分に自信が持てないままでいる。だからこそ美也は、富山との結婚へ逃げた。更に、モデルの仕事へと逃げ込んだ。富山と結婚した美也の美しさだけは確固としたが、その内側はまだ頼りないままだった。

「最近、疲れてます？」

プライベートでヘアとメイクを頼んでいる「加代ちゃん」が、鏡の向こうで言った。

「どうして？」と美也が言うと、「毛先がちょっと、痛んでるかな」と言った。

三十は過ぎている。手の指は太いが、腕の方はいい。頼めば家まで来てくれるし、気さくな話し相手にもなってくれる。「今、ちょっとだけ手入れしときますけど、時間がある時、ちゃんとトリートメントした方がいいですよ」と、加代ちゃんは言った。

「一昨日、コレクションでランウェイに出たからかな」と美也が言うと、加代ちゃんは安心したような口調で、「そうですね、きっと。お肌もちょっと疲れてるもの。エステに行った方がいいかもしれませんね」と言った。美也の中に「心労」のようなものを感じて、彼女は「疲れてます？」とは言ったが、それが単純な疲労であるならば問題はない、と思う。

肩から掛けられた布の下で、美也は両手の指先を落ち着かなくこすり合わせると視線を落とし、「私、嫌われてるのかもしれない」とポツンと言った。

「なんでそんなこと言うんですかァ」と、美也の髪に白い乳液を摩り込みながら、加代ちゃんはぼやけた声を出した。

「ネットでエゴサーチなんかやったんですか？　あんなもんやっちゃだめだって、みんな言ってますよ」

「そんなことしないわ」

「じゃ、なんでへんなこと言うんですか？」

「なんとなく――、そんな気がしたの」

「なんで美也さんのことを悪く言う必要があるんですか？　だって美也さん、若いしきれいだし、お金に不自由しないし、だってほら、結婚だってしてるじゃないですか。悪く言われる理由なんて、どこにもないでしょう？」

加代ちゃんはあっさりと言ったが、彼女の挙げた条件は、そのまますべて、人に妬まれる条件でもあるのだ。

美也は気づかない。人間達の間で孤独を感じ、不安に揺れる心を確かに支えるものが、人の愛だということを。愛する人がいて、その人に愛されていれば、不安などというものは近づいて来ないのだ。

美也には、「この人に愛されたい」と思うような人がいない。美也の心の中には、誰かの名前が削り取られたような痕（あと）が残っている。それをしたのは美也自身だから、今更その名前を探り当てることなど出来ない。そのことが、美也の心の空漠を更に大きく広げる。結婚へと至るまでの間、美也は結婚相手の富山唯継を愛そうとした。しかし、すぐにそれがあまり意味のないことだと気がついた。愛情というものが男女二人で支え合うものなら、美也にも相応の分担はあるが、美也に夢中になった富山は、一人で二人分の愛情を引き受けてしまった。そこで美也が富山を愛すれば二人の仲は愛情過多になっていやらしくなる。美也のするべきことは、富山を愛することではなく、富山の愛情を拒絶しないこと。すなわち、富山を嫌いにならないことだった。

「金があるのが勝者、ないのが敗者」という単純な価値観で生きている富山に、揺れる美也の胸の内は分からない。美也もまた、夫に分かってもらおうとは思わない。たとえ夫に落ち着かない自分の胸の内を語っても、夫は「なんだって金のない奴のやっかみに反応する必要があるんだ？」としか言わないだろうし、富山との結婚が彼女の空疎な胸の内を作る遠因でもあるということを、美也はどこかで感じている。である以上、富山に対して胸の内を明かすことは出来ない。

不安を感じる前に、美也は寂しさを感じている。カフェやレストランや、あるいは路上で、「ＭＩＡさんですね？」と、若い男から声を掛けられる。「写真、いいですか？」と寄って来る若い女なら、「ごめんなさい」で片付くが、女性ファッションに興味のある若い男は、妙にしつこく馴れ馴れしい。「ごめんなさい」と言ってもそれだけではすまない。「アドレス教えて下さいよ」「ＬＩＮＥ交換しませんか？」と食い下がって来る。

居合わせたマネージャーの遠山が「もう止めて」と追い払ったことがある。その後で彼女は、「分かってるよね？　気をつけて」と言ったが、行きずりの男が自分の慰めになるとは、美也も思わない。

思いのもつれ

夏の暑さが突然訪れ、やがて春の陽気に戻り、更には吹く風の中に冬の寒さが顔を現すような気候不順の中でも、夏は来る。

美也は、特別なことでもない限り、毎朝夫の朝食を作って写真に撮り、それを自身のインスタグラムにアップする。口にすれば「なにぐずぐず言ってるの？」と言われかねないような不満をマネージャーの遠山に話し、「あなたいい加減にしなさいよ。人に言われることばかり気にしてないで、自分からアピールしなさいよ」と言われ、かつて細々と続けていたインスタグラムを再開した。

再開したと言っても、美也には殊更に自分をアピールしようという気はない。うっかりファッションセンスを誇示するようなことをして、人の反感を買いたくはない。どうすれば「自分は害のない女だ」ということをアピール出来るのかを考えて、「夫のために毎日朝食を作っているしおらしい女」という設定にした。料理サロンに通ってマスターした料理を頑張ってこしらえ、それをアップすれば、「気取ってる」と言われるだろう。夫の健康を考えて、毎朝地味でおとなしい和食の皿をインスタグラムに上げれば、ささやかな抵抗になるだろうと思って、これだけは続けた。少なくとも、なにかに熱中出来ていれば、美也の精神状態は落ち着いていられる。

一方、夫の唯継は当然のように浮気をしている。「若く美しい妻を手に入れた」という幸福感が、唯継を前に進ませる。結婚前から唯継は、「金があれば女を自由に出来る」と思い込んで、それは「事実」でもあった。その彼が結婚して、美しいモデルのＭＩＡを妻にして以来、「自分は男としても魅力のある男だ」と思い始めた。そのことを確認するために、若い女に手を出した。格別の言い訳などない。商談、接待、事業拡大の打ち合わせは、そのまま高級クラブやキャバクラで行われる。唯継は、高級クラブの女よりも、気のおけないキャバクラの女の方が好きだ。話の合間に手を握り、「な？」と言えば、なんとかなる。

しかしその一方唯継は、自分の妻にたやすく触れられなくなった。いつの間にか妻は、「神々(こうごう)しい女」になっていたから。

貫一の「わらじメンチ」の一号店は、七月の初め、虎ノ門にオープンした。一帯の再開発でゴタゴタする中、店仕舞いをした立ち喰いそば店の後を借り受けて入った。

間口は一間(けん)しかない鰻(うなぎ)の寝床のような細長い店で、テナント料は高い。しかし、虎ノ門交差点近くの桜田通りを横に入っただけの場所だから、看板の出しようで表通りからの人目を惹くことは出来る。虎ノ門という地域がイメージチェンジをして新しい町になろうとしている時期だから、テレビの取材カメラは必ず来る――貫一はそう読んで、店の仕様もそのように設計した。

内装はフランス風、あるいは南欧風。そこがかつて立ち喰いそば屋だったことを連想させないような、明るい雰囲気で、店の軒には赤白ストライプで巻き上げ式のテントの日除(ひよ)けを張り出させた。狙いは、「入りやすい手頃な店」ではない。若い女や若い男がそこに入っても恥にならないような、パリのビストロやスペインのバルを思わせるような、手軽でお洒落な雰囲気を持った店。所詮(しょせん)は、さっさと食べてさっさと店を出るファストフードの店なのだから、長居の出来そうな雰囲気はいらない。抵抗なく入れて、すっと出られればいい。

店の日除けには「わらじ」のロゴだけを大きく入れた。あえて「メンチ」を抜いて「わらじ」だけにして、相田みつを風の筆文字にした。大きく「わらじ」の文字だけが軒先に掲げられているのを見て、人は「なんだ?」と思うだろう。「なんだと思って、店を覗き込んでほしい」という思いで、間口一間の狭い入口を大きくガラス張りにした。後は、仕掛けにかかったどこかのバカが、「びっくりするほど大きいけど、ペロッと食べられました」とツイートしてくれるのを待つだけだ。

貫一は、まるで詐欺師のように堂々として、テキパキと物事を決めて行く。貫一の設立した間コーポレーションへの出資者となった赤樫満枝は、虎ノ門の店舗の狭さを見て、「これでいいの？」と言った時、貫一は「大丈夫です」と言った。「大丈夫なの？」と重ねて尋ねられると、「不安そうに見せて、なんの得があるんですか？」とやり返して、満枝の口を封じてしまった。

満枝は既に、二十歳以上も年の離れた貫一に心を奪われていた。

貫一がただの「年若い美青年」だったら、心を奪われるなどということはなかっただろう。時折貫一の見せる有無を言わせぬ冷酷さが、満枝の胸をドキッとさせる。

虎ノ門の店舗を見た満枝が、その狭さとテナント料の高さに対して「大丈夫なの？」と言った時、「不安そうに見せて、なんの得があるんですか？」と答えた貫一は、なにか言いたくて口籠っている満枝に、こう言った。

「前にもご説明しましたが、初期投資ということをご理解いただけませんか？　虎ノ門は初期投資です。銀座の二号店も今探しています。新橋寄りになるかもしれません。テナント料は高くなるでしょう。でも、我々はそこから始めるのです。我々に必要なのは、ステイタスです。『あそこにあったあの店が、こんなところにも出来た』と思わせることが、チェーン展開には必要なんです。虎ノ門や銀座は、そう思わせるための囮（おとり）なんです。こんな所で、単一メニューの安い店が、いつまで続くと思います？　一過性のもので、すぐ飽きられますよ。でも、チェーン展開までは我慢です。四号店、五号店まで行って、その時にこの店の利幅が薄くなっていたら、潰せばいいんです。そういうものが初期投資ですよ。お分かりでしょ？」

　分かりはしても、満枝には一つだけ素直に頷けないところがある。もしも、その初期投資の金が貫一に貸したものならば、成功に終わるのか失敗につながるのかよく分からない使われ方をした金を、満枝は「返せ」と要求することが出来る。しかし、実際はそうではない。貫一の事業計画に賛同して、満枝は彼の事業に出資しているのだ。彼が簡単に「潰せばいいんです」と言っているものは、彼の出資した金によるものではなく、満枝の出資する金なのだ。

「いずれ利益が出るんだからいいじゃないですか」と言って、貫一は満枝の金を平気で汚水溝に捨てかねない――「どうってことないでしょ？　僕の金じゃないもの」と言い出しかねない顔をして。まるで決裁印を押す時のように、貫一は明快に断定し、人を踏み躙る。

「人の方はどうなってるの？」という満枝の声に、「今、募集かけてますよ」と貫一は答えた。

「大丈夫なの？」と満枝が言うと、「なにが心配なんですか？　たった二人ですよ」と答えた。

「二人？」

「カウンターの中に二人入って、一人は調理して、もう一人がアシストすればいいだけですけど、もう一人入れましょうかね？」

満枝はぽかんとして、「それでいいの？」と尋ねた。

「見ての通りの狭さですよ。これ以上入れたって、人は動けませんよ。まァね、バイトはフルタイムで働かないから、二交代シフトで五人取りますか」

「誰が調理するの？」

「バイトですよ」

「調理師免許って、いるんじゃないの？」

貫一は、「赤樫さん、なんにも知らないんですね」とあっさり言った。

「調理師免許なんて、保健所へ行ってキャベツを刻めばもらえるようなもんで、料理の腕とまったく関係ないんですよ」

「そうなの？」

「メンチカツの調理で、なにが面倒なんですか？　フライヤーに入れてタイマー押せば、出来上がりは向こうが教えてくれますよ。いるのはね、店の衛生管理者だけです。この届けを出さないと、保健所が営業を許可しません」

貫一は、満枝の顔を見ないで言う。そのたびに満枝は、「あなたは金貸し以外のことをなにも知らないんですね」と言われているような気分になる。

「その管理者とか責任者は誰がやるの？」

「僕がやります。食中毒を出さなければいいだけの話ですから」

「あのね、メンチカツの仕込みはどこでやるの？　ここ？　誰がやるの？」

「僕がやります。場所柄、営業時間は九時まででいいですから、その後で仕込みは、ここで僕がやります」

「あなたが」

「人がいません。頑張れるだけ頑張って、バイトが来たがるような店にするしかありません。働きゃいいんですよ」


　貫一は、働くことをいやがらない。率先して手本を示すということに似ていなくもないが、貫一の働き方は、「自分が率先して無茶な仕事を実践し、そのことによって傍の人間にプレッシャーをかける」というやり方だから、「僕がやります」と貫一に言われてしまうと、満枝の方も「なにかしてあげなければ」という気になるし、なにも出来なければ「異論を唱えるのはやめよう」という気分になってしまう。

　貫一は、格別なことを言わなくとも、人の心を鷲づかみにして、グイッと引き寄せる。ある時、貫一と満枝と彼女の秘書の三人で中華料理の円卓を囲んでいた時、満枝は気がついた。人と話をする時、貫一は相手の目を見ていない。貫一と二人の時には気づかなかったが、若い秘書の杉野が「ねェ、間さん」と貫一に呼び掛けた時、「あっ——」と思って気がついた。

貫一は彼女の方に顔を向けたが、彼女のことを見ていない。横から見て、それが分かった。話し掛けられて顔を向けて、それきり貫一の視線は動かない。若い杉野に対して、貫一はなんの関心も持っていないのだ。

貫一と話をしていて、時々彼の目がなにを見ているのか分からなくなることが、満枝にはあった。彼の黒い瞳が、時々無機質なガラス玉のように見えたことがあった。ガラス玉になっても、彼の目は美しい。しかし、その他人に向けられた美しい瞳は、なにも見ていないのだ。時間が停められたように、相手の顔に向けられたままの瞳は動かない。他人に向けられた貫一の視線は、「僕はあなたに関心がありません」としか言っていない。

貫一が、杉野のような若い女に関心がないのはかまわない。「自分は若い女ではないから」と、満枝は思う。しかし貫一は、人を拒絶する無関心の視線を、満枝にも向けている。「きっとそうなのだ」と、その時に確信した。

であっても、満枝はひるまない。今まで何人もの男が、金がらみで満枝の胸の扉をこじ開けようとした。「それが逆になったからどうだっていうのだろう」と、恋の陥穽(かんせい)にはまった満枝は思う。

貫一が西麻布の満枝のオフィスを訪れた翌日、満枝は川口市にいる貫一の元上司鰐淵に電話を入れた。

「来たわよ。あなたの言ってた人、昨日。どういう人なの？」

満枝と彼女よりも十歳以上年下の鰐淵の間には、体の関係があった。今でもまだあるというのではなく、かつてあった。満枝は、自分の損にならない若い男なら、拒まない。鰐淵は、開くドアなら開ける。二人に共通していたのは、「相手に深入りしても仕方がない」と思うところだった。

「どういう人なの？」と満枝に聞かれて、受話器の向こうの鰐淵は、「なんだよ？　どうかしたのかよ？」と尋ねた――「小母さん、あいつに手ェ出したいのか？」と思いつつ。

「どうしたっていうよりも、あんたが紹介した相手だから、どういう人って聞いてんのよ」

「見ての通りだよ。イケメンだろ？」

「そういうのじゃなくて――」

「そういうんじゃないんだ？」

「そうよ」

「じゃ、なんだよ？」

「どういう人？」

「切れ者だろ？」

「そうね。いきなり初対面でさ、ベラベラ喋り立てたもの」

「そういう奴だよな。自分のことしか言わねェだろ?」

鰐淵は、自分の気になる相手を見たらまず非難めいた口をきく、ということから始める人間がいくらでもいるのを知らなかった。だから鰐淵は、次の満枝の言葉を聞いて意外に感じた。

「ねェ、あの人、女に関心ないの?」と、満枝は言った。

「へェ」と、鰐淵は言った。「女の話聞かねェからよ、あっちじゃねェかって言う奴もいるけどよ、俺は違うと思うな。あいつガード堅くて、自分のことは話さねェから」

「あんたはさっき、『自分のことしか言わない』って言ったでしょ」

「そうか? そんなこと言ったか? それより姐さん、あいつのこと気になるの?」

「失礼ね。聞いただけよ!」

初めて貫一がオフィスにやって来た時、満枝は「少し早いけど」と言って貫一を食事に誘った。「大丈夫よね?」と言って開店前の鮨屋の扉を開け、食事の一通りが終わったのが八時前。「もう一軒どうかしら?」と言った満枝に、貫一は「いや、帰ります」と言った。

「今、どちらにお住まい?」と言われて、「ウィークリーマンションを借りています」と答えた貫一は、「では」と言って去って行った。「仮にも人に金を借りる男が、こんなんでいいの?」と思い、その鮮やかすぎる明快な拒絶に満枝は当惑した。「女に関心のない男なんだろうか？」と思って鰐淵に電話を掛けたが、鰐淵の答は「よく分からない」だった。

しかし、それを分かってどうするのだろう？「女には関心のない男」と聞かされて、それであきらめるのか？　惚れてしまえばあきらめられない。「女には関心がなくとも、私にはまた別――」という考え方をしてしまうのが、目の前に掘られた「恋」という穴に落ちてしまった女の胸の内である。

恋愛と投資は似ている。そこに損失が生まれても、出資者は簡単に資金を引き上げない。「その損失を取り戻すため」と考えて、素人投資家は更に資金を投下する。それをして、更に被害額を増大させ、それでもなお、その被害を取り戻そうと、損害に対する執着心を強くさせる。

望みのない恋を目の前にして、あっさりとあきらめられる人間はそうそういない。独り芝居のような思いの丈だけを募らせて、どんどん深みへとはまって行く。「はまってしまった以上もう引き返せない」と独り決めして、得られぬ恋の道へと更にはまって行く。

満枝は、貫一の提示した事業計画書を仔細に点検して、出資を了解したわけではない。そこに展開される内容の細かさを見て、「ずいぶん緻密(ちみつ)な頭の持ち主だ」と貫一を思い、そこに「信用出来る」という思いを重ねた。満枝に冷静な判断力が欠けていたわけではないが、彼女の前に現れた男は、その初めから「いやならいいんだぜ」と、彼女を静かに挑発する男だった。

仮面舞踏会

一碧湖の青い水面を見下ろす伊豆高原の地に、一軒のホテルが建っていた。広い敷地にゆったりした造りの二階建てで、客室は二十。広いコンヴェンションホールがあり、日当たりのいい庭にはプールがある。

バブルの時代に威勢のよかった新興企業が、税金逃れのために建てた社員向けの贅沢な厚生施設だったが、バブルがはじけて後、観光業に手を出したＩＴ会社に買い取られ、改装され、オーベルジュ風のレストランも併設されて、新しく出現した富裕層のためのリゾートホテルとしてオープンした。名を「湖の館」と言う。

時刻は午後四時を回って五時に近づいている。夏の強い金色の西日に照らされる道を、黒塗りのベンツが悠然と走って行く。高原のホテルで夜の八時から仮装舞踏会があるという。「少し早いかもしれないが、ゆっくり行って、先に食事をすませておこう。あそこの料理はうまいよ」と、唯継が言った。

その一週間ほど前、唯継は「伊豆のホテルで仮装舞踏会がある」と言った。つまりは「行かないか？」ということだった。

言われて美也は、「舞踏会？　踊るの？」と聞き返した。唯継が「ダンスが好きだ」とか「社交ダンスが踊れる」という話は聞いたことがない。

美也に突っ込まれて唯継は、「あ、そうじゃない。仮面舞踏会だ——。いや、仮装パーティだ」と、あやふやなことを言った。彼の中で「仮面」と「仮装」、「パーティ」と「舞踏会」はごっちゃになっているらしい。「どっちなの？」と聞くと、「どれも同じだろう」と唯継は答えた。

「仮装してマスク着けて、踊ったりなんかして騒げば、それでパーティだろう？」

パーティと舞踏会の違いをそれ以上追及しても無駄だと思った美也は、方向を変えて「誰が主催するの？」と尋ねた。

「箕輪の知り合いだよ」

「ジョブドアの箕輪さん？」

「ああ」

「好きねェ」と美也は言った。

富山唯継が初めて鳴沢美也を見たのは、箕輪亮輔の開いた年越しのカウントダウンパーティだった。

「『好きねェ』って、箕輪のパーティじゃねェよ」

「じゃ、箕輪さんは来ないの？」

「どうかな。夫婦同伴が原則で、あいつのカミさんは、ここんとこパーティには出て来ないしな」

　美也は、以前に二度ほど会ったことのある箕輪亮輔の妻の顔を思い出した。夫の唯継と同じ世代の人だからもう四十は近いのだろう。別に「不美人」という顔ではないが、自分を美しく見せることに興味がないようで、ただ口だけを動かして『ウォールストリートジャーナル』に載っていた記事のことをずっと話していた。別に彼女と会いたくはないが、夫は少し気にかかることを言った。

「そのパーティって、夫婦同伴なの？」

　唯継は「ああ」と言って、テーブルの上のカシューナッツを一粒口に放り込んだ。

「それいつあるの？」

「来週」

「じゃ、大変じゃない。なに着てけばいいの？　ちゃんとした仮装舞踏会なんでしょう？　テーマはなんなの？　ねェどうして、いつもあなたはこういうことを前もって教えてくれないの？　いつも急でしょ？　なに着てけばいいの？」

「なにって、それは向こうが用意するから、こっちが考えなくていいんだよ」

「どういうこと？」

「そういうことさ。ゲストは夫婦二十組で、ホテル全館貸し切りさ。どんな恰好するのかは、向こうへ着いてのお楽しみ」

「招待状とかってあるの？」

「いや。メールで来た」

「誰がそんなこと計画するの？」

「金だけ持って引退しちゃった暇人さ」

「誰なの？」

「名前言っても知らないだろ」

「あのさ、ミステリーであるじゃない？　名前の知らない人から招待状が来て、見知らぬ男女が山の中の別荘に集められてっていうのが――。そういうことなの？」

「違う。君は、山の中の別荘に行って殺されたいのか？」

というような遣り取り（やりとり）があって、美也と唯継は伊豆高原へと向かった。

夏至の日から一月が過ぎた夏の黄昏は、突き刺すような暑さが少し静まって、妙になまめかしく官能的だった。

一日の最後の光が山の稜線（りょうせん）を金色に輝かせ、ゆっくりと翳（かげ）に沈んで行く濃い山の緑は、夕風に梢（こずえ）を戦（そよ）がせる。まだ明るさの残る時間に点された駐車場の照明は、広い駐車スペースに光を届かせることもないまま、曖昧な光を放って、その駐車場の奥から山の斜面に建てられたホテルの正面入口へと続く長めの階段だけが、白くぼんやりと浮かび上がっている。

駐車場には先客の車が五台ほど。それを車窓から見た唯継は、駐車場へではなく、左側に建てられている白い二階建ての建物の前に着けさせた。「オーベルジュ　かたつむり」という瀟洒（しょうしゃ）な看板が軒から下げられている。

美也を先に下ろした唯継は、ドアを開けて待っている運転手に、「明日は、そうだな十時頃に迎えに来てくれないか」と言って、美也に「十一時くらいの方がいいか？」と尋ね直した。

美也は、「三輪さん、今日は東京に帰るの？」と運転手に尋ねて、まだそれほど年の行っていない運転手は、「いいえ、今日は伊東の方に泊まるつもりです」と答えた。

「それなら、朝は十時でもつらくないわよね？」と言う美也に、運転手は「はい」と答えて、美也は唯継に「じゃ、十時で」と言った。唯継は運転手を車に戻し、黒いベンツはやって来た道を静かに戻って行った。

車の外は暑さが残っている。白塗りのドアのガラス窓の向こうにはレースのカーテンが掛かっていて、黄色で縁取られた赤い「本日貸切」の文字がそこにあった。

それを見た美也が「いいの？」と言うと、唯継はただ「ああ」と言って、真鍮のドアノブを回した。

「ここでチェックイン出来るんだ。中で上とつながってるからな。『貸切』って、俺達だけってことだよ」

ドアが開いて、ドアの上部に付いていた小さなベルが「リン」と鳴った。奥から人が現れたのと、「前に来たことあるの？」と美也が尋ねたのは同時だった。

唯継は軽く、「ああ」と答えた。

現れたのは、糊（のり）の効いた白いコットンのジャケットに黒いボータイを着けた制服姿の年配の男だった。玄関ホールとは言えないような広さだが、中のホールとは別の板戸で仕切られている。そのドアに掛けられた白いレースのカーテンを見ながら、美也は高輪の「遠望亭」を思い出した。

「富山だが」と、唯継は言う。制服姿の男は「お待ちしていました」と一礼すると、金糸交じりの淡い若草色のカーテンが掛けられた壁際のカウンターの板を持ち上げ、中からカーテンを開けた。その造りも「遠望亭」と似ていた。違うのは、実家のレストランが重い褐色の木材で出来上がっているのに対して、こちらがパステルカラーを効かせた白を基調にした建物というところだった。

男はカウンターの中からカードを取り出し、「ご署名だけお願いします」と言った。唯継がサインをしたカードを戻すと、男は「お食事はお二階です。お食事がおすみになりましたら、ホテルの方へご案内します。お召し替えはホテルのお部屋の方でお願いします。チェックインは完了しておりますが、本日のお部屋の方はノーロックでございますので、お手回りのお荷物やお召し物は、すべてフロントがお預かりいたします」

その言葉に唯継は「うん」と頷いたが、美也は引っ掛かりを感じた。「衣装は主催者側で用意する」と言われて、持つ手荷物は小さなバッグ一つだけれど、「ノーロック」というのはどういうことだろう？　美也は引っ掛かるが、誰も問題にしない。それは「ドアの鍵が掛からない」ということではないのだろうか？

男は、「ではこれを――」と言って、カウンターの上に羽根飾りの付いた赤と黒のマスク二つを置いた。目の周りだけを覆うヴェニスのカーニヴァルで有名なものだ。

「本日、貸切ではございますが、パーティへお越しの他のお客様もおいでですから、ご案内のお部屋まではこれを」と男は言って、「いいね、仮面舞踏会だ」と言う唯継は上機嫌で、取ったマスクの一つを美也に差し出した。

唯継は羽根飾りの付いた黒いマスクを顔に当てる。妙に淫猥な雰囲気が溢れ出た。

ホールへ続くドアを開けると、中は申し訳程度の照明が点り、ガランとしている。椅子とテーブルだけが並ぶ中を通り、二階の天井から点る明かりに照らされた白い螺旋階段を上がる。

ホールの床も階段のステップも、階下を見下ろすように続く二階の廊下にも、赤い絨緞が貼りつけられていて、上を行く者の足音を吸い込んでいる。視界の悪いマスクを着けて夫の後から螺旋階段を上がって行く美也は、さすがにこのレストランが隠し持つ怪しさに気がついた。

関係を表沙汰にすることが憚られる男女がここへ立ち寄り、食事をすると見せかけて、一時あるいは一晩を過ごす。チェックインはレストランですますから、宿泊の証拠は残らない。誘うにしても、「食事だけだから」と言えば、そのハードルは低くなる。伊豆高原にあって格式が高そうに見えて、その実はかなり怪しい——というか、かつての旅館、料亭や西洋のレストランが隠し持っていた情事の場という機能を、今なお忠実に伝えている。案内されて個室に入った美也は、自分が暗い海原に浮かぶ危うい船室の中に導き入れられたような気がした。暗い水の下にはなにがあるのだろう。

案内の男は、部屋の隅の棚の上から、プリントアウトされた一枚紙のメニューを取り出し、「本日お出しするお料理はこれでございます」と、一枚ずつ二人に渡した。「貸切」の今日は一種類のコースメニューしかないらしい。

「ワインリストでございます」と言って、男は革表紙の厚いワインリストを唯継へ渡し、受け取った唯継は「決めていいか?」と美也に尋ねた。メニューに目を落としたままの美也は、「いいわよ」と言った。夫の味覚を信用してのことではない。なにかが面倒になったのだ。

唯継に言い付けられて、男は部屋を出て行った。他にも客はいるはずなのに、物音一つしない。唯継はメニューを見て、「ここのエスカルゴはうまいんだ」と言った。

「だから店の名は『かたつむり』なのか」とも思わず、美也はマスクをはずした。乱れた髪を一振りして、「誰かとここに来たことがあるの？」と言った。

唯継は顔色を変えずに、「あるよ」と答えた。椅子の背に凭れた美也も顔色を変えず、「誰と？」と尋ねた。

「会社の人間だよ。あ、違うな。あれだ、エデュケイショナル・ツアーの遠藤だ。フリマ業界もユーザーの奪い合いになって来たから、旅行業界での可能性を考えてる」「遠藤さんて、男？」

「ああ」

「男同士でこんなところ来るの？　お城みたいな階段のある、お城みたいにロマンティックなホテルに？」

美也に言われて、唯継は一瞬虚を衝かれたように黙ったが、美也は格別にその先を追及しなかった。男同士でこんなところに来て、エスカルゴなんかを食べるはずがない。夫は、どこかの女と来たのに違いない。そう思って美也は、自分が夫に対する関心を失っていることを知った。なんの関心もない男がどこかの女と浮気旅行をしているからといって、なんだというのだろう？　なんでもない。

それなら自分は、なんでこんなところに「夫」という名の男と一緒にいるのだろうか？　分からない。美也が聞きたかったことは、「夫である彼が、誰とここへ来たのか？」ではなかった。応対に出たレストランの男が言った、「本日お部屋の方はノーロックでございますので」という言葉の意味だった。

男は、なんの不思議もないような当たり前のことを言いでもするかのように言ったが、「今日、部屋の鍵がない、掛からない」というのはなんだろう？　美也はまさか、夫婦同伴を前提とするその夜の仮装パーティが、夫婦交換のスワッピングパーティだとは思わなかった。

夫が頼んだワインは、ブルゴーニュの赤だった。放っておけば、夫はいつでも赤ワインを頼む。運ばれたワインの味は丸やかでよかったが、エスカルゴに赤ワインを合わせたくはなかった。齟齬というものはつまらないところから広がる。

料理の味はよかった。特に伊豆の山葵を活かした平貝の冷製クリームパスタは気に入ったが、それに対して格別言葉のない夫と共にいると思うと、その味も遠のいた。

最後のコーヒーが出されたのは、六時を回った頃だった。

「もうすぐ六時半になります。奥様の方はお仕度もございましょうから、コーヒーがおすみになりましたら、そちらのブザーをお押し下さい。ホテルの方へご案内します」

男の言葉に、唯継は腕の時計を見た。グレーの夏用スーツの袖口から現れたのは、かつて美也が「似合わないからやめて」と言った、小さなダイヤが一面に詰め込められた腕時計だった。美也は「お店に戻して」と言って、唯継も了承したはずだったが、結局その時計は戻されなかった。夫がその時計をしていることは来る途中の車の中で確認をしていたが、美也はなにも言わずにいた。「好きにすればいい」という思いと、「パーティだもの」という思いで、不快な言葉を口にしそうな自分を黙らせていた。

コーヒーカップを手にした美也は、「衣装はこちらでご用意なさるんですよね？　見ておきたいんですけど」と言った。

「すぐにご案内した方がよろしいでしょうか？」と、男は言う。

「今日のテーマってなんなんですか？」

「私輩（ども）は、サーカスと聞いております」

美也は「サーカス？」と繰り返して、唯継の方を見た。「やっと、自分の理解出来るコンセプトに出会えた」と思った。

美也に笑いかけられて、唯継はぎこちない「笑み」のような表情を返した。

「メイクの人とか、いるんでしょう？」

「はい、おります」

「だったら私、先に行っていた方がいいのかしら？　メイクをちゃんとしてたら、結構な時間がかかるし――」

「ご案内しますか？」

「ちょっと待って、これだけ――」と言って、コーヒーに口を付けた。

「おいしい」と言って、美也は自分がなにも考えない女子高生のような気分になっているのを、少しだけ疑問に思った。

　なんのためにこんなところまで連れて来られたのかはよく分からなかったが、「これから自分は、サーカスの女猛獣使いになるのだ」と思ったら、急に気分がハイになった。美也はカップを置き、「じゃ、お願いします」と男に言った。

「お先に」と唯継に言って席を立とうとした美也に、男は「畏れいります、マスクをお願いします」と言った。煩わしく思ってはずしていたマスクだが、仮面舞踏会なら必要だろう。「そうね」と言ってマスクを取ると、顔に着けて立ち上がった。もう一度夫に、今度は笑みを見せて、「お先に」と言った。

　夫はなんだか赤面したような表情を見せて、「うん」と言った。美也はその夫を、「田舎の男子高校生みたいだ」と思った。

　個室の外の廊下を行くと、トイレの場所を知らせる表示があった。そこを曲がってトイレの前を通り過ぎると、ひっそりと佇んでいるような木のドアがあった。男はそのドアを開け、「どうぞ」と美也をうながした。

　内側に照明がないわけではないが、坑道のように密閉された廊下は妙に秘密めいて、

「こちらです」と言われるままに階段を上がると、ドアの前に着いた。ドアの先には通行止めのチェーンが掛けられていて、それをはずすとホテルの廊下だった。

目の前は真っ直ぐに伸びる廊下。その廊下の右側にホテルのフロントがあり、廊下の手前、左側には二階への階段があった。

「お部屋は二階、二のAでございます」と言って、男は階段へ美也を誘導する。ホテル内のカーペットは、同じ赤でも下のレストランよりも明るく、壁や天井に付けられた照明は、華やかなアール・デコだった。

「こちらでございます」と言って、男は2Aの表示のあるドアをノックする。ドアはそのまま開けられて、中に二人の女がいた。メイクアップ担当と思われる女二人は黙って礼をして、案内の男は「私はこれで――」と言って部屋を出て行く。

写真撮影のための楽屋に入ったような気分で、美也は「よろしく」と言って前へ進み、女の内の一人は「こちらへどうぞ」と言って、鏡の前の椅子を勧めた。美也はその場に立ったまま、「今日の衣装を見せていただけるかしら」と言った。

二人の女は、一方がチーフ、一方がアシスタントのようで、椅子を勧めたチーフらしき女が、「こちらです」と言って、ベッドの上に並べられているものを見せた。

ベッドの脇には、細いピンヒールの黒い編上げブーツが二足、立て掛けるようにして置かれている。絹製のベッドの上掛けの上には、ブラジャーと一体型になった黒革のコルセットと、ガーターベルト。黒い網目の粗いストッキングと、黒いレースの下着が何点かあって、その先にクリーニング店のビニール袋に包まれた燕尾服らしきものが置かれていた。

「サーカスの猛獣使いという設定ですので、あちらに鞭とシルクハットもございます」と、女の一人が言った。見ると、ベッドからはずれた丸テーブルの上に、シルクハットと、縄のように丸められた革鞭、黒く長い指揮棒のような乗馬鞭が置かれていた。

「なるほど、やはり猛獣使いなのだ」と改めて納得した美也は、「ブーツだけ試させていただけるかしら？ サイズが心配なの」と言った。

「どうぞ、どうぞ」とチーフの女が言うので、美也は「じゃ――」と言って顔のマスクを取った。別に深い理由はない。これから着替えをするのに、マスクが煩わしかっただけだが、美也がマスクを取った瞬間、女二人は「あっ」という声を出した。「ＭＩＡさんですね」とは言わなかった。ただ「あっ」だった。


美也の方も「ＭＩＡです」などとは言わず、笑顔を作ってただ会釈をした。女達も「写真いいですか？」などとは言わない。美也の方も、自分が何者かと知られることを格別都合の悪いこととも思わなかった。

ツインのベッドの空いている方に腰を下ろした美也は、履いていたパンプスを脱いだ。女二人は編上げブーツの紐をゆるめ、そこに美也は足を通した。「どうです？」と言われて「大丈夫ね」と答え、「紐、結んでみます？」と言われて、「そうね」と答えた。

時間をかけて、女達は長い編上げブーツの靴紐を締めて行く。美也が「いいわね」と言って、その紐をまたゆるめて行く。女の化粧支度に時間制限はない。

「一度メイク落とします？」と言われて、「そうね」と答えた美也は、「じゃ、これお願いします」と言われて備え付けのバスローブを渡され、浴室で全裸になった。

メイクを落として全裸の体にバスローブだけを着けた美也が鏡の前に座り、メイクアップが始まった。

「どうしましょう？　少しシャドウやチークを強めにしてもいいですか？」と言う女の声に、「いいわよ」と答えた。

「髪の毛、ボリュームアップした方がいいと思うんですが、逆毛を立ててもいいですか？」

「いいわよ」と答えた美也は、「ここら辺でお仕事なさってるの？」と、髪の毛に手を掛けた女に言った。

「いいえ、私は小田原から来ました。呼ばれて『なにするんだろうな』って思ってたんですけど、まさかMIAさんのメイクをさせていただけるとは思ってなくて」

「私だって、ここでなにするか知らされてなんかいなかったのよ」

「そうなんですか？」

「そうなの。だから内緒ね。こんなところで、なんか秘密めかしたことやってるなんて」

「全然ですよ。言ったたって信じてもらえませんもの」

「あ、私、申し遅れました、ヨシノです。こっちは、ネイルのマッちゃんです」

言われてアシスタント役に見えた女が頭を下げた。美也が「よろしく」と挨拶をすると、ヨシノは、「今日は『余分な口きいちゃいけない』って言われてるんで、内緒にして下さいね」と言った。

この先になにが始まろうとしているのかが分からない美也は、「分かったわ」と明るく答えた。まるで、普段の写真撮影の現場と同じだった。

マッちゃんが言った――「スタイルがボンデージなんで、ネイルも黒かと思ったんですけど、ＭＩＡさんだと黒じゃなくて、濃い赤の方がいいと思うんですけど、どうですか？」

「それでいいわ」

髪にタオルを巻いた美也の顔に保湿液を塗っていたヨシノが、バスローブの襟元から覗く美也の肌を見て、「ＭＩＡさん、きれいな肌してますねェ、隠すのがもったいないみたい」と言った。

「猛獣使いのイメージって言われて、燕尾服を借りて来たんですけど」と、ヨシノは言った。

「羽織るだけにしません？　隠したらもったいないですもの。私は、パウダー叩きたい。黒いコルセットだけだと、ただのいやらしいボンデージファッションになっちゃいますけど、ＭＩＡさんの肌きれいだから、それ生かしたらＳＭなんかとは全然違うものになっちゃうと思うんですけど」

その言葉にマッちゃんも頷いた。美也は「やるの？」と言って、バスローブの襟元を開いて覗き見た。

「やりましょ」とヨシノは言った。

「肩から背中から、腕とデコルテと首周り全部、ボディメイクします」

「大変よ」という美也の言葉に、一流モデルを前にして興奮したヨシノは、「頑張ります」と言った。これから自分がどのような状況に遭遇するのか知らずにいる美也は、自分のあり方が規定のプランをどんどん変えて行くことに快感を感じ、「いいわ」と、白いバスローブの襟元を開けた。

女達は、自分達の思いつきに熱中して時間を忘れる。

ベッドサイドに置かれた電話が鳴って、ブラシを手にして美也の逆毛を立てるのに忙しいヨシノは、「マッちゃん、悪い、電話出て」と言った。

そう言われても、マッちゃんには彼女なりの手順がある。「少し待って下さいね」と、片手を差し出し美也に言いおいて、彼女は電話に出た。

「はい？　はい。はい。ちょっと待って下さい——。ヨシノさん、『もう八時過ぎてる』って、下で言ってます」

「うるさいなァ。こっちだってさ、やることやってんだからさ！　もう少しで出来ますって言って！」とマッちゃんに言ったヨシノは、「ねェ？」と美也に同意を求めた。

美也は「ふふふ」と笑った。

美也の座る鏡の前には、女達の持ち込んだ二基のライトが光を放ち、白いパウダーを叩かれた美也の裸の上半身は、光をまとった妖精のように白く輝いていた。「隠れますけど」と言って、ヨシノは美也の乳首に紅を差して、その色がなまめかしかった。

それから三十分、衣装を着けブーツを履いてバスルームの鏡の前に立った美也は、「これいらないわ」と言って、裸の肩に羽織っていた燕尾服をヨシノに渡した。鏡の前でメッシュの入れられた髪を一振りすると、シルクハットを持ったまま戸口から顔を覗かせているマッちゃんに、「それいらないわ。このままで行く」と言った。

楽屋を出て観客の待つランウェイへ向かおうとする時、モデルなら誰もがそうするように、美也もまた戦闘モードになってバスルームを出た。

ギュッと胴を締め上げる黒革のコルセットが美也の体を真っ直ぐに保たせ、白い燐光を放つような首筋を、真っ直ぐ前に向かわせる。マッちゃんが黙って、黒く長い革鞭と乗馬用の細い鞭の二本が載った銀盆を差し出すと、「これがいいわ」と言って美也は大きな黒い革鞭を取った。

美也の横をすり抜けるようにしてヨシノが部屋のドアを開ける。美也は一歩踏み出し、束ねられて輪になっていた革鞭を繰り出し、廊下の赤いカーペットをピシッと叩き、「行くわ」と言った。

ヨシノは、「階段を下りて、廊下を左に行った突き当たりが会場です」と言った。美也は黙って頷き階段に向かうと、ヨシノが「お荷物は私達がフロントに預けておきます」と言って、その後ろでマッちゃんは小声で「頑張って――」と言った。これにヨシノは、「頑張れって、なにを頑張るのよ?」と言わぬばかりの顔で振り返った。

階段の下で、廊下は左側へ一直線に伸びている。右を振り返れば、外のレストランへ通じるドアがある。不思議なことに、人の気配がしない。フロントに照明は点っているが、人の姿はない。「もう開始時間を過ぎている」と急き立てるような電話を掛けて来たのに、廊下の先のコンヴェンションホールのドアは、しんとしたまま閉じている。

真っ赤な絨緞の敷かれた廊下の片側には、直方体の磨りガラスを重ねたアールデコ様式の照明が部屋ごとに点り、磨りガラスの中で金色の花芯のような光が揺れるその横を鞭を手にして歩いて、「私はなにをしているのだろう?」と美也は思った。

美也の行く先に、一人の男が現れた。階下のレストランで迎えに現れた男と同じく、白のジャケットに黒ズボン、黒のボータイを着けた男は、顔に銀色のマスクを着けていた。

どこから現れたのか分からない銀マスクの男は、弓形に大きく伸びたドアの引き手に手を掛けて、「お待ちしていました」と言った。言われて美也はその時、「彼はどこに行ったのかしら？」と、レストランで別れたままの夫をようやく思った。

「念のため」と言って、ヨシノは美也の脚にもパウダーを叩いたが、廊下を浸していたエアコンディショナーの冷気を、その黒いレースのストッキングの間から覗く美也の脚は、不思議に感じ取った。

両開きのドアの片側が引き開けられた。

ムッとするような人の温気と、妙な音楽が同時に溢れ出た。赤い絨緞の上に、裸の人間達がいた。美也は、その光景を「見たことがある」と思った。

記憶の中に一枚の絵が蘇った。ルーブル美術館で見た、アングルの『トルコ風呂』という作品だった。人工的な表情をした裸の女達が、大きな円形の画面の中に犇めいていた。オスマントルコ帝国の後宮の様子を描いたフランス新古典主義の名作だとは言われていたが、美也にはそれがなぜ「名作」なのかが分からなかった。

絵の中の女達は、官能的でもない、哀れでもない、ただそれらしい表情を浮かべて、画面の外を眺めていた。なにも表さずに、ただ肉体だけがある——これのどこが「名作」なのだろうかと、学生時代の美也はルーブルで思った。

その絵が今、揺らぐように動き出している。不思議な表情を見せていた女達が、すべて羽飾りの付いたマスクを着け、女ばかりではなく、裸の男達もいた。流れる音楽は、ヴィヴァルディの『四季』だった。

ヴァイオリンが、急き立てるように春の音を奏でる。しかし、その場に居合わせる人間達は、誰もその音を聞いてはいないだろう。美也は後ずさりをした。「こんな醜(みにく)い場所にはいられない」と後ずさりをした美也の前に、一人の男が進み出た。マスクを着けていても、夫の唯継だとは分かった。

夫は、女性用の黒い下着を着けていた。人の欲望がこれほど醜い形をしているなどと、美也は思わなかった。

凝然(ぎょうぜん)として立ちつくす美也の前に跪(ひざまず)いた夫は、「女王様、私を鞭(むちう)って下さい。醜い私を憐んで下さい」と笑いながら言った。美也は堪えられなかった。言葉より先、丸めて手にしていた革鞭を、夫に向かって投げつけていた。

踵(きびす)を返した美也は、入って来たドアを押し開けた。頼りないピンヒールの靴を蹴るようにして、廊下を進んだ。体は熱気で震え、口からは「あなたが醜いのは私のせいじゃない！」という言葉が飛び出した。

誰もいないフロントのベルを鳴らし、出て来た男に「二のAの荷物を！」と言った。男は「お荷物はまだこちらに届いてはおりません。お部屋では？」と言った。

黙って美也はカウンターを離れ、二歩ほど行ってから、振り向きざまに「車を呼んで！」と言った。フロントの男の虚顔(うつけ)を見ると、それだけでは言い足りなくなって、「母が倒れたの！　早く呼んで！」と叫んだ。言った後で、すべてを断ち切ってしまう嘘というものの心地よさを初めて知った。

顔のマスクを毟り取って階段に投げ捨て、二階の部屋のドアをいきなり開けた。帰り仕度をしていた女二人が振り向き、「どうしたんですか？」と言った。

美也はなにも言いたくない。「母が倒れたの。帰ります！」と言って、コルセットを締め上げる胸元の紐に手を掛けた。その手を払うようにして、ヨシノは「私がやります」と言って、コルセットの紐をゆるめ始め、マッちゃんは屈み込んで、編み上げブーツの紐をゆるめる。

女二人に体を預けた美也は、「ヨシノさん、メイク落としたいの。なにかメイク落としあります？」と言った。

「あります、あります」と言って、ヨシノは自分のバッグの中から、大きな容器入りのクレンジングクリームを渡す。一刻も早く自由になりたい美也は、顔にメイク落としのクリームを塗る――顔と首筋と胸元と。

悪い魔法が解けてなくなって行くような気がする。マッちゃんがホテルの備え付けスリッパを寄せて、「OKです」と言った。

ブーツを脱いでホテルの使い捨てスリッパに履き替えた美也は、バスルームへ入ろうとした。「あ、ちょっと待って」と、コルセットの紐を手にしたヨシノが追う。バスルームのドアの前で美也は立ち止まり、コルセットの紐をヨシノが解くその横で、腰を屈めたマッちゃんが、ガーターベルトからストッキングをはずし、ガーターベルトをはずす。「あ、いいです」とヨシノが言って、胴周りを締めつけていた重いコルセットが床に落ちた。その瞬間、美也は眩暈を感じて、その場にしゃがみ込みそうになった。「大丈夫ですか？」と言うヨシノに支えられ、「大丈夫、大丈夫」とバスルームに入った。

鏡の前で息を吐く美也に、ドアの隙間からマッちゃんが薄っぺらなビニールバッグを差し出した。「着替えです」と言われるのを受け取ってバッグの口のファスナーを開け、見慣れた自分の服がそこにあるのを見た時は、心底ほっとした。

顔を洗ってクレンジングクリームを落とした。改めてメイクをしようという気にはならなかった。

メイクを取った美也の頭の上では、メッシュ染めの髪が逆立っている。美也は濡れタオルを使って逆立つ髪を揉み上げ、ドライヤーとブラシで髪を整えた。

「車はまだなの？」と思いながら、焦る気持を抑えて服を着た。鏡の中の自分の顔があまりにも素っ気なく寂しそうだったので、ポーチの中からルージュを取り出して唇に引いた。サングラスを掛けて、「どうして帽子を被って来なかったのだろう」と自分に悔(くや)んで、バスルームを出た。外の女二人に「ありがとう」と言って、部屋を出た。

部屋の外はまだ静かだったが、どこかからヴィヴァルディの『春』が聞こえるような気がした。

階段の下にマスクが転がっていた。受話器を持ったフロントの男が、現れた美也の顔を見て、「お車が来ました」と言った。

「車はどこ？」と言うと、「エントランスの外の階段の下です」と答えた。昼間見た長い階段の下に、ライトを点けたタクシーが停まっていた。夜の階段を下りながら、美也はアニメの『シンデレラ』を思った。

夜の中をタクシーが走っていた。空の高みには、満月に近い月が懸かって光を放っていた。「お客さん、よかったらシートベルトお願いします」と運転手は言ったが、美也は答えなかった。月の光に照らされて銀色に光る道を眺めながら、舞踏会を途中で抜け出したシンデレラのことを考えていた。

まだ魔法が解けたわけではない。「十二時の鐘が鳴り終わる前に戻らないと魔法が解ける」と言われて、鳴り始めた十二時の鐘を聞きながら王宮の階段を、シンデレラは下りた。その心理は分からない。しかし美也は、「その時のシンデレラは寂しかったろうな」と、自分に当てはめて思った。

やがて夢が醒める(さ)ことは分かっている。でも、まだ夢は醒めていない。消えて行く夢の後を追い掛けるように、階段を走り下りる。「階段に残した靴の片方はなんなのだろう？私は、それを手掛かりにして行方を探されたくはない」と、美也は思った。

涙は出ない。ただ「私はなにをしていたんだろう？」と思った。「すべて」を失ったのかもしれないとは思ったが、その実感はなかった。自分が曖昧な世界の中に生きていて、それがある形を取っていてくれると思っていたのが、魔法の杖の一振りで、すべてがサラサラと輝ける砂のように光りながら消えて行くように思った。

「私はなにをしていたんだろう？」と思って、その虚妄がどこから始まっているのかは分からなかった。分かっていれば、曖昧な靄のような世界の中で生きている理由はなかった。

「どこへ行けばいいのだろう？」とは考えなかった。木立の間を月の光に照らされる道は続いて、そこを車が走っている。「熱海の駅までお願いします」と、車に乗り込む時に言った。「行く先」は明確にある。そこから新幹線に乗って東京に帰る。「進むべき方向」ははっきりしている。しかし、名があるだけで、そこが現実に存在する明確な場所かどうかは分からない。

　タクシーにかけられた魔法が解け、砕けたカボチャのかけらになってこのまま道に投げ出されたら、どれだけ楽だろう。壊れた夢の外に、まだ魔法はあるのだろうか。

再会

貫一の店は、まずまずのスタートを切った。オープン初日に客が行列を作ったというわけではないが、まァまァの客は入った。カウンターの前に椅子が九脚という狭さなので、「客が来なくて閑散としている」という印象をあまり持たれずにすんだし、客が七、八人、入っていれば、「ここはなんの店なんだ？」と道行く人の好奇心を刺激することも出来た。

「カウンターの客が、料理の写真をスマホで撮っている」という待ちこがれた情報がアルバイト店員から届いたのは、オープン三日目のことだった。

翌日の仕込みのこともあって貫一が夜の七時に店に入ると、貫一とはそう年の違わない男の店員が、「さっき、客が写真撮ってましたよ」と言った。

「女か？」と聞くと、「いや、男でした」と答えた。「業界関係者か？」と思う貫一が「どんな奴？」と小声で聞くと、店員はつい目と鼻の先にいるカウンターの客の方に視線を走らせると、別に声を低めたりもせずに、「いや、若い普通のサラリーマンでしたよ」と言った。「ネットに上げんじゃないんですか」というのは、言わずもがなのことだった。「上げるぞ、上げるぞ、きっと上げるぞ」と思うと、珍しく貫一はワクワクする。冷静を装って「そうか」と言って調理場の奥へ進むと、フライヤーの前でメンチカツが揚がるのを待っていた調理担当の男が、「昼ですけどね、女も写真撮ってましたよ」と言った。

貫一が「そうか？」と言いたげな顔を向けると、男は「ランチタイムでまだ混んでて、後ろに客が立って待ってるのに、夢中でバシャバシャ撮ってましたよ。ウチはパンケーキ屋かよ、と思いましたけどね」と言った。

虎ノ門という場所柄、店の客層はランチタイムの会社員を想定していて、夜の営業はそれほど期待していない。「八時になったらＣＬＯＳＥＤの看板を出してくれ」とは言ってある。その言葉通りで、貫一の現れた七時過ぎに、客は三人しかいなかった。夜の中のガランとした店内を見て、しかし貫一は思った――「大丈夫だ」と。

翌日、貫一の思う通り、ＳＮＳ上に「わらじメンチ」の語が現れた。検索しやすいように、わざわざハッシュタグの「＃」を付けてくれている。頼みもしないのに、やって来た客が、自分の存在をアピールしようとして、店の宣伝をしてくれる。鮎を釣るために囮の鮎を川に放つ友釣りのようで、しかし、放たれた鮎の方には囮にされているという実感はないらしい。

囮の鮎は徐々に増えて、一週間後に「わらじメンチ」の語は、ネット検索ランキングのベスト50以内に入った。それを見た貫一は、あらかじめ用意しておいた「わらじメンチ」のホームページをネットに上げた。「お前達が興味を持つのなら、我々のことを教えてやろう」というような姿勢だった。

別に、そのホームページにたいしたことが書かれているわけではない。貫一がでっち上げた「わらじメンチの由来」と、「よろしくお願いします」の口上だけで、貫一は、誘蛾灯のようなサイトを作って人が来るのを待つというやり方をしたくはなかった。貫一のやり方は、効果的に攻める——まず刺激を与えて、そのまま放置し、放置された人間が動き出すのを待つというやり方で、それが自分にとって一番有効な方法だということを、四年の間に理解した。「店を出した。しかし応えない。お前達が手を振ってくれたら、こちらも顔を覗かせてやろう」というやり方だった。

貫一がネットに「わらじメンチ」のホームページを上げてから、ネットの検索ランキングがまた上昇して、それに伴って新たな検索ワードが登場した。「店長　イケメン」というのがそれだった。

「大きいけどペロッといけちゃう!」「外はカリッとして、中はふわふわ!」という「わらじメンチ」を語るありふれたツイートの中、「店長はイケメン」というフレーズも飛び出したのだ。

貫一自身、薄々予測しなかったわけではないが、自身がイケメンであることに格別のこだわりを持つわけでもない彼としては、「店長はイケメン」というツイートが、それほど大きな反響を呼ぶとは思わなかった。しかし、店に立った貫一の横顔は、無断で撮影され、ネットに上げられた。

「ねェ、これあんたの知ってる人じゃないの？」と言って、マネージャーの遠山が、スマートホンの画面を美也に見せた。

「誰？」と言って覗き込んだ美也は、まさかそこに「間貫一」の文字を見出すとは思わなかった。それはネットニュースの画面で、「わらじメンチのイケメン社長　間貫一さん」という文字が並んでいた。

「お笑いの人と似た名前だから覚えていたけど、これ、あんたのところにいた人じゃないの？」と、遠山は言った。

美也は、自分の瞳に文字が突き刺さるということを、初めて経験した。あまりにも思い出すべきことが多過ぎて、なにを思い出したらいいのかも分からない。束の間、美也は「間貫一」という文字がなにを意味するのかさえ分からなかった。

「『わらじメンチ』ってなに？」と、美也は目の前の遠山に尋ねた。

「虎ノ門に新しく出来たお店。狭いとこだけど、メンチカツが大きいんだって。行列も出来てるらしいよ」

美也は「そう——」とも言わず、遠山の手の中にあるスマートホンの画面を見ていた。

記憶が混乱している。それが「人の名前」だということは分かる。しかし、それがどんな人間なのか——どんな人間だと思って向き合えばいいのか、様々な記憶の断片が入り混って焦点を合わせてくれない。ネットニュースの記事の中には、貫一の小さな顔写真が添付されているが、写真の画像は美也の記憶を呼び覚ましてくれない。貫一に対する罪の意識が、「そこにその人がいる」と理解することを妨げている。

黙ってスマートホンの画面を目にしたまま固まってしまったような美也の様子を、マネージャーの遠山悦子も黙って見ていた。

伊豆から戻った美也は、家には帰らず、一人でホテルの部屋を取って、遠山に電話を掛けた。「あら、どうしたの?」と言う遠山に「夜遅くごめんなさい」と言って一拍置き、意を決して「離婚したいの」という言葉を吐き出した。「ちょっと待ってよ。なに? どうしたの?」と言う遠山の声を耳にして、美也は泣き崩れた。

驚いた遠山は、スマートホンに向かって「どうしたの? 美也ちゃん、どうしたのよッ!」と叫んだが、聞こえて来るのは美也の歔欷の声ばかりだった。

「もしもし! 美也ちゃん! 今どこにいるの?」

遠山の問いに、美也は自分のいるホテル名を告げた。美也が夫と共に伊豆へ行ったことを知る遠山は、「東京だよね?」と念を押し、「何号室?」とルームナンバーを尋ねた。

ただ口を動かしているだけのような頼りない美也の声を聞き、ルームナンバーを確認した遠山は、「今から行くから待ってなさい。いいわね？　そこなら三、四十分で着くから」と言って、通話を切った。

遠山悦子は四十二歳。離婚経験があり、世田谷のマンションに中学一年生の娘と住んでいる。時間はもう十二時を過ぎていて、外出の仕度を整えた遠山は電話でタクシーを呼び、娘の部屋のドアを開けて、「まだ起きてる！　ママは用事で出掛けるけど、あんたは早く寝なさいよ！」と言った。

ベッドで腹這いになってスマートホンをいじっていた娘は、母親の言うことを聞き流しながら、「帰って来るの？」と気のない声を出した。

「帰って来るわよ。『帰って来るまで待ってる』なんてこと考えないで、さっさと寝なさい。まだ夏休みじゃないんだからね。分かった？　スマホ切りなさい。そんなことばかりやってるとバカになるよ！　切んなさい！　早く！」と言って、娘がスマートホンを手放すのを待った。半ばふてくされた娘がスマートホンを枕の横に置くと、部屋の明かりのスイッチを切って、「出掛けるけど寝なさいよ！」と言ってドアを閉めた。

「どうして私ばっかりこき使われるのだろう？　なんだってこんな時間に出掛けなけりゃいけないの？　みんな勝手に生きているのに、なんだって私一人が尻拭いしなきゃいけないの！」と毒づきながら、それでも仕事人間の遠山悦子は、美也に不機嫌をぶつけないよう、娘相手に癇癪玉（かんしゃくだま）をぶつけていたのだ。「あー、ストレスばっかりだ」と思って、遠山悦子は部屋を出た。

部屋のドアを開けて遠山を迎え入れた美也は、そのままベッドの端に腰を下ろして黙っていた。足下には、プルトップの口が開けられた缶ビールがポツンと置いてある。ビューローの前に置かれた椅子を引き出した遠山は、腰を下ろすと「どうしたの？」と尋ねた。

美也は黙っている。東京へ戻るまで全身を固くして言葉や感情が漏れ出すことを必死になって抑えていた彼女は、遠山との電話で感情を暴発させ、自分をどう保てばいいのかが分からなくなっていた。

「どうしたの？」と言われた美也は、遠山に黙って顔だけを向けた。それは、「どうしたらいいのか分からないから、どうにかして――」という甘えの表情だった。

「あなた、富山さんと一緒に伊豆へ行ってたんでしょ？　なんかあったの？」と言う遠山に、渋々ながら頷いた。

「なにがあったの？」

「私、騙されたんです。なにか、変だなとは思ったんですけど、でも伊豆のホテルで仮装パーティをやるって言われて――」

「そうだったの？」

「違います。乱交（オージー）だったんです。夫婦同伴て言ってたけど、みんな裸で顔にマスク着けて――。あの人、黒いブラジャー着けて、私に『鞭で打ってくれ』って――。笑いながら言うんです。いやらしい！　私、あの人のことなんて、一度も好きだったことなんてないんです。私がオペラやコンサートに『行こう』って言っても、関心なんかなくて、平気で寝てるんです。自分はそういうことになんの関心もなくて、私のこと騙して、乱交パーティに連れてったんです」

「誰がそんなこと企画したの？」

「知りません。『金だけ持って隠退した人』だって言ってました」

「もしかして、伊豆のホテル全館貸し切って？」

「そう。みんな嘘ついて。あ、あの人、箕輪さんもいた。マスク着けてたけど、箕輪さんて分かった。あの人の奥さん、よっぽどのことがないとパーティになんか来ないから、どっかの女連れて来たのよ。私もういや。離婚したい！」

　美也の言葉に遠山は、「だめ」と言った。

「どうして？」

「離婚したい」と言う美也に対していきなり「ＮＯ」と言った遠山に、美也は尋ねた。

「あんた、自分がＣＭに出てるの忘れてないよね？」

　遠山は厳かに言った。

「企業イメージを損なったら、違約金が発生するのよ。契約書にそう書いてあるのよ。『離婚する』って言ったら、理由を尋ねられるの。あんたが黙ってたら、メディアの人間は探りを入れて来るのよ」

美也は黙ってうつむいている。

「ジョブドアの箕輪さんも来てたの？　大スキャンダルよ。分かる？　メディアの人間は、IT社長なんて嫌いなのよ。なんだか分からない金儲けをして、女優やモデルと結婚してるのよ。普通の人間がよく思うわけないじゃない。いい？　あの人達は絶対に認めないわよ。ネットの方だって手を回して、情報が流れないようにするわよ。知らん顔して、時間が過ぎるのを待つのよ。あの人達はそれでいいのよ。だって、CMになんか出てないもの。でも、あんたは違うのよ。品のいい高級リゾートのCMに出てて、一流の化粧品会社と契約を結んでるのよ。証拠があろうとなかろうと、へんな噂が流れたら、それだけでおしまい。たとえそれが事実じゃなくても、あんたがパパラッツィに追い回されたら、それだけでスポンサーの企業イメージは傷つくのよ。あんたの旦那がへんなパーティに出てたって、人はそんなに騒がないけど、あんたがそんなものと関係してるって言われたら、大スキャンダルになるのよ」

「じゃ、私はどうしたらいいの？　あの人の顔なんか二度と見たくないもの」

「別居すればいいじゃない。『新しい仕事に集中したいから、別居してる』って」

「新しい仕事ってなに？」

「『ドラマに出ないか』って話が来てるのよ」

「ドラマ？」

「今のあんたじゃ無理だけどね」と遠山に言われて、美也は頷いた。

「今は黙って別居してなさいよ。あんたは簡単に言うけど、離婚て大変なのよ」

「他に知ってる人って、誰かいるの？」と、遠山が言った。

「箕輪さんの他に？」

「違うわよ。あんたがそこにいたってことを知ってる人」

「ホテルに着いてすぐにマスクを着けさせられたから――。あ、富山がチェックインする時に、名前を書いたわ」

「そんなものいくらでもごまかせるから大丈夫よ。顔を見られなかったかって言ってるの」

「ずっと、マスクを着けてたけど――。あ、小田原からメイクの人が来てて、その人の前でマスクはずしたわ」

「メイクって？」

「だって、仮装舞踏会だっていうから、衣装もメイクも向こうで揃えて、待機してたのよ。それで『MIAさん』て言われて、私は確か『内緒にしてね』って言って、向こうの人も『もちろんです』って言ったと思うけど。それまでは『なんかへんだな』と思って少し警戒してたんだけど、メイクの人が待っててくれたので安心したのね」

美也は半ば放心状態で、それに対して遠山は、「そうですか」とあきれたような顔で言った。

「その『小田原』は、ちょっと危いね。他には？」

「ホテルのスタッフには見られてないと思うけど」

「マスク着けてたんでしょ？」

「うん」

「何人ぐらいに会ったの？」

「二、三人だと思うけど――」

「まァ、ホテルの方は承知の上でそんなことしてるからへんなことを漏らさないだろうけど、その『小田原』はちょっとね。その子達は、なにをやるのか承知で来てたの？」

「分からない。ただ、私のメイクだけで来たのかもしれないし。ちゃんと仕事をするいい人達よ」

「『いい人達』って、一人じゃないの？」「ネイルも入れて二人」

「あんた、のんきねェ」

言われて美也は唇を噛んだ。

「ともかく、離婚はだめ」と遠山は言った。

「でも私、もうあの人の顔、見たくない。いやだもの。ずーっと好きじゃなかったんだって思い出して、ほんとにだめ」

「だから、別居すればいいでしょ。この世界に仮面夫婦なんていくらでもいるんだから。CMの契約が切れるまで、我慢しなよ」

「私、自分の荷物持って来たい」

「取りに行けば」

「その時に富山が帰って来たら？」

　美也はすがるように遠山を見て、あきれたような表情を見せた遠山は、「知らないわよ」と言った。

「あんたの旦那でしょう？　そんなこと自分で考えなさいよ。荷物持ち出すのが大変だっていうんなら、明日の朝――あ、もう今日か、事務所の子何人かマンションの方に送るから、それでいいでしょ？」

　美也は頷いて、「でも、その荷物どうするの？」と言った。

「ここに持って来りゃいいじゃないよ。なに言ってるのよ、あなた甘え過ぎよ。しっかりして」

　これには美也も「はい」と答えざるをえなかった。

「じゃ、何時？　十時でいい？　あんたのマンションに何人か行かせるから。九時に電話入れるわよ。来なさいよ。あんたがいなかったら部屋の中に入れないんだから。分かった？」

美也は黙って頷いた。

「じゃ、私帰るから。あんたは、なんか飲んで寝なさい。もう問題は解決したんだから。あんた達は別居して、あんたはもう旦那の顔を見なくていいの。それで解決。分かった？」

美也は小さな声で「はい」と言った。遠山は立ち上がるとバッグを手にして、「いいわね？　帰るわよ。しっかりしてね。おやすみ」と言って部屋を出て行った。

その朝、美也が事務所のスタッフと共に自分のマンションに入った十時過ぎ、富山からの電話が美也のスマートホンに入った。昨日、運転手の三輪に「十時に迎えに来い」と言っていたことを思い出した。夫は目覚めたのだろう。美也はうるさく急かすスマートホンの電源を切った。

その後、富山からの電話は何度かあった。それを煩わしく思う美也は、通信会社を変え、電話番号もメールアドレスも変えた。

美也と連絡の取れない富山は、当然のように、マネージャーの遠山に電話を入れた。

「美也と連絡が取れないんだが、美也がどこにいるか知りませんかね？」

これに対して遠山は、「私の知る限りでお話ししますが」と前置いて、「美也さんはあなたとお会いしたくないと言っています。理由は分かりませんが、『離婚をしたい』と言うのを私は止めまして、『しばらくの間、別居をしたら』と申しました」と言った。

「どこにいるんですか、美也は？」

「ですから、お教え出来ません。『知らせないで』と言われておりますから」

「なぜです？」と富山は言った。

「ご夫婦間のことですから、私は存じません。富山さんの方がご承知なんじゃないですか？」と言われて、富山は黙った。黙ったまま電話を切った。

美也の行方を知りたい富山は、高輪の美也の実家にも電話を掛けた。電話に出たのは、美也の母の美子だった。

「もしもし、鳴沢です」

「あ、お義母さん、ご無沙汰してます。富山です」

「あらァ、お元気？　どうしてらっしゃるの？」

「この世に『憂い』などというものは存在するの？」と言いたげな、美子の声だった。

「相変わらずで、仕事ばっかりなんですが」と言って、富山は「美也はそちらに伺ってませんかね？」と尋ねた。

「来てませんよ。なにかあったの？」

「なにかあった、というわけではなくて、この間、ちょっと喧嘩になりまして」

「まァ、いけないわ」

「それでちょっと、連絡が取れなくなってまして、もしかしたらそちらかと――」

「いえ、来てません」

「分かりました。でしたら——、もしそちらに連絡がありましたら、私の方にお知らせ願えませんか、と」

「はいはい、分かりました。分かりましたよ」と美子は言って、それきりだった。

それから一週間がたち十日がたって、美也はようやく落ち着いた。新しいマンションに移って部屋の中が片付いたのを見たマネージャーの遠山は、「あんた、仕事持っててよかったわね」と言った。「離婚で一番困るのは、経済的要因だからね」と。

その遠山がネットニュースの画面を美也に見せたのは、それから五日ばかりが過ぎた頃だった。

「落ち着いた」といっても、美也の受けた衝撃は大きく、写真撮影のスタジオで平静にポーズを取っていても、それが終わればあからさまな疲労を見せる。スタッフと口をきくのさえもつらそうに見える。美也は自分の中に閉じ籠って、そこから出て来ようとはしない。ネットニュースに「間貫一」の文字を見つけた遠山は、「これであの子の関心を違うところに向けられないか」と考えたのだ。

美也と貫一が以前どんな関係にあったかを、遠山は知っている。学生時代の美也を、車に乗せて青山の事務所まで送って来た貫一を見て、すかさず「あなた、モデルになりなさいよ」と言ったことがある。貫一は「え？」と言って笑い、手を振って遠山の申し出を斥けた。その貫一に、悪い印象はない。

美也は、貫一のことを「お兄ちゃん」と言っていた。「その内、結婚することになる」ということも仄(ほの)めかしていた。二人の間になにがあって離れたのかは知らないが、自分の両親とも連絡を取らないでいる美也に、あるいは、かつての「お兄ちゃん」が立ち直るきっかけを与えてくれるのではないかと思った。少なくとも、自閉した美也の心を、外へ向けるきっかけになるのではと。

しかし美也は、ネットニュースの画面を見たまま、黙っている。遠山は、何度目かの「知ってる人でしょ？」という質問を繰り返した。

美也は黙って頷いた。そして、遠山の目を見て「帰ります」と言った。打ち合わせのため事務所へ寄った。その話も終わっている。立って事務所を出ようとする美也に、遠山は「ちょっと！」と呼び掛けた。振り返った美也の答は「大丈夫ですよ」だった。

「大丈夫ですよ」と言ったが、美也はあまり「大丈夫」ではなかった。魂が抜けたように立ち上がった美也を見て、「余分なことをしたかな？」と遠山は思ったが、してしまったことは仕方がない。

美也は骨董(こっとう)通りの歩道に立って、どうしたらいいか分からないまま、手を上げた。

人の視線がこわい。鍔広(つばひろ)の帽子をかぶり、強い日差しを避けるためのサングラスを掛けても、素顔を隠す仮面を着けているような気がする。人通りのある午後の骨董通りに、顔を隠す仮面を着けても、それを取って素顔をさらすにしても、どちらにしろ、人の視線がこわい。「こんなところでなにをしてるんですか?」と言われそうで。自分で自分を律することが出来にくくなった美也は、歩くこともただそこにいることもつらくて、手を上げた。

青山通りの方から走って来たタクシーが美也の前で停まり、ドアを開けた。冷房の効いた車内は暗い退避壕(たいひごう)のようで、片手で帽子を押さえて入った美也に運転手は「どちらまで?」と言う。そのつもりもないのに美也が口にした行先は「虎ノ門」だった。「虎ノ門ですね?」と聞き返されて、美也はやっと自分がどこに行こうとしているのかを理解した。胸がドキドキする。しかし、車はもうそこへ向かって走って行く。覚悟を決めた美也は、バッグからスマートホンを取り出し、「わらじメンチ」の位置情報を検索し始めた。

そこに行けば誰かに会える。懐かしい誰かに会うことが出来る――かもしれない。そう思って、ただ「懐かしい」という感情を胸の奥から引き出すだけで、全身の緊張がとけて行くような気がした。

「虎ノ門はどの辺りです?」と尋ねられて、「とりあえず、虎ノ門交差点の方へ行って下さい」と答えた美也は、その口吻(くちぶり)があまりにも冷静であることに驚いた。

車は六本木交差点から外苑東通りへ抜け、桜田通りに入って虎ノ門交差点へ向かって行く。窓の外を眺めていた美也はなにかを見つけて、「止めて！」と言った。

対向車線の脇の歩道の先に、大胆な赤白ストライプの日除けテントが見えて、そこにひらがなの「わ」が大きく書かれているのが見えた。車を停めさせて下りた美也は、向かい側の道路を横に入った脇道を覗き込んで、それが目的の場所であることを確認した。傾いた午後の日差しがキャンバス地の表面を輝かせ、大書きした「わらじ」の三文字を光の中に沈ませている。

美也は、道の先の横断歩道を渡って道を戻り、わらじメンチの店がある脇道の角に立った。

そこに、その店はある。そのことだけは分かって、どうしたらいいのかが分からない。胸は先へ進もうとするが、脚はその場に立ったまま動かない。ビルの境を抜けた光が、美也の立つ場所を暑く、眩しく照らす。じりじりと照らす光に急き立てられるように、美也は脇道へと入った。

夏の光に慣れた目に、店内の様子は暗くて分からない。テントに書かれた「わらじ」の三文字が、見下すように美也を見ている。「『わらじ』ってなんだろう？」と、美也は思った。自分とは関係のない、意味不明の文字がそこにある。美也の知る貫一と、その三文字の間には、なんの接点もない。

美也はためらった。そこへ行ってもいいものかどうか――。

一歩、二歩、足を進めて、突然美也は貫一の顔を思い出した。それは、熱海の梅林の横の坂道で「ごめんね」と言った時。美也の体を抱いていた貫一の目が驚愕したように見開かれ、貫一から離れようとする美也の動きを了承するように、美也の体を抱いた手が離れた――流れに向かって漂う舟の纜を解くように。
「私は、貫一さんを拒んだんだ」と、美也は認めた。「その私を、お兄ちゃんは『仕方がない』と思って、放したんだ。どうして私は、お兄ちゃんを拒んだんだろう？」と考えて、その答はもう見当たらなかった。

道に突っ立っている美也の横を、クラクションを鳴らして車が通った。美也は我に返って、貫一の店のドアを開けた。

店内に人の姿はまばらで、美也はカウンターの中の若い男に、「間、貫一さんは、おいでになりますか？」と尋ねた。

尋ねられた男は「間貫一って誰？」という顔をして、店の奥にいる相棒を見た。店の奥にいたもう一人の男は、「店長なら、まだこっちに来てません」と言った。

自分で尋ねておきながら、美也は、「誰ですか？　そういう人はいませんよ」という答が返るのを、一方で期待していた。この店と貫一が無関係であるのなら、つらい思いをする必要はない。そう、なにかに引かれるようにここまで来てしまったが、美也にとって「貫一と会う」ということは、つらい思いの扉を開けることでもあった。

しかし、返って来た答は、「間貫一はここの店長」というものだった。美也の胸に鈍い衝撃が生まれた。カウンターの奥からは、香ばしく刺激的なカレーの匂いが漂って来る。美也は、忘れていたことを思い出した。

「お兄ちゃんは、実家（うち）のレストランの支配人になるはずだったんだ。でも、私のせいで家からいなくなってしまった。そのお兄ちゃんが、ここで一から飲食店の仕事を始めようとしているんだ」

それが分かってどうなるのだろう。美也はなす術（すべ）もなく、店の入口近くに立っているだけだった。「このままでいてもどうしようもない。私はここに来てしまったんだから」と思う美也は、思いきって「あのォ」と声を掛けた。

「間さんは、いつならこちらにお見えですか？」

そう言って美也は、「お兄ちゃん」でもあったはずの人が、美也の実家の「鳴沢」とは無縁の、「間」という別姓の人だったということを改めて思った。

「自分とは無縁の人を、どうして私は尋ねるのだろう？」と思う美也に、キッチンの奥にいた男は、「七時くらいですかね」と答えた。美也は、「そうですか」と答えるしかない。

そうする内、食事を了えた男の客が「ごちそうさま」と言って席を立ち、美也のいる方へ来た。サングラスを掛け大きな鍔広帽子をかぶっている不思議な女を見た。

男の支払い金額は四百五十円──「これがお兄ちゃんの始めた事業か」と思うと、美也は悲しくなった。

黙って立っていても仕方がない。美也は会釈だけして、貫一の店を出た。なにも考えず表通りまで歩いて、「どうしよう?」と思って立ち止まった。高層ビルの向こうから、強い西日が刺すように向かって来る。「彼に会って、どうするんだろう?」と思う。どうしたいのかが分からない。

道の向かい側は、信号で停まった車の列が出来ている。金色の光が車の屋根に撥ね返って、美也は眩しさに目を閉じた。閉じた目を開けて見ると、車列の中の一台の車に、一人の男が乗っているのが見えた。美也は「あっ――」と息を呑んだ。そこに貫一がいるのが見えた。一歩車道へ踏み出しそうになった時、車列が動き出した。

男が乗っているのはタクシーだった。そして、タクシーに乗っている男は、貫一ではなかった。見知らぬ他人だった。

美也の目の中に貫一の幻像だけを残して、車はゆっくりと走り去った。美也の目は、その車を追った。

理由はない。理由など分からない。ただ、「彼に会いたい」という思いが募った。

彼と会えば、「会ってどうするのか」ということが分かる。彼と会わなければ、体の中に大きな傷口が開く。それだけが分かる。それしか分からない。でも、彼には会いたいのだ。

美也は時計を見た。午後の五時に少し前だった。「七時」になったら貫一は来るという。二時間ほどの時間を、ここで待って過ごすのか？　二時間が十分に縮まればいい。しかし、二時間は二時間で、十分にはならない。美也は逃げた。ここに立ちつくして、ストーカーにはなりたくない。横断歩道を渡り、少し前に車を停めたところまでわざわざ戻って、タクシーに手を上げた。

停まったタクシーの運転手に、「西原（にしはら）」と、自分の借りたマンションの場所を言った。運転手は「山手通りの向こうの、代々木の方の西原ですか？」と言って、「ここからだと、方向が逆ですけど、いいんですか？」と尋ねた。美也は黙って頷き、車は走り出した。

一人の座席の中でなぜかは分からない。美也の目からは涙が溢れて、うつむいたままの美也はサングラスをはずした。

美也は、目まぐるしく移り変わるテレビ画面の前でぼんやりしていた。日は暮れている。間もなく七時になる。それでも美也は、迷う以前にぼんやりしていた。

部屋に戻ると、見るつもりもなくテレビを点けた。なにをしていいか分からなかった。やっと立って冷蔵庫の冷たい水を飲んだ。体の芯に冷静さが戻りはしたが、それがよくない方へと美也を運んだ。それまで考えてはみなかったことが頭に浮かんだ。「私は、自分が『会いたい』と思って、彼に会いに行くことばかり考えているけれど、彼はどうなんだろう？　私の顔を見て『なにしに来たんだ！』と言わないだろうか」と。

貫一が、美也に会うことを拒否する可能性はいくらでもある。「もし彼に『なにしに来た!』と言われたら、どうすればいいのだろう?」――そう思って、テレビの前に置かれたソファの上から動けなくなった。

窓の外で、黄昏の色が夜の色へと移って行くのをあまり意識もせずぼんやりと見ていた。美也のマンションから虎ノ門まで、特別な渋滞に引っかからねば、三、四十分で行ける。夕方のニュースを伝えるテレビの画面は「6:30」を表示するが、美也にはその数字の意味が分からない。なにかがこわい。

時刻の表示が六時台の最後の数分を示した時、貫一が店に来るのは「七時くらい」と言われたことを思い出した。「あの店の営業時間はいつまでだろう? 貫一さんが店長なら、七時にやって来てすぐ帰るなんてことは考えられない。来たら、しばらくはいるはずだ。出来るなら、他に人がいない時に会いたい」と思って、「八時少し前にここを出よう。少し落ち着いた方がいい」と思い、息を整えた。

夜の外出に鍔広帽子はおかしい。サングラスも、いかにも「有名人」らしくておかしい。でも、素顔で夜の街へ出るのはこわい。昼の装いをシックな色の夜の衣装に変え、バッグを持ち大きめのサングラスを掛けて、部屋を出た。

車は以前と同じ桜田通りの、脇道が見える辺りで停まった。先へ歩いて横断歩道を渡り、脇道の口に来て美也の足は止まった。

そこに、誰かがいる。店の中から光は洩れているが、入口のガラス窓にはブラインドが下ろされ、逆光で書かれた文字は分からないが、おそらくは「CLOSED」と書かれた看板のようなものが提げられている。

店は営業を終わっているが、中には人がいる。美也は、貫一が毎日閉店間際にやって来て、翌日の仕込みをやっていることを知らない。でも、店の中には人がいる。しかし、戸口にも人がいる。肩を露出した白いブラウスに、濃い色のロング丈のスカートを穿いた若い女が、入口のドアの前に腰を下ろして、煙草を吸っている。「誰だろう?」と美也は思った。

その様子を見れば、明らかに誰かを待っている。中にいる青年の恋人だろうか? 中にいるのが貫一一人とは限らない。貫一のアシストをする従業員の男と付き合っている女ではないかと、美也は思った。

貫一は、戸口に座り込んで煙草をふかしているような女を好きにはならない、はずだ。ただの「関係ない女」がそこにいるのだと思って、美也は歩き出した。

戸口の女は、前を向いたまま煙草の煙を吐き出している。彼女が「店の中は禁煙だから、煙草なら外で吸ってくれ」と言われて戸口に座り込んだということを、美也は知らない。

美也が近づき、誰かが近づいて来るのに気づいた女は、座ったまま、顔を美也の方へ向けた。ブラインドを通して洩れて来る光は、女の顔を影にして、美也の顔をうっすらと照らし出す。

座っていた女が背を伸ばして、入口を背に立ち上がった。「若い女」と思ってはいたが、どうやらそれは違うらしい。どこかに窶れが見える。美也の行手を遮るようにして立った女は、一度小首を傾げてから、「MIAさんじゃありません？」と言った。

「一度お会いしましたよね？　どこでだったかしら――。あ、そう、国技館でお会いしましたよね。富山さんとご一緒で――」

美也は誰だか分からない。

「富山さんはお元気？　鞭をぶつけられたぐらいじゃ平気でしょうけどね」

美也は瞬間、凍りついた。

「誰だろう？　この女は誰だろう？」と思いはしたが、思い出すことは出来ない。

「この女は、伊豆での出来事を知っている」

怪しげなマスクを着けた女が、サングラスの奥の美也の目をじっと見ているような気がした――「あなた、なんでここにいるの？　なにしに来たの？」と探りを入れるように。

サングラスで顔を隠している美也の方が素顔をさらされ、誰だか分からない女は、怪しげなマスクをつけているように思える。

言われれば、美也の記憶のどこかに引っかかりがある。「誰だろう？」と思った時、入口のドアが中から開いた。中から若い男が顔を出して、目の前に立っている美也に驚き、後ろ姿を見せている女に向かって、「赤樫さん、終わったから中へどうぞ」と言った。

「赤樫？」と聞いた美也の目に、小型の女持ちの名刺が見えた。文字は読めないが、その女の出した名刺だった。「あの人はなんなの？」と尋ねたら、一緒にいた富山唯継は、「獲物を狙う禿げ鷹みたいなもんかな」と言った。

その場所は、東京の国技館だった。富山は、「人の集まるところには来るな」とも言った。夫の知り合いで、「人の集まるところ」には来る女——だったらあそこもまた「人の集まった場所」。そこにいたんだ、「赤樫満枝」だと、美也は不意に相手の名前を思い出した。獲物を狙う禿げ鷹のような女が、目の前にいた。

ドアの内側へ招じ入れられた赤樫満枝は、美也を振り返って、「あなたも、おいでになるんでしょ？　どうぞ」と言った。

美也にはその女が分からない。なぜ貫一の店で、「どうぞ」などと、自分の店であるかのような口をきくのか。

女に招かれて、美也は店の中に入った。女は、自分の後に続く美也に目をつけたまま、「この女はなんなんだろう？　間くんとなにか関係があるんだろうか？」と考えていた。二人の女は互いに、「どうしてこの女がここにいるのか」ということを知らない。

カウンターの中に貫一がいた。美也は静かにサングラスをはずした。

錐

照明を半分落とした店内に、新たな光が生まれたようだった。貫一はしばらく、なにが現れ出たのか分からなかった。

貫一はエプロン姿で、手にはめた使い捨てのビニール手袋をはずすところだった。カウンターを挟んで、美也と貫一は立ったまま、動かなかった。口を開くこともしなかった。わずかに、貫一の顔色が変わったようだった。仮面のように硬直した顔に、命の輝きが少しばかり宿ったようだった。

光が爆発してそのまま凍りついたような異様な光景がそこにあるのは、居合わせた誰にでも分かった。店にいたのは四人。貫一のアシストをしていた若い従業員は、入口の角に身を潜めるようにして立っていて、もう一人の人物——赤樫満枝は、まるで嘲笑うかのような高い声で、「なァんだ！　あなた達、知り合いだったの！」と言った。

もちろん満枝は、二人がただの「知り合い」以上の関係であることを理解していた。ただの「知り合い」で、こんな緊張感が生まれるはずはない。だから満枝は、そのよく分からない濃密な関係を蹴落とすために、ただの「知り合い」と断じてしまった。

ただの「知り合い」が、硬直したように立って向かい合っているのはおかしい——そういう理屈で、「お座んなさいよ」と満枝は言った。

「美也さん、ここになんか用事があるんでしょ？　お掛けなさいよ。間くん、どうしたの？　せっかく来てくれた彼女に、なんか言ってあげたらどうなの？」

訳知り顔で取り持ちめいた口を満枝がきくのは、もちろん、二人の仲を叩き壊したいからだった。

満枝に対して貫一は、いくら水を向けても関心を示さない。「バイトには任せられない仕込みがあるんですよ」と言って、仕事しかしない。会っても話すことは仕事のことだけで、目の前にいるはずの満枝の姿がまったく見えないようにしか思えない。

真顔で事業の伸展計画を話されると、自分がただの「金を出す道具」になったような気がする。しかも恐ろしいのは、貫一が誠実で、金に溺れて人を騙しているようには見えないのだ。すべてが理詰めで、話を聞けば頷かざるをえない。それが悔しい。

貫一と二人の時、満枝がしなだれかかって、「ねェ」と囁いても、貫一はなんの反応も示さない。顔を寄せて「女の気持が分からないの？」と言っても、姿勢を崩さず前を向いたまま、「分かりません」と言う。

あきれて体を離した満枝が、「あなた、なにがおもしろくて生きてるの！」と言うと、わずかに表情を曇らせて、「さァ」とだけ言う。言葉に頼れない満枝が腕を取って、「ねェ！」と揺さぶると、「やめて下さい」ときっぱり言う。

「僕達は、どういう関係なんですか？　あなたが僕に金を出して、僕はその代償としてあなたに体を提供するという関係なんですか？」

「そういう言い方ってないじゃない」

そう言う満枝を見下すように貫一は立ち上がると、「今のところ経営はうまく行っています」と言い残して、「失礼します」と去ってしまう。

なにかと理由を付けて満枝が食事に誘うと、特別な理由がなければ断りはしない。しかしいつも、最後は「失礼します」で終わってしまう。支払いは、後に残された満枝がする。誘ったのは満枝だから、貫一は悪びれることなく去って行く。残された満枝は、酒やワインを独りで呷る。「どうして私がいつも払うの！」と言いたいが、それは言えない。それを言えば「高の知れた女」だと思われる。

ホストに入れ上げるようになった女は、ある限度を越えると引き返せなくなる。ライバル客がいて、これと競争で金を注ぎ込むのではなく、それだけの金を注ぎ込んでしまった自分のプライドに邪魔されて、引き返せなくなる。自分一人でホストの競りを始め、自分が引き上げた高値を相手に虚しい競りを続けて行く。

自分が金を注ぎ込んだホストには、それだけの価値があると思い、「自分に見合う男ならばもっと価値があってもいい」と思い込み、更に金を注ぎ込んで行く。逃げて行く自己満足を追い続けるため、その金額の大きさで自身が破綻してしまうまで。

それまでホスト遊びはしても、一人のホストに不相応な大金を注ぎ込んだ経験は、満枝にはなかった。だからこそ、錯覚した。

満枝は、自分のことを実業家だと思っていた。その自分が、どうして金で自由になるホストに振り回されねばならないのか。満枝にとってホスト遊びは、若い男を掌の上で遊ばせておくことで、金の値打ちをよく知る満枝は、不相応な額の金を若い男に注ぎ込むような愚かさを持ち合わせていなかった。しかし、貫一はホストではない。哀れなことに満枝は、ホスト以外の若い男とまともに向き合ったことがなかった。

若い男には金をやる。相応に年のいった男となら、金を貸す。そのようにして満枝は男と渡り合って来た。自分の親よりも遥かに年上の夫に金で買われたような満枝にとって、自分より年上の男が、金の前に頭を下げるのを見るのは快感だった。不幸な満枝は、不安定な快感原則の吊り橋を渡る以外に、男と付き合うことを知らなかった。

彼女の前に現れた彼女より二十歳も年下の貫一は、ホストに相応の年頃だった。しかし彼は、「金をくれ」とは言わなかった。初対面の彼女に「自分の計画する事業に出資しろ」と言った。彼女は面喰った。

しかし貫一は弁が立った。自信に満ちていた。そして満枝にとっては肝腎なことだが、彼は「この事業に投資すれば大儲け出来る」とは言わなかった。「大儲け出来るはずだから金を出せ」というのは胡散臭い。詐欺師まがいの男は、必ずと言っていいほど「大儲け」を口にする。しかし、若い彼はそのことを保証しようとはしなかった。若くて美貌で才気がある彼に賭けてみようと思ったのは、そのためだった。もちろん、それだけではなかったけれど。

貫一を受け入れたはよいけれど、満枝にはその後のことが分からなかった。貫一は一方的に事業計画を話す。出資者である満枝の了解を得て、具体的に事を進めて行く。満枝にとってそれは、事業に挑む若いホストの後押しをするのと同じだった。それは初めからだが、満枝は、貫一を自分の掌の中につなぎ止めておく確証がほしくなった。

初め、満枝のところへやって来た貫一は、「ウィークリーマンションを借りている」と言った。出資者になる満枝は、「もったいない。私の持っている部屋を使いなさい」と言った。飛ぶ鳥を籠に入れるつもりで。

貫一は、満枝の申し出を「NO」と言った。それを受け入れれば、結果がどうなるかは目に見えている。しかし満枝はあきらめなかった。「いいじゃないよ、空いてるんだから」と言い、「ただ遊ばせとくのはもったいないじゃないの」と、貫一を口説いた。

貫一の答は、冷静で厳正だった。「赤樫さん、僕はホストじゃないんです。ホストに外車やマンションを買い与えるみたいなことを言うのはやめて下さい。それは、スキャンダルですよ」と言った。

「スキャンダル」という言葉に満枝はわずかにたじろいたが、「スキャンダルでもいいじゃない」とは言わなかった。自分の言葉が、プライドの高い貫一を傷つけたのだと理解した。

「違うのよ。そうじゃないのよ。お店がね、オープンするまで、あなたは無報酬で働くの？　そうじゃないでしょ？　私の出資したお金から、あなたは報酬を受け取るのよね？　あなたの部屋の住居手当てだって同じでしょ？　事業収入はまだないんだもの、その支払いは私のお金がするのよね。だったら、私の持ってる部屋をあなたが使うのだって同じでしょ？　どっちにしろ私が出すんだもの。別に私は、あなたを愛人扱いしているわけじゃないのよ」

そう言って満枝は貫一を見た。「ね？　私には後ろめたいことがないでしょ？」とでも言うように。

貫一も、満枝のその目を見直した。「あなたは、自分がなにを言ったかを理解していますね？」と問い直しでもするように、じっと見た。

もちろん貫一は、それで満枝がおとなしくしているとは思わない。思わないが言質は取った――「私は、あなたを愛人扱いしているわけじゃない」と。

満枝が買って持っているというのは、新しく虎ノ門に出来たタワーマンションの部屋だった。虎ノ門の店舗で確定する前に、貫一には不似合いに広い三ＬＤＫの住居は確定した。「彼は私の掌の中にいる」と、満枝はその部屋の合鍵を手にして思ったが、籠の中の小鳥は、そうそう彼女の思い通りになるものではなかった。

客席側の照明を落とした店の中には、張りつめた空気が漂っている。

小劇場の舞台のように、そこだけ光に浮かび上がるカウンターの中にいる貫一は、黙って立ったまま口を開かない。カウンターを挟んで貫一と向き合っている美也も、動くのを忘れたように、立ったまま黙っている。店の中が異様な空気で凍ったようになっていることを知るバイトの青年も、その空気に圧されたように、戸口の壁際に張りついていた。

満枝に「お座んなさいよ」と言われた美也は、その言葉を無視するように立ったままでいる。ただ一人、満枝の甲高い声だけが、なにかを急き立てるように響く。

「どうしたの？　どうして二人とも黙ってるの？　ＭＩＡさんは、ここに用があっておいでになったんでしょ？　どういう関係なの？　ねェ、間くん、知らない人じゃないんでしょ？　ＭＩＡさんとは、どういう関係なの？」

店の奥に立って「間くん」と呼び掛けながら、その視線は美也の方に向けられている。人を刺す、鋭い錐のような視線が「あんたはなんなの？」と言っている。

美也はその視線を昂然とはずし、「なにが起こっているんだろう？」と思う貫一に同じ錐のような視線を向け、「私は、貫一さんの元婚約者です」と言った。

「あらァ！」と、満枝は笑い声に似た高い嘲り声を出した。貫一は、立ったまま、わずかにその視線を下に向けた。それは、男一般が時折見せる「気まずい」という意思表示だった。

その貫一の体を揺さぶるように、「まァ、まァまァ、そういうご関係でいらっしゃったの。道理でねェ」と、満枝は一人声をぶつける。一息吐いて、「そうなんだ。貫一くんの、婚約者ねェ。昔の」と続ける。

「間くん」と言っていた呼び方が、「貫一くん」に変わっていた。

「赤樫さん、でしたっけ？」と、美也も負けずに口を開いた。「あなたは、どういうご関係なの？」と。

貫一の顔を撫で回すような視線を向けて、その視線を一瞬美也にも向けて、満枝は、「私は彼の共同事業者よ」と言った。

「ああ、それで。赤樫さん、お金貸しでしたものね」と美也が負けずに言うと、満枝は、残忍な表情を自分で楽しむようにして、

「いいのかしら？」と言った。

「なにかしら？」と、美也。

「それはね、恋愛は自由な世の中だと思うわよ。でもね、ＭＩＡさん、あなた結婚してる

んでしょ？　旦那さんはあなたの行方を探してるって聞いたわよ。旦那さんのところから突然いなくなって、どこへ行ったかと思ったら、昔の婚約者のところへこっそりやって来るって、世間が言うところの『不倫』じゃないの？　あなた、富山さんのところには帰ってないんでしょ？　いやねェ、帰りなさいよ」

美也はぐっと歯を食いしばった。

「この女は、どうしてこんなことを知っているのだろう？　あのホテルにこの女がいたのは間違いないが、この女はどうして富山の様子を知っているのだろう？　『どうして知っているの？』と前に聞いた時は、『昔ちょっと、金を借りた』と富山は言ったはずだが、夫とこの女は、それだけの関係なのだろうか？　貫一さんの『共同事業者』というのは――？」

「この女は貫一さんとどういう関係があるんだろう？」とは思ったが、意外に疑問の根は深く、広く張っているようにも思えた。

貫一はなにも言わない。「あなた、富山さんのところには帰ってないんでしょ？」という満枝の言葉に反応して美也の顔をちらと見たが、美也は視線をそらして、薄暗い壁の方を見ている。

三人の視線がそれぞれ違う方向を向いて絡み合わずにいる中で、主導権を取っているのが満枝であることは明らかだった。

美也は「伊豆のホテルの出来事」を貫一に知られたくはない。もし満枝がそのことを口に出しでもしたら、摑みかかってやると、心に決めていた。ところが、満枝の視線は意外な方向に向いた。

満枝は、「今ここでなにが起こっているのだろう?」と思って身を固くしている戸口近くのバイト青年の方を見やって言った。

「どうかしら? 場所を変えません? ここは彼に任せて。いいでしょ、貫一さん」

貫一は、黙って満枝に頷いた。

「貫一さんのお部屋がこの近くにあるの。そこで話をしましょうよ。歩いてすぐのところよ」

満枝に言われて、美也の心臓は止まりそうだった。「話をする」と言って、なんの話をするのだろう? 「友人同士の気の利いた会話」であるはずがない。満枝に促されて頷いただけの貫一に、表情らしいものはない。

「じゃ、吉川くん、後頼むよ」と、鍵の束をポケットから取り出すとカウンターの上に置き、自分はそのままカウンターを出てドアを開け、外へ行ってしまった。

貫一がなにを考えているのかは分からない。貫一は、「共同事業者」の満枝と一緒に、この辺りに住んでいるのだろうか? 美也も続いて、貫一の後を追った。

「貫一さん、一体あの人は、あなたのなんなの?」

それに振り返った貫一の答は、「なんでもないよ」だった。

「『なんでもないよ』って、なによ!」と言おうとして、美也は気がついた。やっと聞いた貫一の声は、昔のままだったのだ。

美也は立ち止まって貫一を見た。貫一は道に立って美也を振り返っている。着ているものは変わっているが、そこにいる貫一は昔のままの貫一だった。

昔、浴衣を着て二人で高輪の夏祭に行った。美也は歯音の高い塗り下駄で、貫一も糊の香が清々しい紺の浴衣だった。今、美也は足音を消すコルクのサンダルで、「なに?」と立ち止まって美也を待つ貫一の後に続いているようにも思えたが、そこに「吉川くん、じゃお願いね」という満枝の甲高い声が割り込んで来た。声の後から満枝自身が小走りになって現れ、ためらうことなく貫一の腕を取る。

「やめろよ」「いいじゃないの」という愚かしいやり取りがあって、満枝の腕を振り払った貫一が、人通りの少なくなった夜の道を一人で行く。ビルの谷間に星の輝きが見えるわけもない。肩を丸出しにした若造りの満枝が貫一の後を追う様子を、美也は哀れと思って見た。

「誰も幸福ではない」――そう直感して、なぜか心が静まった。

空の鳥籠

　虎ノ門交差点を見下ろして、新しい超高層ビルとタワーマンションが立っている。貫一の店へ行く途中で、美也はその建物を見たと思う。見たけれどなにも感じなかった。今そこへ、貫一と満枝の足が向かっている。いくつもの明かりの点る無機的な暗い建物を見上げ、「ここに彼はいる」と思うと、なんの意味も持たないガラスとコンクリートの夜の建物が、懐かしい人肌の温もりを持つもののように感じられた。

　満枝はさっさとエントランスに進み、自分の鍵でドアを開いている。「貫一の部屋」のはずが、どう見ても「満枝の部屋」で、満枝の後に付いて行く貫一は、「すべてを母親に仕切られている息子」のようだった。

　美也は貫一の後ろに近寄って、「ここは、赤樫さんのお部屋なんですか？」と尋ねた。自分が、自然な口調で貫一に語りかけている、そのことに驚いた。

　貫一は振り返って、「彼女が持っている部屋を、僕が一時的に借りているだけさ。その内に出て行くけどね」と言った。離れていた時間がこんなにも自然にくっついてしまうことが不思議と思えるような、声の近さと響きだった。「『すべては変わってしまった』と思っていたけれど、本当はなにも変わっていないのかもしれない」と、美也は思った。

中に入ると、二十四時間体制のコンシェルジュが、「お帰りなさい」と一行を迎えてくれる。黒い大理石の床はひんやりとして、美しく磨き上げられている。

エレベーターの前で満枝は、エレベーターのためのコードを入力して、上からエレベーターが来るのを待っている。ドアの上の階数表示だけを眺めて、並んでやって来る貫一と美也の方を見ない。「なにを考えてるのか知らないけど、ここは私の領分なんだから」と、剝き出しの肩にエアコンの冷たさを感じながら、満枝は黙って立っている。

閉じられたままのドアの前でエレベーターを待つ、美也と貫一と満枝の三人。少なくとも美也にとっては、そのわずかばかりであるはずの沈黙の時間を堪えるのがつらかった。エレベーターが来て、満枝が28の階数ボタンを押しても、冷たく息苦しい。

二十八階の部屋はガランとしていた。

そもそも貫一は、自分の部屋を物やコレクションで飾り立てるような人ではない。部屋がガランとして見えるのは、一人の暮らしにこの幾室もある部屋が広すぎるからだろう。美也は、高輪の家にあった貫一のきれいに片付いていた部屋の様子を思い出して、「彼はなにも変わっていないのだ」と思った。

四年前の部屋、そして四年の後の部屋。部屋の主のあり方を反映する部屋のあり方は、なにも変わっていないように思ったが、しかし美也は、その四年の歳月の間に、貫一がどのような部屋を転々としていたかを知らない。そのことに思いを馳せる必要があるのかどうかさえも分からなかった。

二十畳ほどの広さのその部屋には、藤色のカーペットが敷きつめられている。部屋の隅にシンプルなソファと小さなテーブルがあり、その傍らにテレビも置いてある。その他に、来客用の椅子もない。部屋の真ん中に立っているのもおかしいので、美也はカーペットの上に腰を下ろしたが、そのカーペットの藤色がどうも落ち着かない。かつての貫一が選ぶような色とも思えない。藤色という中途半端な色よりも、かつての貫一なら、無彩色のグレーを選ぶだろう。「その方が落ち着くだろうに」と思う美也は、その色を選んだであろう、この部屋の主を探したが、どこへ行ったのか、一緒に部屋へ入ったはずの満枝の姿が見えなかった。

貫一は立って窓際のカーテンを開け、外を見ている。引き開けられた厚いカーテンの下には薄いレース地のカーテンが掛けられていて、そこから、夜の東京の街の灯が透けて見える。そのカーテンは、誰が選んだのか？　美也には、貫一の選ぶレースのカーテンの趣味は分からない。彼が、果たしてレースのカーテンを選ぶのかどうかも。美也が選んだものを、貫一が「いいね」と言って受け入れる——そんなことしか考えられない。

どこかでなにか物音がして、外を見ていた貫一が振り返った。リビングルームの奥のドアから、ミネラルウォーターの瓶とグラスを三つ手にした満枝が、「ほんとにこの部屋なにもないわね」と言って現れた。

「この人、お酒飲まないからさ、冷蔵庫の中、ほんとになにもないの。水だけ。このグラスだってあたしが買ったのよ。『なんでないの？』って言ったらさ、『いらないものはいらない』って——。そういうわけにもいかないでしょう。だから私が買ったのよ」

「間くん」が「貫一くん」になって、満枝の貫一に対する呼び方は、「この人」にまで変わった。

貫一は立ったまま、「悪いけど赤樫さん、席はずしてくれないかな。僕達、話があるんだ」と言った。

彼は、「僕達、話があるんだ」と言った。その声を聞けただけでも、美也は「ここへ来てよかった」と思った。しかし、それを思うのは美也だけで、満枝の方はまた違った。

「あら、どうして？　私だって、話があるのよ」と、満枝は言った。

「座が白ける」というのはこういうことを言うのだろう。美也も貫一も言葉を失い、満枝でさえも、「なに？　私へんなことを言った？」とでも言うような顔で、貫一と美也を交互に見た。

その無様な沈黙を救ったのは、インターホンのチャイム音だった。

さも当然という様子で満枝は立ち上がって、インターホンのところまで行くと、モニター相手に喋り始めた。

「なに？　ああ、ご苦労さん」

そう言って貫一の方をチラッと見ると、「いいわ、私が取りに行くから。そこにいて。うん、行くから」

そしてインターホンをオフにすると、満枝は貫一に言った。

「吉川くん。下に来てるの。店の鍵、持って来たって――」

言われて貫一が進み出ようとするのを、「いいの、いいの」と止めた満枝は、「私が行って来るから」と言った。

「お腹、空いたでしょ？　下の店、まだデリバリーやってると思うから、ついでになんかあったらテイクアウトして来るわ」

そう言って、部屋の隅に放り出してあったバッグからショールを引き出すと、それを肩に巻いて部屋を出て行った。

美也の方を満枝は、まったく見なかった。まるで同棲相手の男に留守を言いつけるようにして、部屋を出て行った。

「あなた達の間にどういう『話』があるのかは知らないけど、私はお腹が空いたの。あなただって同じでしょ？　だからそうするわ。私が出てる間、ここでなにするのか知らないけど、私達はここでご飯を食べるためにいるのよね」と強調して、無言で美也を押しのけるようにして。

美也と貫一は、満枝が後に残した空白の中にいた。ついさっき貫一は、満枝に対して、「僕達、話があるんだ」と言って美也は、「彼が私になんの話があるのだろう?」と思った。美也に対して「話すこと」など、貫一にはなにもないのではないかと思っていたのだ。しかし貫一は、「ある」と言った。「席をはずしてくれ」と言った貫一なのに、満枝が席をはずしても、「なにか」を切り出す様子は見えない。

貫一がカーペットの上に腰を下ろした。二人の視線はカーペットに落ちて、一つに重なることはない。美也は束の間うろたえた。この空白の中で、もし貫一に「なにしに来たの?」と聞かれたら? 「なにか、話でもあるの?」と言われたら、どう答えたらいいのだろう?

美也は、貫一に話があって来たわけではない。どうしようもなく会いたくなって、やって来てしまった。それも、今日の午後になって突然。

昨日まで、貫一がどこでどうしているのかなど、知らなかった。「知りたい」ということさえ思わなかった。

なぜ会いたいと思ったのだろうか? そのことに答はいらない。「会いたい」と思うのは、ただ「会いたいから」だ。

では、会ってどうするのだろう？・「会いたい」と思う心の行き着く答は、「そして、受け入れられたい」なのだ。「そのような答がある」と言われれば、美也は素直に頷いただろう。しかし美也は、まだ「そういう答があってもいい」というところへ辿り着けてはいなかった。だから美也は、差し障りのないことを口にした。

視線を落としたまま、美也は「私、離婚をしようと思ってるんです」と言った。それは、美也にとっての「差し障りのない話」だった。

美也は既に富山を愛していない。それを言えば、初めから富山を愛してはいない。なくなったのは「富山への愛」ではない。

「富山と結婚をしてもいい、結婚をしていてもいい」という意思がなくなった。マネージャーの遠山は、「今、離婚なんか出来ない」と言う。「今出来るか、出来ないか」の問題ではない。「結婚を続ける」という意思がなくなった以上、離婚はもう既定の事実なのだ。彼女の中で既に定まった「明白な事実」を口にしても、なんの差し障りもない。だから、それを言った。

貫一との間にわだかまりが残っていることを、さすがに美也は知っている。「もう、二度と会いたくないの」と言って別れたわけではない。冬の熱海の急坂道で、「ごめんね」と言って別れた。その言葉で、美也の肩を抱いていた貫一の手が離れた。

「私はどうして『ごめんね』と言ったのだろう？　そうだ、富山と結婚するからだった。

だから『ごめんね』と言った。でももう、富山との結婚は続けない。だから、そのことを言えば、貫一さんとの間にあるわだかまりも消えるのではないか」と思って、「富山との離婚」を口にした。

もちろん、人の思いがいつでも正鵠（せいこく）を射ているわけではない。「思い」という名の乱れが、あらぬところへ矢を放つこともある。美也は、深い考えがあって貫一に「離婚」を伝えたのではない。なにかを言おうとして、なにを言えばいいのか分からなくて、口に出来る「差し障りのないこと」を言った。それが、貫一との間に存在するわだかまりの扉を開くことになるのかと思って。

もちろん貫一は、美也と富山の間になにがあったのか、なにかがあったのかどうかさえも知らない。それで言えば、強い力を掛けて美也とのことを忘れようとした貫一は、結婚した美也と富山に対して、一切の関心を払わなかった。なにも知らず、知りたいとも思わなかった。その代わり、富山の財の元となるＩＴ社会を深く憎んだ。

貫一は、「私、離婚をしようと思ってるんです」という美也の言葉を聞いて、顔を上げた。二人の視線が、その場でやっと一つにつながった。

貫一に見られて、美也の頬は紅らんだ。まるで紅らんだことの重さにでもよるように、美也の視線は下に落ちた。その様子を、貫一はただ見ていた。じっと、見ていた。うつむいた美也の肩を抱くということもなしに。

「美也ちゃん」――その言い方は、昔通りだった。昔通り、ややこしい感情など示さず、冷酷な表情も見せずに貫一は、「それを、僕に言ってどうするの？」と言った。

美也はすかさず顔を上げ、片膝を一歩だけ前に進めると、「じゃ、やっぱり赤樫さんと？」と、心にもないことを言った。

美也は、貫一と満枝の間に「男と女の関係」があるとは思っていない。「そんなものがあるはずはない。あってたまるものか」と思っている。しかし貫一は、美也を拒んだのだ――「それを、僕に言ってどうするの？」と。

拒む以上、理由がいる。貫一に美也を拒ませているのは満枝だ――「それしかない」と思って、美也は言わなくてもよいことを言った。

突然血相を変えた美也の様子に、貫一は驚いた。その顔を見て、美也も我に返った。「ないわよね」と美也は言ったが、貫一は「なにを言ってるんだ」というような顔をして、なにも言わなかった。言ったことは、「僕は、君とあの人の結婚について、なんとも思ってはいないんだ」ということだけだった。

美也は悲しくなった。そして、「なんとも思っていない」と言った貫一の顔にも、寂しさがあった。

貫一は黙って立った。美也に背を向けて、白いレースのカーテンの掛かったガラス戸の前に立った。黙って外を眺め下ろして、そのまま「美也ちゃん――」と言った。顔だけを後ろに振り向けるようにして、「君は、『大人になりたい』って言ったよね」と言った。美也も立ち上がって、貫一の方へ近寄った。その時、ドアが開いて「あー、終わった！」の声と共に満枝が帰って来た。

「ケータリングは、下のコンシェルジュに頼んじゃった。飲茶のセットがあるっていうから、中華でいいわよね。はい、鍵」と言って、満枝は部屋の端の小さなテーブルに店の鍵束を置くと、突然気がついたような顔で、「なにしてるの？」と貫一に言った。

美也と貫一はなにもしていない。貫一の言葉に反応して立ち上がった美也は、やって来た満枝の勢いに押されて、一歩、二歩、貫一の方に近付いて、その様子を無視したままでいた満枝に声を掛けられた時には、まるで怯える美也を貫一が守っているようなポーズに見えた。

「なにしてるの？」

手にしたバッグを床に投げ出した満枝は、今度は美也に向かってそう言った。

「なにを？」と言われても、なにかをしているつもりのない美也は、答えられない。満枝は、黙っている美也の方に近寄ると、睨みつけるようにして、「ここでなにしてるって、言ってるのよ！」と言った。

言っておいて、満枝は美也の答を待っていない。

「あなた、旦那がいるのよ！　あたしの部屋にやって来て、あたしの前で不倫なんかしないで！」

中肉中背でやせ型の満枝は、美也より背が低い。立っている貫一と美也の間に入り込んだ満枝は、少しずつ美也の体を貫一から引き離し、部屋の中心へ追いやろうとする。

「『話がある』って言ったわよね。『話がある』って。だから私は『どうぞ』って、気を利かせて席をはずしたのにさ。ところがどうォ？　戻って来たらさ、二人でなにやってるのよ？　さすがね、伊豆のホテルに行って、乱交パーティなんかやってる人は違うわよ！」

「やめて！」

「あなた、知らないでしょ？　きれいに澄ましてさ、中はドロドロなのよこの女！　旦那に嫌気がさして逃げ出して、昔の男のところにやって来たんだって。どういう女なの？」

さすがに美也もたまりかねて、反撃に出た――「じゃ、あなたはなに！」と。

「あなたは、可哀想な人よね！」と美也は言った。

「お金だけ持っていて、誰にも相手にされない。だから、あっちこっちへ首を突っ込んで、禿げ鷹みたいな女だって言われるのよ！」

「誰が禿げ鷹なのよ！」

「あなたよ！」

そう言って美也は、「だからあんなところに行くのよ！」と思ったが、口では言えなかった。たとえ自分はなにもしなかったにせよ、少しでも自分がホテルの乱交パーティに居合わせたなどということを、貫一に知られたくはない。「してないわ！　嘘よ！」とさえも言いたくない。

するとと、「禿げ鷹」と言われた満枝は、一歩下がって、肩に掛けていた白いショールをはずした。はずしたショールの端を手にして、長い紐のように、振り回し始めた。

「人のこと、言いたい放題言ってさ、私は知ってるのよ」――そう言った満枝は嘲笑うようにして、自分のショールを鞭のように、美也に振り下ろした。

「やめて！」と言って、美也はそのショールの端をつかんだ。女同士の争いになって、すぐにそれを止めに入ることが出来る男はいない。貫一は茫然として女二人の争いを眺めるしかない。つかんだショールの端を取って引き寄せた美也は、それを投げ捨て、言葉なしで満枝に殴りかかった。

満枝も負けていない。上背のある美也にのしかかられたのを、足で蹴りつけ、「なにすんのよ！　やめなさいよ、バカ！」と声を上げる。

さすがに貫一も見かねて、「やめろよ！」と、二人の間に割って入った。

「やめろよ！」と言って二人を制する貫一の背に、興福寺の阿修羅像のような細い腕が、何本も打ってかかる。見返ると、曲げた肘を振り上げながら、美也は泣いていた。

「やめろよ！」

貫一が美也の体を抱き止めると、美也は「どうして！」と声を上げて、床に倒れ込んだ。

もう一人の女は、「やめろよ！」と言って動きを止める男の腕に体を預け、そのままカーペットの床を蹴った。

「どうして！　どうしてこんなことをしなくちゃいけないの！」

床に倒れ込んだ美也は、泣きながら言った。貫一は、ズボンの尻ポケットから畳んであるハンカチを出そうとしたが、満枝はその前に立ちはだかって、「『どうして？』だって、なに図々しいこと言ってるのよ！　あんたが図々しくもこんなとこまでやって来たのがいけないいんじゃないよ！」と罵った。

美也は、「あんたが『来い』って言ったんでしょう！」とは言わなかった。「こんな女に少しでも責任を押しつけたってしょうがない。私は、自力でこの女に勝ってやる！」と思って歯を食いしばり、満枝の言葉を黙殺した。

しかし、満枝は黙らなかった。

「あんたはね、IT社長の美人妻とかなんかをやってればいいのよ！　富山さんはね、人に自慢出来るお人形がほしかっただけなんだから、見てくれだけの美人モデルでよかったのよ！　自分勝手で、自分のことしか考えなくて、なにかあったらすぐ泣くの。いいわね、美人はね！」

貫一は、美也にハンカチを黙って渡すと、満枝に「やめろよ」と言った。

「ほーら。ほら、ほら、美人はいいわよね。得だもの。すぐに男が助けてくれる」と満枝が言えば、手渡されたハンカチを握りしめたまま、美也は立ち上がって言った。

「悔しいわよね。ねェ、小母さん。若がって肩出して、でも誰も助けてくれないわよね！　美人じゃないだけで、女は損よね！」

「なによ、この不倫の淫乱女！　旦那と一緒に乱交パーティ行って、それだけじゃ満足出来なくなって、昔の男のところに戻って来んだね！」

　その言葉に貫一は美也を見たが、美也は最早、貫一を気にしなかった。「人のこと言えるの！」と美也は言った。

「富山が言ってたけれど、あんたは金で買われた女でしょ！　三十以上も年上のジーさんに買われて、旦那が役立たずになったら養老院に入れて、毎晩男を換えて遊び歩いてるんでしょ！」

　美也は自分の口から罵倒の言葉が溢れ出ることに茫然とし、満枝は手を前に出した。

「やめろよ！」

　二人の間に割って入った貫一の頬に、満枝の紅い爪が走り、細い血の筋が浮かび上がった。渡されたハンカチを握りしめ、涙を拭くことも忘れていた美也は、「あっ」と小さな声を上げて貫一の頬にハンカチを当てようとしたが、貫一はその手を払いのけ、「本当なの？」と美也に尋ねた。

　咄嗟(とっさ)のことに美也はなにも考えずコクンと頷き、その後で改めて「なにが？」と言った。

後ろで息を荒くしている満枝の方に軽く頭を倒して、「この人の言ったことさ」と貫一は言った。

「嘘よ！」

美也は即座に答えた。深く考える必要などない。「自分に関する真実は自分が一番よく知っている」と思えば、ためらう理由などない。美也はそう思うのだが、満枝はそうとは思わない。貫一の体の向こうから、「なに言ってんのよ！　嘘つき女！」という罵声が聞こえた。

貫一は振り向いた。彼の「やめろよ」という声が聞こえた。美也は、「なんでこんなしつこい女にからまれなければならないのか」と思うと、涙が出て、全身の力が抜けて床に座り込み、やっとハンカチで涙を拭い始めた。

「悪いけど、黙っててくれないか。ここは、僕達だけの話なんだ」

「邪魔なの？」

挑むように満枝は言ったが、貫一の答は「邪魔なんだ」だった。

満枝の額の皮膚が一センチほど上に伸びて、その分、髪の毛も伸び上がったように見えた。

「『邪魔』って、ここ私の部屋よ。どうして『出てけ』って言えるの？」

貫一は、「僕はこの現実になんの関心もない」と言いたげな顔をして、「確かにここの部屋のオーナーは君だ」と言った。

「でもね、この部屋を借りているのは僕だ。貸しているのが君であっても、今現在、この空間は僕のものだ。以前、君は言ったね。『なにがおもしろくて生きてるの』って。すごいね。君は、自分が僕の人生の中心にいると思ってるんだ。すごいね。愚かだよ」

「出てってくれ」と、貫一は言った。

「出て行くのがいやなら、部屋の隅にでも引っ込んでてくれ。無駄に広い部屋なんだ。寝るための椅子が一つしかない『部屋』だってある、マットレスが一枚敷いてあるだけの空間を『部屋』だと思う人もいくらでもいるんだ。こんな広い部屋なら、いくらでもいる場所はあるだろう。出てかないんなら、どこかに引っ込んでてくれ」

貫一の言葉に気圧されるように、自分を見据える貫一の視線に逐われるように、満枝はジリジリと広いリビングルームの隅に後ずさって行った。その満枝の様子を見るようで、しかしその視線を天井の方に向けて、貫一は言葉を続けた。

「そうだ、僕は前なら、自分がなんのために生きてるのか、分からなかった。自分にのしかかって来る、なんだか分からない重いものを受け止めて、なんだか知らないけど支えて、それを、持ち上げる。なんのためにやっているのか分からないのに、そんなことばかりやっていた。『生きていておもしろいか？』だって。誰がそんなことを言うんだろう。『おもしろいか、どうか』なんてことを考える選択肢なんかない。そういう人間に、『生きる目的』なんか分からない。生きなければそれまでで、簡単につぶされるんだ。だから僕は、なんのために生きているのかが分からなかった。そんなことの答を出す日が、出せる日が来るとは思っていなかった」

貫一は視線を落とし、貫一のハンカチを握ったまま床に座り込んでいる美也を見た。そしてまた、視線をはずして東京の夜景を透かし見せるレースのカーテンの向こうを見た。

「美也ちゃん、君は言ったね。『大人になりたい』って。大人になるのって、むずかしいよね」

貫一は、外か、あるいは空を、ぼんやりと見ていた。靄ったような夜の空に、月はまだ出ていない。夜は温気で曇って見える。

「大人になりたかったの」と言ったことだけは、美也も覚えている。冬の熱海の黄昏の坂道で、「分かってもらえないかもしれない」と思って「ごめんね」と言ったのも。

それは覚えている。「ごめんね」と言って、貫一が傷ついたであろうことも。だからと言って、それ以上どうすることも出来なかった。だから逃げた。その後ろめたさで、そこから貫一のことは消えている。

「自分はなにを言ったんだろう？　貫一さんは、今なにを言っているのだろう？」と美也は思った。「大人になりたい」という言葉が、今、謎の言葉のように響く。

貫一は、ぽつんと言った。

「雨って、冷たいよね。知らないかもしれないけど、冷たいんだ。高輪の家で着てたダッフルコートね、雨の染みが残ってるみたいだから、捨てちゃった」

貫一の目からも雨と同じものが溢れて来て、それを拳で拭った貫一は、また外を見てつぶやいた。

「悲しい記憶って、取っておいてもどうにもならないものね。なくした方がいいね」

なにか恐ろしいものを感じて、美也は体を少しだけ貫一に近づけ、「貫一さん」と呼び掛けた。それ以上は出来なかった。今の貫一にはそれ以上のことを許さないなにかがあった。

「美也ちゃん、大人になるのって、哀しいね。人を愛せなくなるんだ」

振り返った貫一は言った。美也には、貫一の言ったことが半分しか分からなかった。「大人になりたい」と言って貫一から離れた美也の現在は寂しい。「大人になるのは哀しいことだ」というのは分かる。分かるのはそこまでで、その先の言葉は闇に紛れて見えない。音の流れがバラバラで、なかなか意味を持った響きにならない。「『人を愛せなくなるんだ』って言うけれど、私はまだ人を愛せるもの」と思って貫一を見る美也には、それを言う貫一の胸の内が分からない。理解出来ない。「もう少しでなにかが乗り越えられそう」とは思っても、もどかしさが足を捕えて離さない。

「道理で――」と満枝は思う。「なにかのショックでそうなったんだ」とは思うが、それを口に出せる雰囲気ではない。「やっぱりいない方がよかったか――」と思う満枝は、部屋の隅に座り込んで、床と壁の境を見つめた。肩が少し寒かったが、ショールを探して動き回ることも出来なかった。

貫一は言った。

「こんなことを口に出来る日が来るとは、思ってもみなかった。こんなことを言える日が来るって分かってたら、僕はどうしてたんだろう？　分からないな。多分、つらくて僕は、ここまで生きて来れなかっただろうな」

貫一は、なにか不吉なことを言っている。

それは、「君に会えてよかった」ではない。「君と会わずにいた方がよかった」でもない。「僕を捨てた君を恨んでいる」でもない。「会うはずのない君と再会してしまったことが、改めて僕の心の歯車を回して、過去を『つらいもの』として再現してしまった――そのことがつらい」というようなことだった。

相手のためを思ってなしがたい譲歩をして、その相手を宥(ゆる)してしまった人間の中に生まれてしまった傷の大きさは、誰にも気づかれない。宥した当人でさえ、「それを宥してしまった手前、『傷』とは考えられない。そう考えるのはフェアではない」と、自分自身を追い込んでしまう。

貫一は、美也を恨んでいない。恨めない。なぜかと言えば、自分を振り捨てて行く美也を、貫一は宥してしまったから。

では、貫一はなぜ美也を宥したのか？　美也を愛していたからなのか？　そうかもしれないが、それは正確ではない。

ある時、貫一の腕の中に突然現れた少女は、現れた時と同じように、突然消えてしまった。現れて、ただ「いさせて――」と言った少女を「なぜ？」とも言わず黙って受け入れた貫一は、成長して「大人になりたかったの」と言って突然去って行く少女に、「なぜ?」とは言えなかった。あまりにも自然な関係だと思っていた貫一にとって、「なぜ?」というのは縁のない言葉に近かった。

二人で愛を育(はぐく)んだ。時々美也はわがままで、貫一に甘えた。しかしその愛の中で、彼女は増長などしなかった。だから、「大人になりたい」と言う彼女を、貫一は宥した。愛は哀しい。それを可能にするだけの包容力を人に与え、それが終わった瞬間、根こそぎに奪う。一度失われてしまえば、そこに愛があったかどうかも分からない。

愛が消え失(う)せた時、人は手探りで「あったはずの愛」を探す。愛が恐ろしいのは、愛が消えた時、「初めに溯(さかのぼ)ってその愛は存在していなかった」という錯覚に覆われてしまうことだ。

だから、愛の代わりに怒りが生まれる。貫一にもそれは生まれた。しかし、美也と別れ、日の落ちた熱海の海岸で、若い男が女を蹴倒している銅像を見た時、貫一はその前で、「怒ってすむなら簡単だよな」とつぶやいてしまった。

怒りさえもねじ伏せてしまう強い絶望。「こんなことがあっていいはずはない。嘘だ!」と思いたい願望が、怒りとなってしかるべきものを、無理矢理に押し潰した。

それは、美也への愛でも執着でもなかった。「一切をねじ伏せ、葬り去らなければこの先を生きて行くことが出来ない」と思う貫一の、あまりに生真面目すぎる心のなせる業だった。

美也と別れて、すべてが終わったのだ。貫一の口からは、「君はそんな女だったのか！」という言葉も、「富山の金に目が眩んだのか！」という言葉も出て来なかった。動かなくなったゼンマイ仕掛けの人形のネジを巻いてもう一度動かすことは出来ても、人形の中にあった肝腎なものは戻って来ない。ブリキの人形の中になんらかのメモリーが埋め込まれてあったとしても、人らしい心や表情を宿す「愛」というものは、欠落したままだ。

美也を振り返って貫一は、「君に――」と言った。美也は貫一の方に体を一歩近づけた。立ったままの貫一の口からは、続く言葉が出て来なかった。貫一が言おうとしたのは、「君に会っても、なにをどう言っていいのか、分からないんだ」だった。

「君を恨んでないよ」と言った方がいいのかどうか、貫一は迷った。そんなことを口にしたら、冷たい雨のような涙が溢れ出ると思って、貫一はなにも言わず、バルコニーに向かうガラス戸を開けた。

部屋の空気が夜に向かって吸い込まれるようで、白いレースのカーテンがふわっと舞い上がった。異変を感じた美也は「やめて！」と叫んで立ち上がったが、貫一の体はもう夜に向かって動いていた。

大都会の夜を輝かせる高層ビルの窓の光が、流れる滝のように落ちて行く。落ちて行くのは貫一だが、貫一の目には夜の明かりが滝のように見えた。溶けるように落ちて行く光の窓は、熔けて行く無数の黄金の延板のようにも見えた。

夏の大都会の夜に、涼しさは訪れない。昼の間に溜め込まれた熱と、エアコンの室外機から排出される温気が、靄のように這い上って行く中を、貫一は落ちて行った。

心細くなることは考えたくなかったので、「絶望は、やっぱり絶望さ」と自分に言い聞かせた。自分を癒してくれるものがなにもない世界で、生きて行きたくはなかったのだと、やっと気づいた――というよりも、そう思うことを自分に許した。そうしたら自然に、「さよなら」という言葉と涙が生まれた。癒してくれるもののないことを宥す涙が。

美也の絶叫で、満枝は後方を振り向いた。カーテンが漂う窓際で、へたり込んだ美也がなにかを叫んでいる。「どうしたの？」と言って、満枝は、そこに貫一がいないことに気づいた。

腕を突いて立ち上がりながら、「彼は、彼はどうしたの？」と満枝は言った。

美也は、なにも答えることが出来ない。膝頭がガクガク震えるのを抑えて、満枝はバルコニーに出た。こわくて、下を覗き込むことが出来ない。バルコニーの手摺りにつかまっていなければ、そのまま二十八階下へと吸い込まれてしまいそうだった。

美也は、「ごめんなさい！」と声を吐き出すようにして言ったまま泣いた。その相手はもちろん、そばにいる満枝にではなく、いなくなった貫一にだった。

震えながら部屋に戻った満枝は、「こんな時には、一一〇番が先なんだろうか？　救急車が先なんだろうか？」と考えた。

「大変だ！」と騒ぐ人の声はどこからも聞こえない。地上にその声があっても、二十八階までには届かないのかもしれない。

「外と連絡を――」と思った満枝の耳に、インターホンのチャイムが聞こえた。慌てて走り寄ってスイッチをオンにすると、向こうでは明るい表情の若者が、「飲茶セット三つ、お持ちしました」と言っていた。

〈了〉

解説　非ユークリッド幾何学の実験

橋爪大三郎

金と、美貌と、知識と。

この三つはどれも、人間の欲望のありかである。人は何のために生きるか、という根本的な問いの手前で、人びとにとりあえずの目標を与える。そして、さまざまな人生の悲喜劇をうむ。

この永遠の題材に、古典的なかたちをあたえたのが、尾崎紅葉の『金色夜叉』である。学生の貫一が、ダイヤモンドの輝きに目を奪われたお宮を、熱海の海岸で足蹴にする。通俗のなかの通俗が、通俗を超えて人びとをとらえるのは、それが普遍的な物語として、人びとの実人生のなかで繰り返し噛みしめられるからだ。

橋本治はこの『金色夜叉』の枠を借り、二次創作のような『黄金夜界』を書いた。通俗を超えた普遍性は、通俗のなかにこそ宿ると確信したからだ。

＊

今から一二〇年も前、尾崎紅葉の時代にもすでに、金と美貌と知識とは、古典的な三角形をつくっていた。明治の幕開けとともに、市場経済がこの国を席捲した。金の威力がものを言う。人びとは、たかが金さと思いつつ、されど金だと思い知る。知識は、学校で生産され分配され独占され、産業や権力の基盤となった。美貌はいつの時代にも人びとを惑わす。そして、金や権力にいいようにされる。この三角形の狂おしい奈落を、ユークリッドの幾何学原論のように描くのが『金色夜叉』だ。

一二〇年後の『黄金夜界』で、橋本治はこの三角形を測り直す。主人公の間貫一も美也も、美男美女である。貫一は聡明で東大出（いや、東大中退）。美也の結婚相手（唯継）も貫一の共同事業者（満枝）も、金ならたっぷり持っている。愛は金の力より強いのか。人間の真実は守られるのか。そういうヒューマンドラマなのかと思うと、この作品は様子が違う。そもそも貫一も美也も、愛に確信をもてないでいる。あやふやな愛情とうらはらに、金はしたたかに人びとを捉えるリアルな共同幻想だ。すべてを失った貫一は、ホームレス同然の、百円単位のその日暮らしのどん底を味わう。金の力は誰でも体感で理解できる、共通言語なのである。

『金色夜叉』の枠を借りると、この時代や人物の描き方がぐんと自由になる。『黄金夜界』の舞台は平成。バブルがはじけ漂流する東京で、空虚を抱え不本意に生きる人びとの群像がさまよう。どういう設定のもと、誰と誰がどう遭遇し、どう感じ、どう言葉を交わし、どう別れるか。微細に計算された反応方程式を確かめるように、ひとつひとつの場面が書き込まれていく。数学を思わせるガラス細工の構築物だ。

スマホやネットカフェやブラック企業やIT長者や、平成の世相をたっぷりまぶした小説のストーリーを読み進むうち、金と美貌と知識が織りなす古典的な三角形が、いつのまにか彎曲(わんきょく)して、時代の深部を映し出す別なものになっているのに気づく。こう言い換えてもよい。小説の筋は、将棋の指し手のように、一手一手理詰めで進んでいく。それは、無数に可能な変化のなかのたかだかひとつの棋譜にすぎない。作者は、終局に向かって、その一手一手をたどってみせる。結末は、そうでしかありえなかったとも、どうとでもありえたとも言える。それは、人びとの人生が、そうでしかありえなかったとも、どうとでもありえたとも言えるのと同じである。

だから、小説の結末が、作者の「言いたいこと」だと思わなくていい。この世界ではこんなふうに、めいめいの人生が接続し合い、織り合わさっているのではないかという仮説が、この作品であり、読者への提案なのだ。

そして大事なことは、この作品が、もともとの古典的な三角形から、ずれていること。ちょうど、ユークリッド幾何学に対して、非ユークリッド幾何学が出現したように、平成の日本は必然にもとづいて、明治の当時の法則が成り立たない場所み（異質な空間）へと変容した。原作があればこそ、そこからの誤差として、この歪みと変容を表現できる。高度な技法と言うべきである。

＊

登場人物のどのひとりにも、読者は思い当たる部分があろう。あるある人物の羅列である。けれども、その誰かに自分を重ね合わせようとすると、微妙に感情移入しにくい。それは誰もが、「微細に計算された反応方程式」によって造形されているからだ。橋本治の描く世界は、編み物のように理知的なのである。

登場人物はみな、自分の空虚を抱えている。自分も気づかぬその空虚を、埋めようともがいている。金や美貌や知識は、これを埋められるか。埋められそうにみえるから、人びとは惹かれる。埋められはしないから、人びとは不幸なままである。

主人公の間貫一は、生まれるとすぐ母を亡くし、小学生で父も亡くした。父の友人で母を秘かに思っていた隆三に引き取られた。美也の父だ。貫一と美也は兄妹のように育つ。父がいない。いるのは「偽の父」である。これが貫一の空虚のかたちだ。

美也は、美貌で不自由なく育ち、モデルにスカウトされる。パーティでＩＴ企業家の唯継に見初められ、「大人になりたくて」嫁ぐ。許婚者の貫一を捨てた理由は、自分でもよくわからない。融資と引き換えに自分を嫁がせた父への不信、というわけでもない。これが美也の空虚のかたちだ。

貫一に出資して共同事業者となる赤樫満枝。父の金策のため年配の高利貸に嫁いだ。父を恨み、貫一に夢を見る。これが満枝の空虚のかたちだ。

父の不在という空虚を抱えて、人びとが漂うのが平成である。貫一は最後に自死した。自死すれば、自ら父になって、この空虚を埋める可能性が閉ざされる。空虚は解消されないことが暗示される。

＊

父の不在と空虚。このテーマは、翻案である『黄金夜界』のものだ。物語にリアリティを与えようと、設定を書き換え書き換えしているうちに、橋本治が「発見」したのだと思われる。

貫一は、東大を中退した理由を、両親が亡くなったからと説明した。誰にもわかりやすい空虚だ。ほかの人びとが抱える空虚は、もっとわかりにくい。誰もが空虚を抱えるところは、江藤淳の『成熟と喪失』のようだ。

登場人物は、キー・フレーズが連ねられて、その内面が彫刻されていく。たとえば、熱海で貫一が、美也に別れを告げられる場面は、こんな具合だ。

《美也は…「ごめんね」と言った。その言葉を確かに聞いて、しかし貫一はそれが自分の耳を通り過ぎて行くとしか思えなかった。》

《…美也は…「大人になりたかったの」と言った。

その言葉はしっかりと貫一の耳に届いて、しかし貫一には意味が分からなかった。》

《貫一はクラクションの音を聞いた。…違うところへ行ってしまった自分が急に引き戻されたような気がして、貫一は道に落ちたバッグを手にした。》

《すべては幻であったかのように、なにもなかった。…寒い冬の坂道だけがあった。貫一は、一人で歩き出した。》

《どうしたらいいのかが分からなかった。…目の奥には、強くて冷たいダイヤモンドの美しい煌めきだけが残っていた。》

《貫一の前には、解けない謎だけが残されている。「大人になりたいって、なんだろう?」と思って、貫一には分からなかった。》

《貫一は、道のあるままに下って行った。道に逆らうことなどは出来なかった。》

《「大人になりたいから、彼女は僕から離れたんだ」と思えばこそ、その答がほしくなる。そして、そのことだけを考え続けて行けば、現実に迫った恐ろしい問題と

は向き合わずにすむ。》
《もう鳴沢の家には帰れない。昨日まで続いて来た道の先が、貫一にはない。「どうすれば――」と考えても、その答はない。》

これらのフレーズは、将棋の一手一手のように、作者の手から繰り出されている。読者がみると、確定したフレーズの並びである。でもそれは、危うい均衡を保つように築きあげられた、試行錯誤の跡だ。確かな内面を、説得力をもって存在させるように。

経験をなぞるように書くのでも、想像をふくらませて書くのでもない。この状況でこの人物なら、どう反応するだろうかと、全身を使って確かめながら書く。つまり、書くことは実験である。貫一が自死する結末も、確かにそういう衝動がありうることを確かめて、書かれていると思う。

＊

なぜ『金色夜叉』をリメイクしたのか。これは、尾崎紅葉の遺作で、未完。果敢な実験だった。橋本治も、果敢な実験をしたかった。自身も長くないかもと予感し、未完で終わるのを覚悟した。だから『金色夜叉』を選んだ。文学の革新者、尾崎紅葉へのオマージュである。自身も革新者であり続けようとする勇気と誇りの表れでもある。

その昔、橋本治と大学の教室で机を並べたある日を思い出す。その後進んだ道こそ違ったが、彼はずっと気になる存在だった。ハシモト君、キミの実験はすばらしいよ、と声をかけてしめくくりたい。

（はしづめ・だいさぶろう　社会学者）

初出
『読売新聞』二〇一七年九月三十日～二〇一八年六月三十日
単行本
『黄金夜界』二〇一九年七月　中央公論新社刊

中公文庫

黄金夜界（おうごんやかい）

2022年8月25日　初版発行

著　者　橋本　治（はしもと おさむ）

発行者　安部順一

発行所　中央公論新社

〒100-8152　東京都千代田区大手町1-7-1
電話　販売 03-5299-1730　編集 03-5299-1890
URL https://www.chuko.co.jp/

DTP　嵐下英治
印　刷　大日本印刷
製　本　大日本印刷

Published by CHUOKORON-SHINSHA, INC.
Printed in Japan　ISBN978-4-12-207249-7 C1193

各書目の下段の数字はISBNコードです。978－4－12が省略してあります。

中公文庫既刊より

は-31-4
窯変 源氏物語1　橋本治
千年の時の窯で色を変え、光源氏が一人称で語り始めた――原作の行間に秘められた心理的葛藤を読み込み壮大な人間ドラマを構築した画期的現代語訳の誕生。
202474-8

は-31-5
窯変 源氏物語2　橋本治
平和な時代に人はどれだけ残酷な涙を流すことが出来るのか。最も古い近代恋愛小説の古典をこの時代に再現してみたい。〈著者・以下同〉（若紫／末摘花／紅葉賀）
202475-5

は-31-6
窯変 源氏物語3　橋本治
光源氏という危険な男の美しくも残酷な、孤独な遍歴ドラマを今の時代に流行らないようなものばかり集めて華麗にやってみようと思った。（花宴／葵／賢木）
202498-4

は-31-7
窯変 源氏物語4　橋本治
源氏はJ・フィリップ、葵の上はR・シュナイダー……フランスの心理小説と似通った部分があるから、配役はフランス人で構想。（花散里／須磨／明石／澪標）
202499-1

は-31-8
窯変 源氏物語5　橋本治
横文字由来の片仮名言葉を使わず心理ドラマを書くのは辛い作業だ。でもこれが今一番新鮮な日本語ではないかと自負している。（蓬生／関屋／絵合／松風／薄雲）
202521-9

は-31-9
窯変 源氏物語6　橋本治
源氏物語の心理描写は全部和歌にあり、それを外すと何もわからなくなる。だから和歌も訳したし当時の歌謡も別な形で訳している。（朝顔／乙女／玉鬘／初音）
202522-6

は-31-10
窯変 源氏物語7　橋本治
源氏物語をただの王朝美学の話ではなく、人間の物語にしたかった。『赤と黒』のスタンダールでやろうと思った。（胡蝶／螢／常夏／篝火／野分／行幸／藤袴）
202566-0

は-31-11
窯変 源氏物語8
橋本治
口絵はモノクロ写真。50年代ヴォーグの雰囲気でいきたかった。エロチックで、透明度がありイメージ通りの出来上がりだ。〈真木柱／梅枝／藤裏葉／若菜上〉
202588-2

は-31-12
窯変 源氏物語9
橋本治
執筆中は光源氏が僕の右手の所にいて、それをコントロールする僕がいるという感じ。だから源氏物語を書いている万年筆で他のものは書けない。〈若菜下／柏木〉
202609-4

は-31-13
窯変 源氏物語10
橋本治
日本語の美文はどうしても七五調になるが、平安朝のものはどこか破調が必要。七五調になる前の際どい美しさ。〈横笛／鈴虫／夕霧／御法／幻〉
202630-8

は-31-14
窯変 源氏物語11
橋本治
女の作った物語に閉じ込められた男と、男の作った時代に閉じ込められた女——光源氏と紫式部。虚は実となり実は虚を紡ぐ。〈雲隠／匂宮／紅梅／竹河／橋姫〉
202652-0

は-31-15
窯変 源氏物語12
橋本治
平安朝の美人の条件は、身分が高いこと。後ろ楯がしっかりしていること。教養が高いこと。だから顔の造形は美人の第一要素にはならない。〈椎本／総角／早蕨〉
202674-2

は-31-16
窯変 源氏物語13
橋本治
僕には古典をわかり易くという発想はない。原典が要求するものしか書かない。古典に対する変な扱いを取り除きたい、それだけのこと。〈寄生／東屋／浮舟一〉
202700-8

は-31-17
窯変 源氏物語14
橋本治
美しく豊かなことばで紡ぎ出される、源氏のひとり語り。現代語訳だけで終わらない奥行きと深さをもって構築された「橋本源氏」遂に完結。〈浮舟二／蜻蛉／手習／夢浮橋〉
202721-3

は-31-38
お春
橋本治
夢のような愚かさを書いてみたい——橋本治が谷崎潤一郎『刺青』をオマージュして紡いだ、愚かしく妖しい少女の物語。〈巻末付録〉橋本治「愚かと悪魔の間」
206768-4

各書目の下段の数字はISBNコードです。978－4－12が省略してあります。

た-30-10
瘋癲老人日記
谷崎潤一郎
七十七歳の卯木は美しく驕慢な嫁颯子に魅かれ、変形的間接的な方法で性的快楽を得ようとする。老いの身の性と死の対決を芸術の世界に昇華させた名作。
203818-9

た-30-11
人魚の嘆き・魔術師
谷崎潤一郎
愛親覚羅氏の王朝が六月の牡丹のように栄え耀いていた時分——南京の貴公子の人魚への讃嘆、また魔術師と半羊神の妖しい世界に遊ぶ。〈解説〉中井英夫
200519-8

た-30-13
細雪（全）
谷崎潤一郎
大阪船場の旧家蒔岡家の美しい四姉妹を優雅な風俗・行事とともに描く。女性への永遠の願いを〝雪子〟に託す谷崎文学の代表作。〈解説〉田辺聖子
200991-2

た-30-18
春琴抄・吉野葛
谷崎潤一郎
美貌と才気に恵まれた盲目の地唄の師匠春琴。その弟子佐助は献身と愛ゆえに自らも盲目となる——代表作『春琴抄』と『吉野葛』を収録。〈解説〉河野多恵子
201290-5

か-30-1
美しさと哀しみと
川端康成
京都を舞台に、日本画家上野音子、その若い弟子けい子、作家大木年雄の綾なす愛の色模様。哀しさの極みに開く官能美の長篇名作。〈解説〉山本健吉
200020-9

か-30-6
伊豆の旅
川端康成
著者の第二の故郷であった伊豆を舞台とする小説と随筆から、代表的な短篇「伊豆の踊子」、随筆「伊豆序説」など、全二十五篇を収録。〈解説〉川端香男里
206197-2

か-30-7
川端康成異相短篇集
川端康成
高原英理 編
現世界への通常の認識からはいくらかずれた「異相」。初期の掌篇『心中』をはじめ、小説十六篇、随筆三篇により、川端文学の特異な魅力を一望できる作品選。
207216-9

い-37-6
晩夏 少年短篇集
井上靖
二度と戻らぬ、あの日々——。教科書名短篇「帽子」「赤い実」ほか、少年を主人公とする珠玉の十五篇。文庫オリジナル。〈巻末エッセイ〉辻 邦生・椎名 誠
206998-5

い-37-7
利休の死　戦国時代小説集
井上　靖
桶狭間の戦い（一五六〇）から本能寺の変（八二）、利休の死（九一）まで戦国乱世の三十年を十一篇の短篇で描く、文庫オリジナル小説集。〈解説〉末國善己
207012-7

い-35-19
イソップ株式会社
井上ひさし
和田　誠絵
夏休み。いなかですごす二人の姉弟のもとに、毎日届く父からの手紙には、一日一話の小さな「お話」が書かれていた。物語が生み出す、新しい家族の姿。
204985-7

い-35-20
十二人の手紙
井上ひさし
転落した修道女の身も心もボロボロの手紙や家出少女の手紙など、手紙だけが物語る笑いと哀しみがいっぱいの迫真の人生ドラマ。新装改版。〈解説〉扇田昭彦
205103-4

い-35-25
四捨五入殺人事件
井上ひさし
大雨で孤立状態となった山間の温泉宿。そこに足止めされた二人の作家の前で、密室殺人が起こる。演劇的仕掛けに富んだミステリーの逸品。〈解説〉松田哲夫
206905-3

い-35-26
犯罪調書
井上ひさし
犯罪はその時代の意匠である。古今東西の犯罪から、著者が興味を引かれた二十件を選び、鋭い人間観察と心理描写で、その暗部・背景を洞察。〈解説〉吉岡　忍
206932-9

い-35-27
さそりたち
井上ひさし
狙った獲物は逃がさない！　外資系事務用機械販売会社のセールスチーム四人組。「さそり」の異名をとる彼らの破天荒な奮闘を描く連作長篇。〈解説〉池上冬樹
207084-4

き-37-1
浮世女房洒落日記
木内　昇
お江戸は神田の小間物屋、女房・お葛は二十七。あっけらかんと可笑しくて、しみじみ愛しい、市井の女房が本音でつづる日々の記録。〈解説〉堀江敏幸
205560-5

き-37-2
よこまち余話
木内　昇
ここは、「この世」の境が溶け出す場所——ある秘密を抱えた路地を舞台に、お針子の齣江と長屋の住人たちが繰り広げる、追憶とはじまりの物語。
206734-9

各書目の下段の数字はISBNコードです。978 - 4 - 12が省略してあります。

さ-49-1
カエサルを撃て　佐藤賢一
紀元前52年、混沌のガリアを纏め上げた若き王ウェルキンゲトリクス。この美しくも凶暴な男が、ローマの英雄カエサルに牙を剝く大活劇小説。〈解説〉樺山紘一
204360-2

さ-49-2
剣闘士スパルタクス　佐藤賢一
紀元前73年。自由を求めて花形剣闘士スパルタクスは起った。その行く手には世界最強ローマ軍が立ちはだかる‼　叛乱の英雄の活躍と苦悩を描く歴史大活劇。〈解説〉池上冬樹
204852-2

さ-49-3
ハンニバル戦争　佐藤賢一
時は紀元前三世紀。広大な版図を誇ったローマ帝国の歴史の中で、史上最大の敵とされた男がいた。古代地中海を舞台とした壮大な物語が、今、幕を開ける！
206678-6

さ-49-4
ファイト　佐藤賢一
ヘビー級王者、人種差別、戦争、老い……。全ての闘いでベストを尽くした不屈のボクサー、モハメド・アリの生涯を描く拳闘小説。〈解説〉角田光代
206897-1

な-64-1
花桃実桃　中島京子
会社員からアパート管理人に転身した茜。昭和の香り漂う「花桃館」の住人は揃いも揃ってへんてこで……。40代シングル女子の転機をユーモラスに描く長編小説。
205973-3

な-64-2
彼女に関する十二章　中島京子
五十歳になっても、人生はいちいち、驚くことばっかり――パート勤務の宇藤聖子に思わぬ出会いが次々と。ミドルエイジを元気にする上質の長編小説。
206714-1

さ-73-1
名作うしろ読み　斎藤美奈子
名作は〝お尻〟を知っても面白い！　世界の名作一三二冊を最後の一文から読み解く、斬新な文学案内。文豪たちの意外なエンディングセンスをご覧あれ。
206217-7

さ-73-2
吾輩はライ麦畑の青い鳥　名作うしろ読み　斎藤美奈子
名著の〝急所〟はラストにあり。意外と知らない唐突、納得、爆笑⁉　な終わりの一文。世界の文学137冊をうしろから味わう型破りなブックガイド第2弾。
206695-3